MIRA®

Palast der Liebe

Nach einem verhängnisvollen Fehler, der beinahe zu diplomatischen Verwicklungen geführt hätte, ist Caren, Sekretärin im Außenministerium, reif für die Insel – wohin sie von ihrem Chef auch geschickt wird: Auf Jamaika soll sie sich erholen. Doch als sie hier den gut aussehenden Derek Allen kennen lernt, ist es mit den ruhigen Nächten vorbei. Dieser Mann ist Verführung pur. Aber kaum zurück in Washington, wirft man ihr Spionage vor: Ihr Geliebter ist der Sohn eines reichen Ölscheichs. Und dann sieht sie Derek bei einer Gegenüberstellung wieder. Ganz fremd und exotisch kommt er Caren in seiner arabischen Tracht vor, und erstaunt hört sie, was er vorschlägt: Um sie zu entlasten, soll sie ihn so schnell wie möglich heiraten ...

Sandra Brown

Palast der Liebe

Roman

Aus dem Amerikanischen von
Annette Keil

MIRA®

MIRA® TASCHENBUCH
Band 25030
1. Auflage: November 2002

MIRA® TASCHENBÜCHER
erscheinen in der Cora Verlag GmbH & Co. KG,
Axel-Springer-Platz 1, 20350 Hamburg
Deutsche Taschenbucherstausgabe

Titel der nordamerikanischen Originalausgabe:
Tiger Prince

erschienen bei: Silhouette Books, Toronto
Published by arrangement with
Harlequin Enterprises II B.V., Amsterdam

Konzeption/Reihengestaltung: fredeboldpartner.network, Köln
Umschlaggestaltung: pecher und soiron, Köln
Titelabbildung: Zefa, Düsseldorf
Autorenfoto: © by Harlequin Enterprise S. A., Schweiz
Satz: Berger Grafikpartner, Köln
Druck und Bindearbeiten: Elsnerdruck, Berlin
Printed in Germany
ISBN 3-89941-038-6

www.mira-taschenbuch.de

1. KAPITEL

„Wie konnte das nur passieren?“

Verärgert warf Larry Watson den braunen Umschlag auf den Schreibtisch. „Wie konnten Sie die Diplomatenpost verwechseln? Auch wenn das Versehen zum Glück nicht schwer wiegend war, ist es unverzeihlich. Der kleinste Fehler, der hier im State Department gemacht wird, kann ernsthafte Folgen nach sich ziehen. Das nächste Mal geben Sie dann womöglich geheim zu haltende Informationen weiter.“

Caren Blakemore lehnte sich müde in ihren Schreibtischstuhl zurück. Großartig, dachte sie. Das hat mir gerade noch gefehlt.

„Es tut mir Leid“, sagte sie. „Ich weiß selbst nicht, wie mir der Irrtum unterlaufen konnte. Ich gebe zu, ich habe einen Fehler gemacht. Aber das kann ja mal vorkommen.“

Die Auseinandersetzung mit ihrem Chef gab Caren den Rest. In Belastungssituationen wie dieser fühlte sie sich jener tiefen Niedergeschlagenheit, die ihr jetzt schon seit einem Jahr zu schaffen machte, noch hilfloser ausgeliefert als sonst.

Larry Watson klopfte mit dem Kugelschreiber auf die lederne Schreibtischunterlage. Er sah genauso aus, wie man sich den Unterstaatssekretär des Staatssekretärs des Außenministers der Vereinigten Staaten vorstellt. Er hatte den obligatorischen Bürstenhaarschnitt, trug korrekt sitzende, anthrazitgraue Anzüge, weiße Oberhemden und dunkle Krawatten. Nur sein Gesichtsausdruck entsprach nicht den Vorschriften. Er verriet nämlich ein gewisses Mitgefühl für seine Sekretärin.

„Es tut mir Leid, wenn ich eben etwas heftig war, Caren“, meinte er. „Aber es ist nur zu Ihrem Besten.“

„Das hat meine Mutter auch immer gesagt, wenn sie mir eine Tracht Prügel verabreichte. Ich habe damals genauso wenig davon gehalten wie heute“, gab Caren zurück.

Larry lächelte sie reumütig an. „Es klang vielleicht wirklich etwas abgedroschen.“ Er stützte die Arme auf die Schreibtischplatte und beugte sich vor. „Aber ich habe es ernst gemeint. Sie brauchen diese Beförderung, Caren. Auch wenn ich Sie dadurch als meine Sekretärin verliere.“

„Ja, ich brauche sie wirklich. Und zwar aus den verschiedensten Gründen.“

„Geld?“

„Das ist einer davon. Kristins Schule ist nicht billig.“

„Muss sie denn auf eine Privatschule gehen?“

„Ich habe meiner Mutter auf dem Sterbebett versprochen, dafür zu sorgen, dass meine Schwester die bestmögliche Ausbildung bekommt. Und in Washington heißt das Privatschule."

„Sie muss aber doch nicht im Internat wohnen?"

Caren schüttelte den Kopf. „Ich kann meine Arbeit nicht auf ihren Stundenplan abstimmen, Larry. Wer würde sich nachmittags um sie kümmern? Nein, es ist schon besser, sie wohnt im Internat."

„Sie hätten die Abfindung annehmen können, die Winston Ihnen angeboten hatte." Larry wusste, dass diese Bemerkung riskant war. Ebenso gut hätte er ein brennendes Streichholz in ein Pulverfass werfen können.

Sein Einwand hatte tatsächlich die befürchtete Reaktion zur Folge. Erbost sprang Caren auf. „Winston versuchte sich mit Geld ein reines Gewissen zu erkaufen. Nein, so einfach sollte er mir nicht davonkommen! Außerdem wollte ich nach der Scheidung nichts mehr mit ihm zu tun haben."

Nach dreizehn Monaten und zweiundzwanzig Tagen tat es Caren immer noch schrecklich weh, dass ihr Mann sie wegen einer anderen Frau verlassen hatte. Wann würde der Schmerz endlich aufhören? Sie hatte gehofft, dass die Beförderung auf einen höheren Posten im Außenministerium ihr einen neuen Lebensinhalt würde geben können. Aber die Chance hatte sie jetzt wohl verspielt. Genauso, wie sie auch ihre Ehe verspielt hatte.

„Darf ich einmal offen mit Ihnen reden?“ fragte Larry. „Der Irrtum mit der Diplomatenpost ist Ihnen unterlaufen, weil Sie müde sind. Müde, erschöpft und ausgelaugt. Am Ende Ihrer Kräfte. Weil Sie kurz vor einem Nervenzusammenbruch stehen.“

„Mein Gott, diese aufmunternden Worte haben mir gerade noch gefehlt.“ Caren seufzte.

Larry stand auf und kam um den Schreibtisch herum. „Caren“, sagte er, „haben Sie nicht lange genug die Märtyrerin gespielt? Dieser Schuft hat Sie ohne jeden Grund verlassen ...“

„Oh, er hatte sehr wohl einen Grund“, unterbrach ihn Caren. „Der Grund war blond und äußerst attraktiv.“

„Das war doch sicher nicht der eigentliche Grund?“

„Sicher nicht.“

„Caren, ich versuche ernsthaft mit Ihnen zu reden.“

„Entschuldigen Sie.“

„Sie haben ein schweres Jahr hinter sich. Sie mussten nicht nur die Scheidung seelisch verkraften, sondern sich auch finanziell einschränken und von Ihrem Gehalt sich und Ihre Schwester ernähren. Deshalb bin ich der Meinung, Sie sollten sich eine Woche Urlaub gönnen.“

„Das kann ich im Moment nicht. Ich ...“

„Ich bestehe darauf. Sie nehmen entweder Ihren Urlaub, oder ich suspendiere Sie eine Woche vom Dienst, und zwar ohne Bezahlung."

„Das können Sie doch nicht tun!"

„Sicher kann ich das. Als disziplinarische Maßnahme für den gravierenden Fehler, den Sie sich geleistet haben. Nun, entscheiden Sie sich."

Welche Wahl blieb ihr, nachdem Larry Watson ihr dermaßen die Pistole auf die Brust gesetzt hatte?

Die Idee, die ihr zunächst so absurd erschienen war, gewann während der Heimfahrt, als sich Caren durch den dichten Feierabendverkehr der Washingtoner Innenstadt quälte, mehr und mehr an Attraktivität.

Es war wirklich ein schweres Jahr für sie gewesen. Nachdem ihr Mann sie nach sieben Jahren Ehe – glücklicher Ehe, wie sie geglaubt hatte – verlassen hatte, war ihr Selbstwertgefühl auf den Nullpunkt gesunken. Und nichts ließ darauf hoffen, dass sich daran etwas ändern würde. Caren kam sich zurückgestoßen und ausgeschlossen vor. Nach außen hin hatte sie inzwischen das Verhalten der verheirateten Frau abgelegt. Aber es war ihr nicht gelungen, sich in der Welt der Singles zurechtzufinden. Noch nie hatte sie sich für Flirts und flüchtige Abenteuer begeistern können. Wie sollte sie sich ausgerechnet jetzt ändern?

Vielleicht käme es nur auf einen Versuch an? Sie müsste sich dazu zwingen. Sie hatte keinen Freundeskreis, und zu allem Überfluss hatte sie heute auch noch ihren Job aufs Spiel gesetzt.

Als sie die Tür zu ihrer kleinen Wohnung in Georgetown aufschloss, war Larrys Idee in Caren zu einem Entschluss gereift. Sie warf ihre Handtasche auf den nächsten Stuhl und eilte zu dem Schreibtisch, der unter dem Fenster stand. Nachdem sie hastig einige Schubladen aufgezogen hatte, fand sie, wonach sie suchte.

Sie schlüpfte aus den Schuhen, legte sich aufs Bett und breitete die farbigen Reiseprospekte vor sich aus. Was da nur ein paar Flugstunden entfernt angepriesen wurde, war fast zu schön, um wahr zu sein. Endlose weiße Sandstrände, kristallklares Wasser, mit tropischen Farnen gesäumte Lagunen, rauschende Wasserfälle, bombastische Sonnenuntergänge, im Mondlicht glitzernde Horizonte.

Entschlossen griff Caren zum Telefonhörer und wählte eine Nummer.

„Hallo, Kristin?“

„Schwesterherz! Ich bereite mich gerade auf eine Mathearbeit vor. Ekelhaft! Was gibt’s bei dir Neues?“

„Heute ging alles daneben.“

„Wieso? Was ist passiert?“

„Ich habe dem portugiesischen Generalkonsul einen Glückwunsch zur Hochzeit seiner Tochter geschickt. Leider hat er keine Tochter. Der Brief war für den peruanischen Generalkonsul bestimmt. Beide Ländernamen fangen mit P an."

Kristin kicherte. „War Larry sauer?"

„Er hat mir die Leviten gelesen."

„Er ist ein Spießer, ein typischer Regierungsbeamter."

„Aber er hatte Recht. Ich habe einen Fehler gemacht, und das darf ich mir in meiner Position nicht leisten." Unschlüssig spielte sie mit dem Telefonkabel. „Kristin, was hältst du davon, wenn ich eine Woche Urlaub mache?"

„Eine irre Idee!"

„Was heißt irre? Ist das gut oder schlecht?"

„Gut natürlich! Ich hoffe, du triffst einen tollen Mann. In diesen Ferienorten wimmelt es nur so von braun gebrannten, athletischen Typen. Du solltest dich einmal richtig amüsieren."

„Dann müsstest du aber das Wochenende in der Schule verbringen."

„Keine Sorge. Ich bekomme bestimmt eine Einladung von irgendeiner Klassenkameradin. Fahr in Urlaub! Spann' endlich einmal aus. Du hast es verdient."

„Das bedeutet aber, dass ich unsere Ersparnisse angreifen muss."

„Das Geld kommt schon wieder rein, wenn du erst den neuen Job hast."

Caren schloss die Augen und hielt den Telefonhörer

ganz fest. „Okay, ich fahre“, sagte sie hastig, bevor sie ihren Entschluss wieder ändern konnte.

„Geh in die besten Restaurants, vergiss den Alltag, und amüsier dich.“

„Das werde ich tun.“

„Und angel dir einen Mann. Möglichst eine Mischung aus Robert Redford und Burt Reynolds.“

„Ich werde es versuchen.“ Hatte sie das wirklich vor? Warum eigentlich nicht? Wenn sie einen Urlaub wagte, dann konnte sie auch nach den Sternen greifen. Natürlich fuhr sie nicht der Männer wegen in Urlaub. Aber wenn sich die Möglichkeit ergeben sollte ...

„Ich rufe dich noch einmal an, bevor ich abfahre, und sage dir, wo du mich im Notfall erreichen kannst und ...“

„Mach dir keine Gedanken um mich“, unterbrach ihre sechzehnjährige Schwester sie. „Denk endlich einmal an dich.“

Sie verabschiedeten sich voneinander. Caren wagte es kaum, den Hörer aufzulegen. Sie hatte Angst, dass sie nicht den Mut aufbringen würde, ihn noch einmal aufzunehmen. So viele Gründe sprachen gegen diese Reise, nur ein einziger sprach dafür: Sie musste endlich wieder anfangen zu leben.

Wenn eine Frau das durchmachen musste, was Caren hinter sich hatte, wenn sie wegen einer anderen Frau von ihrem Ehemann verlassen worden war, dann blieben ihr nur zwei Alternativen: Entweder sie gab sich ihren Depressionen hin und richtete sich dabei langsam zu Grunde, oder sie fing ein neues Leben an.

An diesem Nachmittag fasste Caren den Entschluss, es mit der zweiten Möglichkeit zu versuchen.

Sie wählte die Nummer des Reisebüros und wartete mit klopfendem Herzen, bis sich am anderen Ende der Leitung eine freundliche Stimme meldete.

„Hallo“, sagte sie nach kurzem Zögern. „Ich möchte eine Reise nach Jamaika buchen.“

Derek Allen betrachtete die bernsteinfarbene Flüssigkeit in seinem Cognacschwenker und überlegte, warum sie ihm heute nicht schmeckte. Der Cognac war erstklassig. Er hatte die Farbe von mexikanischem Topas und ein berauschendes Bouquet.

Er trank einen Schluck. Das Getränk verursachte ihm einen schalen Geschmack im Mund. Oder lag das vielleicht an den Bemühungen seiner Gastgeberin, ihn zu verführen? In einem durchsichtigen Morgenrock hatte sie sich ihm gegenüber in der anderen Ecke der Couch niedergelassen und lächelte ihn über den Rand ihres Cognacglases hinweg aufreizend an.

„Du bist nicht sehr gesprächig, Darling. Hat dich das Theaterstück nachdenklich gestimmt?“

Sie waren gerade von einer Premiere im Kennedy-Center gekommen, wo für geladene Gäste ein neues

Stück uraufgeführt worden war. Der Mann bezweifelte, dass sie die Feinheiten des Stücks mitbekommen hatte. Nur eines war ihr aufgefallen: die Stimmung zwischen ihnen war nun beeinträchtigt. Zusammen mit der Washingtoner High-Snobiety hatten sie vor der Theateraufführung an einem festlichen Essen teilgenommen, beide noch bester Laune. Kein Wunder, dass sie seinen Stimmungsumschwung nicht verstand.

„Das Stück war ziemlich ernüchternd", bemerkte er.

Sie kuschelte sich tiefer in die Kissen, wobei sie sorgfältig darauf achtete, dass der Morgenrock über ihren langen, wohlgeformten Oberschenkeln auseinander rutschte. „Ich mag solche Stücke nicht", schmollte sie. „Sie deprimieren mich."

Der Schmollmund sollte ihn betören. Doch er hatte die entgegengesetzte Wirkung. Derek Allen stellte seinen Cognacschwenker auf den Glastisch und stand auf. Er war wohlerzogen genug, um sich seine Verachtung über ihre Oberflächlichkeit nicht anmerken zu lassen. Schweigend trat er an die riesige Fensterfront und schaute auf die Lichter der Stadt hinunter. Er verstand sich selbst nicht. Was zum Teufel war mit ihm los? Was hatte diese miese Laune zu bedeuten, diese Unzufriedenheit mit allem, mit seinem Leben, mit sich selbst?

Es gab doch keinerlei Probleme. Jeder Durchschnittsbürger würde auf der Stelle mit ihm tauschen.

Er hatte alles. Geld, Autos, Frauen. Seiner Begleiterin für diesen Abend sagte man den schönsten Körper und den schlechtesten Ruf nach. Aber er wollte sie ebenso wenig wie ihren Cognac.

Das Getue ödete ihn an, der Glamour, der Snobismus, seine blasierten Freunde. Am meisten störte ihn, dass er sich etwas vormachte, dass er sich einzureden versuchte, dies sei seine Welt.

„Was ist los, Derek?"

Er hörte, wie sie barfuß über den dicken Teppich zu ihm hinüberkam. Sie legte die Arme um ihn. Langsam schob sie die Hände unter seine Smokingjacke. Sie wusste, wie man einen Mann erregte. Ihre Liebkosungen verrieten wahre Meisterschaft in der Kunst der Verführung. Sie war ein Spitzenprodukt ihrer Gesellschaftsschicht. Ihr Lebensinhalt bestand darin, sich zu amüsieren, Daddys Geld auszugeben, so viele Liebhaber wie möglich zu haben und irgendwann eine gute Partie zu machen.

„Ich wette, es gelingt mir, deine schlechte Laune zu vertreiben", meinte sie, während sie sich von hinten an ihn schmiegte. Sie stellte sich auf die Zehenspitzen und blies ihm ihren warmen Atem ins Ohr. Langsam glitten ihre Hände über sein Smokinghemd zum Reißverschluss seiner Hose.

Bisher hatten ihre geschickten Finger ihn immer auf Anhieb erregt. Doch heute steigerten sie nur seinen

Verdruss. Abrupt drehte er sich um, packte sie hart bei den Schultern und schob sie von sich.

„Entschuldige“, sagte er schnell, als er ihren überraschten Gesichtsausdruck sah. Er rang sich ein Lächeln ab. „Ich bin heute Abend einfach nicht in der richtigen Verfassung.“

Sie warf ihre Haarmähne zurück, für deren Styling ein hoch bezahlter Coiffeur verantwortlich war. „Das sieht dir aber gar nicht ähnlich“, bemerkte sie spöttisch.

Er lachte kurz auf. „Da hast du Recht. Ich bin müde heute Abend. Außerdem habe ich den Kopf voll mit anderen Dingen.“

Während er sprach, ging er langsam auf die Haustür zu. Er wollte so schnell wie möglich von hier verschwinden.

Die Frau legte ihm die Hand auf den Arm. Derek Allen war ein guter Fang, in jeder Hinsicht. Für ihn konnte sie ruhig einmal ihren Stolz überwinden. „Ich kann dich bestimmt ablenken“, versprach sie und schlang ihm die Arme um den Hals, um seinen Kopf zu sich herunterzuziehen. Ihr ganzes Gebaren war eine Aufforderung, das Spiel ihrer Zunge eine Provokation.

Aber Derek empfand nichts. Nicht einen Funken Begehren. Nur jene bittere Unzufriedenheit, die diesen schalen Geschmack in seinem Mund hinterließ. Er hob die Hände und zog ihre Arme von seinem Hals.

„Tut mit Leid." Er lächelte schwach. „Heute Abend nicht."

„Wenn du jetzt gehst, brauchst du nicht wieder anzurufen." Dass ein Mann sich ihr verweigerte, war neu für sie. „Du mieser Typ!" beschimpfte sie ihn. „Was bildest du dir eigentlich ein?"

Vor der Tür drehte er sich noch einmal nach ihr um. Sie hatte die Fäuste in die Hüften gestemmt, und ihre Brüste hoben und senkten sich im heftigen Atemtakt. Zornig funkelte sie ihn an. Das ist das erste Mal, dass ihr Verhalten nicht einstudiert wirkt, dachte er. Plötzlich fand er sie schön, weil sie endlich einmal natürlich aussah. Doch selbst jetzt begehrte er sie nicht.

„Gute Nacht", sagte Derek und öffnete die Tür.

„Scher dich zum Teufel!" fauchte sie und knallte die Tür hinter ihm zu.

Derek ging zum Aufzug und fuhr ins Erdgeschoss hinunter. Er konnte es kaum abwarten, frische Luft zu atmen, den Geruch ihres schweren Parfüms loszuwerden. Freundlich nickte er dem Portier zu, der ihm die Tür aufhielt.

„Guten Abend, Mr. Allen", grüßte der Mann ihn respektvoll.

Kaum stand Derek auf der Straße, da wurde er mit einem Blitzlichtgewitter konfrontiert. Automatisch hob er den Arm. Doch es nützte ihm wenig. Kameras klickten, und im Nu hatte ihn eine Gruppe von Reportern umringt.

„Lasst mich in Ruhe", sagte er resigniert, während er weiterzugehen versuchte. „Habt ihr nicht bei der Premiere schon genug Aufnahmen gemacht?"

„Von Ihnen können wir gar nicht genug Aufnahmen machen, Mr. Allen. Sie sind immer gefragt. Und wenn nächste Woche Ihr Vater nach Washington kommt, brauchen wir einen guten Aufmacher."

Derek blieb unvermittelt stehen. Rasch drehte er sich zu dem Reporter um, der seinen Vater erwähnt hatte. „Wer hat Ihnen das erzählt?"

„Das würden Sie wohl gern wissen, was?"

Erst jetzt erkannte Derek den Fotografen. Es war Ray Daniels, einer der unbeliebtesten und hartnäckigsten Vertreter seiner Zunft. Er arbeitete als selbstständiger Fotograf, doch seine Aufnahmen erschienen nur in den Skandalblättern der Regenbogenpresse. Ray Daniels war abstoßend hässlich. Über seinem Schmerbauch spannten sich die Knöpfe eines schmuddeligen weißen Hemdes. Seine Beine waren kurz und stämmig, dünnes, fettig glänzendes schwarzes Haar klebte ihm am Schädel. An einem speckigen Lederriemen baumelte ihm die Kamera um den unförmigen Nacken.

„Oh, ich weiß, dass man aus dem Besuch Ihres Vaters ein Geheimnis machen will", erklärte er. „Aber Sie kennen ja diese Stadt. Es sickert eben alles durch."

„Was haben Sie zu dem bevorstehenden Besuch Ihres Vaters zu sagen?“ fragte ein anderer Reporter.

„Ich möchte mich dazu nicht äußern“, entgegnete Derek. „Wenn Sie mich jetzt bitte entschuldigen wollen ...“

„Sie müssen doch etwas dazu zu sagen haben.“ Ray Daniels versperrte ihm den Weg. „Wie lange ist es her, seit Sie Ihren alten Herrn zum letzten Mal gesehen haben?“

„Kein Kommentar“, erwiderte Derek gereizt. „Gehen Sie mir bitte aus dem Weg.“

„Was würde er wohl zu der jungen Dame sagen, die Sie heute Abend ausgeführt haben? Ist es etwas Ernstes?“ frage Ray.

„Gehen Sie schon lange mit ihr?“ wollte ein anderer wissen. „Haben Sie Heiratspläne?“

„Mein Gott“, gab Derek ärgerlich von sich. Neben ihm klickte wieder eine Kamera. Er stieß den Fotografen zur Seite und wollte weitergehen. Doch Ray Daniels stellte sich ihm erneut in den Weg.

„Nur noch eine Aufnahme für das Fotoalbum Ihres alten Herrn“, sagte er und hob seine Kamera.

Das Blitzlicht zuckte direkt vor Dereks Augen auf und blendete ihn sekundenlang. Es war Rays Pech, dass Derek gleich darauf wieder klar sehen konnte. Mit einer heftigen Bewegung riss er dem Fotografen die Kamera vom Hals, knallte sie gegen die Hauswand und warf sie dann auf die Straße. Die Reporter wichen zurück. Derek hatte die Hände zu Fäusten geballt. Wütend blickte er Ray Daniels an.

„Wenn Sie mich noch einmal belästigen, werde ich dafür sorgen, dass Sie Ihren Beruf an den Nagel hängen können. Haben Sie mich verstanden? Und jetzt gehen Sie mir aus dem Weg."

Wortlos trat Ray zur Seite und ließ Derek vorbei.

„Ich schicke Ihnen morgen einen Scheck für die Kamera!" rief Derek noch über die Schulter, bevor er um die Hausecke bog und in seinen offenen Sportwagen sprang, um mit Vollgas davonzubrausen.

Bis Derek bei seinem Apartmenthaus angekommen war, den Wagen in der Tiefgarage abgestellt hatte und mit dem Aufzug nach oben in seine Wohnung fuhr, hatte sich seine Wut ein wenig gelegt. Aufatmend lehnte er sich an die Wand des Fahrstuhls.

Warum habe ich mich bloß so aufgeregt? dachte er. Warum habe ich die Reporter nicht ihre Aufnahmen machen lassen? Dabei wusste er genau, was ihn so aufgeregt hatte. Er hatte nicht erwartet, dass die Presse über die Reise seines Vaters informiert war. Morgen stand es bestimmt in allen Zeitungen. Und Daniels würde dafür sorgen, dass die Öffentlichkeit erfuhr, wie der Sohn auf den Besuch des Vaters reagierte. Er würde den Vorfall so verdrehen, dass es aussah, als hinge Dereks Wutanfall mit dem bevorstehenden Besuch seines Vaters zusammen. Verflucht! Warum war er heute Abend nicht zu Hause geblieben?

Er schloss die Tür zu seinem Penthouse auf. Es wirkte steril und unbewohnt. Das einzige Geräusch war das Surren der Klimaanlage. Derek behielt das Penthouse nur, weil er hin und wieder in der Stadt übernachtete, gerade oft genug, um den Besitz der teuren Stadtwohnung zu rechtfertigen.

Derek zog sich aus. Achtlos ließ er die Kleider zu Boden fallen. Wie immer würde das Dienstmädchen am Morgen die Wohnung aufräumen. Er ging ins Bad und drehte den Kaltwasserhahn der Dusche voll auf. Der Wasserstrahl traf seine Haut wie tausend Nadelstiche. Es war wie eine Strafe für sein unbeherrschtes Verhalten gegenüber seiner Freundin, gegenüber den Reportern.

Sie konnten nichts dafür. Weder die Frau noch die Reporter. Er hatte seine schlechte Laune an ihnen ausgelassen. Mit einer heftigen Bewegung stellte er das Wasser ab.

„Ich muss hier weg!“

Es war ihm gar nicht aufgefallen, dass er laut gedacht hatte. Erst als die Worte von den Marmorwänden seiner Duschkabine zurückhallten, hörte er sie. Er trat aus der Dusche und ging, ohne sich abzutrocknen, ins Schlafzimmer. Nachdem er die Lampe neben seinem Bett angeknipst hatte, holte er das Telefonbuch aus der Nachttischschublade und begann darin zu blättern.

Er musste eine Weile aus Washington verschwinden. Während des Aufenthalts seines Vaters war ihm nicht einmal seine Farm weit genug von der Stadt entfernt. Die Presse würde ihn auf Schritt und Tritt verfolgen, würde ihm Fragen über Dinge stellen, die ihn nicht interessierten und mit denen er nichts zu tun haben wollte. Er fürchtete, dass er zu einer Kurzschlussreaktion fähig war, dass er seinen Vater verärgern, seine Mutter in Verlegenheit bringen und sich vollends mit der Presse überwerfen würde.

Nein, er durfte nicht in Washington bleiben. Nicht in dieser Woche. Es war zum Besten aller Beteiligten.

Die Stimme, dic auf seinen Anruf antwortete, klang freundlich.

„Ich möchte verreisen", erklärte er. „Und zwar morgen. Können Sie das arrangieren?"

Die Frau lachte. Sie ahnte, dass sie es hier mit einem überaus attraktiven Mann zu tun hatte. „Aber sicher. Es gibt nur ein ganz kleines Problem."

„Und das wäre?"

„Wohin wollen Sie fliegen?"

„Oh." Zerstreut strich er sich durch das nasse Haar. Wo sollte er hinfahren? Wo war er lange nicht gewesen? Er wollte Sonne und Einsamkeit. Und es sollte nicht zu weit sein.

„Nach Jamaika“, sagte er spontan, weil ihm im Moment nichts anderes einfiel.

Caren hatte sich noch nie „oben ohne“ gesonnt. Bisher hatte ihr immer die Gelegenheit dazu gefehlt. Und selbst wenn sie sich ihr geboten hätte, hätte Caren wahrscheinlich nicht den Mut dazu aufgebracht. Aber wenn sie es auf einen Urlaubsflirt anlegen wollte, musste sie schließlich irgendwo anfangen. Mit nichts außer einem Bikinihöschen bekleidet, lag sie auf ihrem Badetuch und kam sich dabei ziemlich verwegen vor.

Neben ihr im Sand zeichnete sich das Relief eines Feuer speienden Drachens ab, den sie in den frühen Morgenstunden modelliert hatte. Das über zwei Meter lange Monster war ihr zu einem wahren Meisterstück gelungen. Caren betrachtete den Drachen als ihren Wächter gegen unerwünschte Eindringlinge.

Dabei bestand kaum Gefahr, dass jemand in ihr kleines Reich eindrang. Sie hatte sich nämlich an den Privatstrand zurückgezogen, der zu dem Bungalow gehörte, den sie für eine Woche gemietet hatte. Statt im Hauptgebäude der großen Hotelanlage ein Zimmer zu buchen, hatte sie einen der romantischen Bungalows gewählt, die abgeschieden in einer tropischen Gartenanlage versteckt lagen.

Niemand konnte sie hier sehen. Und wenn sich ein Boot von der Bucht her nähern sollte, würde sie es sofort entdecken und genug Zeit haben, sich etwas überzuziehen. Selbst wenn sich während dieses Urlaubs nichts Aufregendes ereignen sollte, kam sie mindestens mit einer beneidenswerten Sonnenbräune nach Hause.

Ohne Bikinioberteil in der Sonne zu liegen war wirklich eine neue und wunderbare Erfahrung für sie. Der warme Lufthauch strich über ihre Haut. Ab und zu trug eine kühle Brise den Tang- und Salzgeruch des Meeres heran. Caren hörte den Wind in den Palmen rauschen und das Wasser leise ans Ufer klatschen und ...

Ein neues Geräusch drang an ihr Ohr, das sie nicht sofort deuten konnte. Waren es Schritte? Bevor sie sich noch weiter den Kopf darüber zerbrechen konnte, war der Mann bei ihr angelangt. Keuchend stolperte er über den Kopf des Drachen.

„Verdammt!“ rief er, als er sie sah.

Er streckte sein Bein vor, um zu verhindern, dass er auf ihr landete. Dabei rutsche er im weichen Sand aus, verlor das Gleichgewicht und fiel hin. Mit den Schulterblättern zermalmte er die kunstvoll modellierte gespaltene Zunge und die Feuer speienden Nüstern des Sanddrachens.

Er rollte sich herum, um Caren zu betrachten. Wie ein olympischer Athlet vor dem Start hatte er ein Bein ausgestreckt und das andere angewinkelt. Dabei stützte er sich auf die Arme, um die Tarzan ihn beneidet hätte.

Seine geballten Fäuste gruben kleine Krater in den Sand. Er schien nur aus Sehnen und harten, gespannten Muskeln zu bestehen. Sein Atem ging stoßweise. Seine Augen blitzten. Caren dachte unwillkürlich an die Schönheit und Geschmeidigkeit eines Tigers. Und es kam ihr vor, als würde sich dieser Tiger jeden Moment auf sie stürzen.

2. KAPITEL

Diese Augen! Grün und Gold und Achat verschmolzen harmonisch und gaben ihnen eine gefährlich fesselnde Ausstrahlung. Caren hatte das Gefühl, als versenke sich ihr Blick bis auf den Grund der beiden tiefschwarzen Pupillen.

Und erst sein Haar. Sattes, glänzendes Braun, mit goldenen Strähnen durchsetzt. Es war ziemlich lang und unterstrich die exotische Wildheit, die der Fremde ausstrahlte. Er trug nichts außer blauen Shorts und Turnschuhen. Sein Lächeln war hintergründig und verführerisch.

„Hallo." Seine Stimme war so hinreißend wie seine sonnengebräunte Haut.

„Hallo." Carens Stimme klang unnatürlich hoch.

„Das ist ja gerade noch einmal gut gegangen." Er ließ den Blick über ihren Körper wandern. Erst als er auf ihren Brüsten ruhte und haften blieb, wurde Caren bewusst, dass sie nicht mehr trug als er. Hastig griff sie nach einem Handtuch und bedeckte sich den Oberkörper.

„Ja, das war knapp“, sagte sie. Sie hatte sich ein Abenteuer gewünscht, ein bisschen Aufregung. Aber doch nicht das!

„Es tut mir Leid. Ich habe Sie erst gesehen, als ich schon fast auf Ihnen lag.“ Um seine Lippen spielte die Andeutung eines Lächelns, und Caren war sicher, dass er seine Worte mit Absicht so gewählt hatte. „Sie haben sich aber auch hinter der einzigen Düne niedergelassen, die es hier gibt.“

„Das ist keine Düne, sondern ein Drache“, verbesserte sie ihn. Und als er daraufhin zweifelnd die zerdrückten Sandhaufen betrachtete, fügte sie schroff hinzu: „Es war jedenfalls einer. Dies ist mein Privatstrand“, sagte sie mit Bestimmtheit. Zweifellos hatte sie ihn mit ihrem Verhalten vor den Kopf gestoßen.

„Der arme Drache“, bedauerte er mit einem Lächeln, das einen Eisberg zum Schmelzen gebracht hätte. Er blickte zur Kuppe der kleinen Anhöhe hinauf. „Ist das Ihr Bungalow?“

„Ja.“

Sein Lächeln vertiefte sich. „Ich bin Ihr Nachbar, Derek Allen.“

Als er die Hand ausstreckte, wich Caren unwillkürlich zurück. Im nächsten Moment schämte sie sich ihres schulmädchenhaften Verhaltens. Sie nahm seine Hand, hielt jedoch mit der anderen ihr Badetuch fest vor die Brust gedrückt.

„Caren Blakemore“, stellte sie sich vor. Sie wollte die Hand zurückziehen, doch er ließ sie nicht los.

„Sie haben keinen Grund, sich hinter Ihrem Badetuch zu verstecken“, bemerkte er.

Caren befeuchtete sich nervös die Lippen. „Doch, den habe ich. Lassen Sie bitte meine Hand los.“

„Ihre Brüste sind wunderschön.“

Vor Verlegenheit schoss ihr das Blut in die Wangen. „Danke.“

„Keine Ursache.“

Ganz plötzlich kam Caren das Absurde der Situation zu Bewusstsein. Heftig entzog sie Derek ihre Hand, die er diesmal sofort losließ.

„Für heute hatte ich genug Sonne“, sagte sie. „Schauen Sie sich nur meinen Arm an. Er ist schon krebsrot. Das ist eben die tropische Sonne. Ich möchte mir nicht gleich am ersten Tag einen Sonnenbrand holen.“

Sie sprach hastig und ohne Pause, während sie ungeschickt mit einer Hand ihre Sachen in die große Strohtasche packte. Als sie sich endlich wieder aufrichtete, hielt sie noch immer das Badetuch fest vor die Brust gepresst.

Er legte ihr die Hand unter den Ellenbogen, um ihr beim Aufstehen zu helfen.

„Vielen Dank, Mr. ...?"

„Allen."

„Auf Wiedersehen, Mr. Allen. Ich wünsche Ihnen einen angenehmen Urlaub." Damit drehte sie sich um und ging auf die kleine Anhöhe zu, die zu ihrem Bungalow hinaufführte.

„Sie haben etwas vergessen!" rief er ihr hinterher.

Caren blieb stehen und wandte sich um. „Oh!" rief sie erschrocken, als sie ihr Bikinioberteil an seinem ausgestreckten Zeigefinger baumeln sah. Hastig lief sie zurück und riss es ihm aus der Hand. „Danke."

„Möchten Sie es anziehen?"

„Nein."

„Sind Sie sicher? Ich würde Ihnen gern dabei helfen."

„Nein!" wiederholte sie scharf, und etwas leiser fügte sie hinzu: „Ganz bestimmt nicht, vielen Dank." Sie drehte ihm den Rücken zu. „Auf Wiedersehen."

Während sich Caren von Derek entfernte, fühlte sie, wie sein Blick ihr folgte. Sie beschleunigte ihre Schritte. Die letzten Meter zu ihrem Bungalow legte sie im Laufschritt zurück, und erst als sie sich hinter der Mauer befand, die ihre Terrasse umgab, atmete sie erleichtert auf.

Vor Aufregung am ganzen Körper zitternd, ging sie in die kleine Küche und trank ein Glas eiskaltes Wasser.

Dabei hielt sie noch immer das Badetuch vor die Brust. Sie ließ es erst in ihrem Schlafzimmer fallen, bevor sie resigniert aufs Bett sank.

Das war also ihr Debüt als Swinging Single gewesen! Ein schöner Reinfall. Sie hatte sich wie eine Närrin benommen. Wahrscheinlich stand dieser Derek Allen noch immer unten am Strand und bog sich vor Lachen. Sie würde ihm nie wieder in die Augen sehen können.

Aber sollte sie etwa aus Angst davor, ihm zu begegnen, den Rest ihres Urlaubs auf ihrer einsamen Terrasse verbringen? Nein! So weit kam es noch! Sie würde jetzt sofort wieder an den Strand hinuntergehen.

Caren stand auf und schritt entschlossen durch den Bungalow. Sie kam bis zur Tür. Dann überlegte sie es sich anders. Auf der Terrasse stand ein bequemer Liegestuhl. Niemand würde sie hier stören. Hier war es sonnig und ruhig. Warum blieb sie nicht einfach hier?

Feigling! schalt sie sich.

Sie war nicht nur feige, sie zog auch noch ihr Bikinioberteil an, bevor sie sich in den Liegestuhl legte.

Vielleicht war sie verheiratet. Vielleicht hatte sie einen rasend eifersüchtigen Ehemann. Nein. Derek konnte sich nicht vorstellen, dass sie verheiratet war. Sie hatte Angst gehabt, aber nicht vor einem eifersüchtigen Ehemann, sondern vor ihm. Warum? Er kannte den Grund ihrer Nervosität nicht. Derek wusste nur, dass er sie bezaubernd gefunden hatte in ihrer Verlegenheit.

Er stand am Fenster und schaute zu dem benachbarten Bungalow hinüber, von dem nur das Dach zu sehen war. Derek musste lachen, als er sich an ihren überraschten Gesichtsausdruck erinnerte. Ihre Augen waren groß und rund und samtbraun gewesen. Sie hatte das honigblonde Haar im Nacken zusammengebunden gehabt. Er schätzte, dass es ihr offen getragen bis auf die Schultern fallen musste.

Warum hatte er sich nicht wie ein Gentleman benommen und ihr sofort sein Handtuch gereicht, um ihr die Verlegenheit zu ersparen? Ihr schüchternes Erröten war hinreißend gewesen. Wann hatte er zuletzt eine Frau erröten sehen?

Jede andere Frau hätte sich zurückgelehnt, sich sinnlich ausgestreckt und ihn verführerisch angelächelt, um ihn herauszufordern und aufzureizen. Aber nicht sie. Trotzdem hätte ihn nichts mehr reizen können als ihre bezaubernde Schüchternheit. Sie war schlank und sehr feminin. Das allein hätte schon genügt, um sein Interesse zu wecken.

Er wollte sie wieder sehen. Wie sollte er herausfinden, ob sie mit einem Ehemann oder einem Freund hier war, wenn er sich nicht davon überzeugte? Derek Allen hatte schon immer die Herausforderung geliebt. Besonders dann, wenn eine Frau im Spiel war.

Caren hatte sich geduscht und die Haare gewaschen. Jetzt stand sie vor dem Badezimmerspiegel und betrachtete kritisch ihren Körper. Sie hatte schon eine leichte Sonnenbräune angenommen. Nicht schlecht für den ersten Tag, dachte sie erfreut. Sie cremte sich ausgiebig mit Feuchtigkeitslotion ein und nahm dann das Handtuch vom Kopf, um ihr nasses Haar auszuschütteln und es mit allen zehn Fingern durchzukämmen. Sie wollte gerade nach der Haarbürste greifen, da klopfte es an der Tür.

Schnell zog sie sich Shorts und ein trägerloses Frotteeoberteil an und ging auf Zehenspitzen durchs Wohnzimmer zum Fenster, um durch die Gardine nach draußen zu spähen. „Oh nein", flüsterte sie, als sie Derek vor der Tür stehen sah.

Am besten ignorierte sie sein Klopfen einfach. Irgendwann würde er sich schon entfernen. Aber hatte sie nicht den Entschluss gefasst, aus sich herauszugehen und selbstsicherer zu werden? Wenn sie eine Urlaubsbekanntschaft suchte, musste sie auch lernen, Männer abzuweisen. Und damit fing sie am besten gleich an. Sie nahm all ihren Mut zusammen und öffnete die Tür.

„Hallo." Sein erstes Hallo vorhin am Strand hatte noch recht formell geklungen. Diesmal klang es vertraulich. Sein Blick war wie eine Liebkosung und löste Reaktionen in ihr aus, die sie beängstigten.

Nervös verschränkte Caren die Arme vor der Brust. Vor Erregung waren ihre Handflächen feucht geworden. Sie hoffte inständig, dass er nicht sah, wie heftig sie auf ihn reagierte, fürchtete jedoch, dass es ihm nicht entging. Sein Lächeln wirkte träge und ein wenig arrogant.

„Kann ich etwas für Sie tun, Mr. Allen?" Oh Gott, das klang zweideutig. Caren biss sich auf die Lippe. Hoffentlich nahm er nicht an, sie wollte ihn damit provozieren. Dieser Mann brauchte gewiss keine Ermunterung.

„Ja, das könnten Sie, Caren, indem Sie mir eine Tasse Zucker leihen."

Ihr Herz schlug schneller, als sie ihren Namen aus seinem Mund hörte. „Pardon", sagte sie. Mit seiner harmlosen Frage hatte er sie völlig überrumpelt.

„Ich hätte gern eine Tasse Zucker", wiederholte er und trat an ihr vorbei durch die Tür. „Lassen Sie nicht unnötig die kühle Luft hinaus", bemerkte er beiläufig, während er die Tür hinter sich schloss. „Gefällt Ihnen Ihr Bungalow? Ich finde meinen ganz gemütlich."

Er war zu gewandt, zu geschliffen. Ungebeten in die Wohnung einer Frau einzudringen war für ihn gewiss nichts Neues. Sie war solches Verhalten jedenfalls nicht gewohnt und konnte es nicht billigen. „Mr. Allen ..." fing sie an.

„Nennen Sie mich bitte Derek. Als Nachbarn sollten wir uns doch wenigstens mit dem Vornamen anreden."

Seine Dreistigkeit ging ihr gegen den Strich. Angriffslustig hob sie das Kinn. „Wozu brauchen Sie Zucker? Wollen Sie einen Kuchen backen?"

„Zucker? Oh ja, lassen Sie mich mal nachdenken." Er machte kein Geheimnis daraus, dass er sich erst eine Lüge ausdenken musste. „Ich wollte mir gerade einen Eistee machen." Er verzog die Lippen. „Ich hasse ungesüßten Eistee."

Der Vorwand war so fadenscheinig, dass Caren lachen musste. „Es tut mir Leid. Ich habe auch keinen Zucker, nur Süßstoff, meinte sie.

Er schnitt eine Grimasse. „Keinen Zucker?"

„Keinen Zucker. Ich kann Ihnen leider nicht helfen, Mr. ... Derek", sagte sie hastig, als sie sah, wie er die Brauen zusammenzog.

„Haben Sie Cola oder Fanta?"

Sie seufzte ungeduldig. „Ich bin im Moment nicht darauf eingestellt, die Gastgeberin zu spielen. Ich habe nasses Haar und bin weder zurechtgemacht noch anständig angezogen." Sie holte tief Luft und fügte dann hinzu: „Und ich habe Sie nicht eingeladen."

„Warum sind Sie nicht an den Strand zurückgekommen? Ich habe noch eine ganze Weile auf Sie gewartet."

„Ich habe mich auf meiner Terrasse gesonnt, wo mich niemand stören kann."

Er quittierte die Anspielung mit einem vergnügten Grinsen. „Oben ohne?“

„Wie bitte?“ fragte sie verwirrt, weil er sie einen Moment aus der Fassung gebracht hatte.

„Ich wollte wissen, ob Sie sich hüllenlos gesonnt haben.“

„Nein.“

„Warum nicht? Haben Sie Angst vor Spannern?“

„Nein. Vor aufdringlichen Nachbarn.“

Derek lachte laut auf, ein tiefes, volles Lachen, das durch seinen breiten Brustkorb vibrierte. Unwillkürlich musste Caren daran denken, wie er nackt ausgesehen hatte. Dunkle Haut mit sonnengebleichten Härchen. Mein Gott, reiß dich zusammen! rief sie sich energisch zur Ordnung. Sie wandte den Blick von ihm ab.

„Sind Sie allein hier?“ fragte er unvermittelt.

„Ja, eigentlich schon.“

„Eigentlich schon? Was soll das heißen? Sind Sie verheiratet?“

„Nein, aber ...“

„Haben Sie einen Freund?“

„Nein.“

Als sie sah, dass er daraufhin erstaunt die Brauen hob, fügte sie gelassen hinzu: „Ich habe ihn nicht mitgebracht.“

„Prima! Ich bin auch allein hier. Dann können wir ja etwas zusammen unternehmen."

Wieder verschränkte Caren die Arme vor der Brust. Diesmal nicht aus Nervosität, sondern weil ihr die Unterhaltung allmählich auf die Nerven ging. Ungeduldig klopfte sie mit dem nackten Fuß auf den Boden. „Und was haben Sie sich vorgestellt?" Kaum hatte sie die Worte ausgesprochen, wurde sie blass. Großartig, sehr geschickt, Caren. Du machst deine Sache wirklich gut.

Er trat einen Schritt auf sie zu, bis sich ihre nackten Füße fast berührten. „Ich habe da eine ganz bestimmte Idee."

Er trug Shorts. Sie konnte die gekräuselten Härchen seiner Beine an ihren Oberschenkeln spüren. „Was für eine Idee?" fragte sie mit rauer Stimme.

„Es gehören zwei dazu."

„Was meinen Sie?"

„Tennis."

Sie hob den Kopf und begegnete seinem amüsierten Blick. „Tennis?" wiederholte sie, als hätte sie ihn nicht recht verstanden.

„Ja. Oder haben Sie an etwas anderes gedacht?"

Caren errötete. „Nein, natürlich nicht", log sie.

Er hatte ihre Lüge durchschaut. „Sie spielen doch Tennis?" fragte er lächelnd.

„Ein wenig. Wie gut spielen Sie?"

„Ziemlich gut. Und Sie?“

„Mittelmäßig. Ich bin bestimmt nicht die richtige Partnerin für Sie.“

„Sagen Sie das nicht. Wenn es umgekehrt wäre, wenn Sie besser spielen würden als ich, würde das mein männlicher Stolz nicht verkraften.“

Caren bezweifelte das. Ein Mann, der eine halb bekleidete Frau, die er erst vor wenigen Stunden kennen gelernt hatte, dermaßen ungeniert musterte, hatte bestimmt kein angeknackstes Selbstbewusstsein.

„Schnorcheln Sie gern?“

„Ich habe Angst vor Haien.“

„Höre ich da einen anzüglichen Unterton heraus?“

„Wenn Sie sich angesprochen fühlen ...“

Sie verstummte jäh, denn er hatte die Hände gehoben, um mit den Fingern durch ihr Haar zu streichen. Eingehend betrachtete er die kräftigen, gewellten Strähnen. „Sie haben eine herrliche Haarfarbe“, bemerkte er.

„Danke.“

„Ich wusste nicht genau, wie lang Ihr Haar ist, weil Sie es vorhin zusammengebunden trugen. Ich nahm an, es würde Ihnen bis hierhin gehen.“ Er legte die Hände auf ihre Schultern. „Aber ich habe mich getäuscht. Es ist viel länger. Es reicht bis ...“

Die Haarsträhne, deren Länge er gemessen hatte, glitt aus seinen Fingern. Ganz leicht berührte er dabei ihre Brüste. „Bis hierher“, flüsterte er.

Er ließ die Fingerspitzen auf der sanften Rundung liegen und schaute Caren in die Augen. Derek wollte sie berühren, ihre Lippen auf seinen spüren, sich in dem Duft ihrer Haut verlieren. Doch ihre großen, ängstlich blickenden Augen und das leichte Zittern, das durch ihren Körper lief, verrieten ihm, dass sie noch nicht bereit war. Er riss sich von ihrem Anblick los und trat einen Schritt zurück, während sie die Benommenheit abzuschütteln versuchte, in die seine Stimme sie versetzt hatte.

„Was haben Sie heute Abend vor?“ fragte er.

„Ich weiß es noch nicht.“

„Und wann werden Sie es wissen?“

Sie versuchte, seinem Blick auszuweichen. Von seinen Augen ging irgendeine geheimnisvolle Kraft aus. Wenn sie ihn längere Zeit ansah, hatte sie das Gefühl, sich ihm willenlos auszuliefern.

„Ich möchte wirklich keine Pläne machen“, sagte sie ausweichend. „Ich bin in Urlaub gefahren, um mich zu erholen und nur das zu tun, wozu ich gerade Lust habe.“

„Ich verstehe.“ Bevor er in ihren Bungalow gekommen war, hatte Derek keine Ahnung gehabt, wie sich die Sache entwickeln würde. Sie hätten jetzt schon intim sein können. Oder er hätte sich längst wieder auf der anderen Seite der Haustür befinden können – hinausgeworfen von einem eifersüchtigen Ehemann.

Er schätzte, dass ihre Situation irgendwo dazwischen lag.

Sie gehörte ganz offensichtlich nicht zu den Frauen, die sich auf flüchtige Affären einließen. Aber sie war auch kein Eisberg. Derek kannte die Frauen, und er verstand ihre Körpersprache. Caren war interessiert, aber vorsichtig. Für ihn stand fest, dass er mit ihr schlafen würde. Das hatte er schon vorhin am Strand entschieden. Aber im Moment hielt er es für angebracht, sich zurückzuziehen und ihr Zeit zu lassen.

Er schenkte ihr sein unwiderstehlichstes Lächeln. „Haben Sie wirklich keinen Zucker?“ Ihr spontanes Lachen war ermutigend. Wenn sie erst einmal ihre Vorbehalte über Bord geworfen hätte, würde sie bestimmt umwerfend sein. „Na gut, dann eben nicht. Auf Wiedersehen. Wir sehen uns später“, sagte er und wandte sich zum Gehen.

„Auf Wiedersehen.“ Caren schloss die Tür hinter ihm und lehnte sich erschöpft dagegen. Wütend schlug sie mit den Fäusten auf das Holz ein. Warum fiel es ihr so schwer, mit einem Mann zu flirten? Hatte Winston jeden Funken Selbstvertrauen in ihr zerstört? Wieso hatte sie sich eingebildet, die Spielregeln zu beherrschen, die heutzutage unter den allein Stehenden galten? Sie, die es nicht einmal geschafft hatte, ihren Mann zu halten?

Ja, sie hatte sich eine Ferienliebe gewünscht. Eine

romantische, flüchtige Affäre. Einen Flirt, der die Erinnerung an diesen Urlaub vertiefen sollte, wenn sie erst einmal wieder zu Hause war. Ja, sie hatte gehofft, einem Mann zu begegnen.

Aber keinem Mann vom Kaliber Derek Allens. Er war viel zu attraktiv, zu weltgewandt, zu männlich. Und sich seiner Männlichkeit viel zu sicher. Seine Taktik war zu perfekt, sein Blick zu begehrlich. Nein, Derek Allen war nichts für sie.

Weil sie befürchtete, er könnte später noch einmal bei ihr vorbeikommen und sie vielleicht zum Essen einladen, beschloss sie, sich nur noch selten sehen zu lassen.

Vielleicht war das doch keine so gute Idee, dachte Caren bedrückt. Der Pavillon, in den sie zum Abendessen gegangen war, wurde offenbar von Paaren und Vierergrüppchen bevorzugt. Caren saß allein an einem Tisch für zwei Personen und betrachtete verstohlen die Paare an den Tischen ringsum.

Im Vergleich zur modischen Garderobe dieser Frauen wirkte ihr Sommerkleid vom letzten Jahr richtig langweilig. Sie nahm sich vor, sich gleich morgen etwas Schickes zu kaufen. Und wenn sie dafür ihre letzten Ersparnisse ausgeben musste.

Die Sonne war vor ein paar Minuten untergegangen und hatte den Himmel in ein Meer von rötlichen Schattierungen getaucht. Auf den Tischen standen frische Blumen, Windlichter flackerten in der Meeresbrise, ein Sextett spielte leise Musik. Das ganze Restaurant war auf Romantik abgestimmt. Was hatte sie überhaupt hier zu suchen?

„Warten Sie schon lange?"

Erschrocken blickte Caren auf. Derek lächelte auf sie herab. Sie schaute sich um, um sich zu vergewissern, ob er auch wirklich sie gemeint hatte. Ohne ihre Antwort abzuwarten, setzte er sich ihr gegenüber an den Tisch.

„Es tut mir Leid, dass ich mich verspätet habe."

Caren verschränkte die Arme auf dem Tisch und strafte ihn mit einem verärgerten Blick. Dabei war sie eigentlich froh, dass er so unverhofft aufgetaucht war.

„Sie sind bemerkenswert unverfroren, Mr. Allen", erklärte sie.

„Und Sie sind bemerkenswert schön." Er ließ den Blick über ihren Ausschnitt wandern, und seine Stimme wurde noch eine Spur leiser. „Ich kann mich an jedes Detail genau erinnern."

„Könnten wir bitte über etwas anderes sprechen?"

„Selbstverständlich." Er beugte sich vor und nahm ihre Hand. „Worüber sollen wir sprechen? Übers Küssen?"

Caren verschlug es die Sprache. Stumm schaute sie ihn an.

„Möchten Sie eine Flasche Wein zum Essen bestellen?“ Wie aus dem Nichts tauchte plötzlich der Kellner an ihrem Tisch auf. Caren hatte ihn nicht kommen sehen. Derek hatte sie mit seinem draufgängerischen Benehmen so verwirrt, dass sie ihre Umgebung ganz vergessen hatte.

„Nein, vielen Dank ...“

„Ja, gern.“

Sie hatten beide zur gleichen Zeit geantwortet. Der Kellner schaute fragend von einem zum anderen, bis Derek die Initiative ergriff. Er bestellte einen Wein, dessen Namen Caren nicht einmal aussprechen konnte. Er musste sehr erlesen und entsprechend teuer sein. Der Ober war sichtlich beeindruckt. Er schnippte mit den Fingern, und sofort eilte ein Jungkellner herbei, um seinen Anweisungen zu folgen.

„Wollen wir uns am Büffet bedienen oder à la carte essen?“

„Eigentlich reizt mich das frische Obst am Büfett.“

„Okay. Gehen wir ans Büfett.“

Derek erhob sich und hielt ihr die Hand hin, um ihr beim Aufstehen zu helfen. Caren bemerkte sehr wohl, dass die Frauen an den Tischen ringsum sie und Derek mit neugierigen Blicken verfolgten. Derek war bei weitem der bestaussehende Mann, dem Caren je begegnet war, und offensichtlich dachten die meisten Frauen ebenso wie sie. Er trug eine helle Hose, dazu ein helles

Seidenhemd und einen zweireihigen dunkelblauen Blazer. In seiner Brusttasche steckte ein rotes Seidentuch. Er trug keine Krawatte, sondern hatte die obersten Hemdknöpfe offen gelassen, so dass ein Stück braune Haut mit dichten, weichen Härchen durchschimmerte. Der Schein des Mondes ließ die hellen Strähnen in seinem dichten braunen Haar golden schimmern.

Es stellte sich heraus, dass Derek und Caren, was das Essen betraf, die gleichen Vorlieben hatten. Beide wählten frische Früchte, Gemüse und mageres Fleisch.

„Machen Sie den Mund auf", sagte Derek hinter ihr.

Caren drehte sich um. Derek hielt ihr eine tiefrote, glänzende Erdbeere hin. Sie zögerte. Hatte sie schon einmal einem Mann aus der Hand gegessen? Sie konnte sich nicht daran erinnern, mit Winston ähnliche Vertraulichkeiten ausgetauscht zu haben. Winston. Wusste sie überhaupt noch, wie er aussah? Während sie in Dereks markantes Gesicht schaute, verblasste das Bild ihres Ehemannes zu einem bloßen Schatten.

„Bitte", erwiderte er, und seine Stimme klang genauso rau wie ihre.

Der flackernde Schein der Windlichter malte ein geheimnisvolles Spiel von Licht und Schatten auf ihre Gesichter. Selbstvergessen schauten sie sich an, bis sich der Mann, der hinter ihnen am Büffet stand, diskret räusperte.

Nachdem sie an ihren Tisch zurückgegangen waren und der Weinkellner ihre Gläser gefüllt hatte, prostete Derek ihr zu. „Auf eine unvergessliche Urlaubswoche."

Sie ließen sich viel Zeit mit dem Essen. Derek gedachte offenbar den ganzen Abend in ihrer Gesellschaft zu verbringen. Mit der ihm eigenen Selbstverständlichkeit schien er davon auszugehen, dass sie sich in seiner Gesellschaft wohl fühlte und keine anderen Pläne für den Abend hatte. Eigentlich hätte sich Caren darüber ärgern sollen. Doch die Energie brachte sie nicht mehr auf.

Der Wein war schwer und stieg ihr sofort zu Kopf. Bald überkam sie eine angenehme Mattigkeit. Sie beobachtete Derek beim Essen, betrachtete seinen Mund und wünschte sich, er würde wieder vom Küssen sprechen.

„Waren Sie schon einmal verheiratet?" fragte er.

Sie drehte den Stiel ihres Weinglases zwischen den Fingern. „Ja. Bis vor einem Jahr."

„Scheidung?"

„Ja."

„War es schlimm?"

„Ja." Das Thema war für sie erledigt. Das gab sie ihm mit ihrer knappen Antwort eindeutig zu verstehen.

„Haben Sie Familie?"

„Meinen Sie Kinder?"

Er nickte und sah ihr mit einem unergründlichen Blick fest in die Augen.

„Nein, keine Kinder", sagte sie wehmütig. „Und keine Familie, außer meiner Schwester Kristin. Sie ist sechzehn, geht noch zur Schule. Wir beide sind ganz allein."

Es war, als bestünde ein stilles Übereinkommen zwischen ihnen, keine persönlichen Fragen zu stellen. Ihre Unterhaltung berührte nur sehr flüchtig ihr Privatleben. Caren erzählte Derek lediglich, dass sie als Sekretärin arbeitete. Wer ihr Arbeitgeber war und wo sie wohnte, sagte sie ihm nicht.

„Und was machen Sie?"

„Ich bin Farmer."

Langsam, ohne dabei den Blick von ihm zu wenden, stellte Caren das Weinglas ab. „Farmer?" wiederholte sie ungläubig.

Er lächelte über ihren verständnislosen Gesichtsausdruck. „Überrascht Sie das?"

„Das ist noch untertrieben. Ich kann es einfach nicht glauben."

Er beugte sich vor. „Warum nicht?"

„Zugegeben, ich habe noch nie einen gekannt. Aber Sie entsprechen am allerwenigsten dem Bild, das ich mir von einem Farmer mache."

„Wofür hätten Sie mich denn gehalten?"

Sie schaute ihn nachdenklich an. „Für einen Polospieler, einen Glücksritter, einen Showmaster vielleicht."

„Da sehen Sie, wie man sich täuschen kann", sagte er und breitete lachend die Arme aus.

„Sind Sie wirklich Farmer?"

Wieder lachte er. „Ja, ich bin wirklich Farmer."

„Was bauen Sie an?"

„Getreide", entgegnete er ausweichend. „Außerdem züchte ich Pferde. Was man eben auf einer Farm so alles macht."

Caren verstand. Das Thema war erledigt. Sie hatte kein Recht, ihn über sein Leben auszufragen. Er fragte sie ja auch nicht über ihres aus. Über den Rand ihrer Gläser hinweg schauten sie sich an.

„Nun, ich habe es mit Tennis und Schnorcheln versucht", bemerkte er beiläufig. „Möchten Sie vielleicht mit mir schlafen?"

„Nein!" rief sie entgeistert.

„Wollen Sie tanzen?"

Sie blickte zur Tanzfläche hinüber, wo sich die Paare unter dem Sternenhimmel im Rhythmus romantischer Klänge wiegten. Sie lächelte ihn an. „Ja", stimmte sie zu.

Er führte sie auf die Tanzfläche, die über das glitzernde Wasser der Bucht hinausgebaut war. Als sie voreinander standen, breitete er die Arme aus, und sie ließ sich von ihm umarmen.

Sie musste heute früh dort draußen am Strand gestorben sein. Sie musste einen Hitzschlag oder einen Herzinfarkt erlitten haben. Irgendetwas, das sie kurz und schmerzlos aus dieser Welt befördert hatte. Denn sie befand sich nicht mehr auf der Erde. Sie schwebte im Himmel. So konnte man sich nur fühlen, wenn man im Himmel war.

3. KAPITEL

Es war ein herrliches Gefühl, von einem Mann in den Armen gehalten zu werden. Caren merkte erst jetzt, wie sehr es ihr gefehlt hatte. Seit ihrer Scheidung hatte sie den Gedanken an Liebe und Zärtlichkeit verdrängt. Sonst wäre es ihr noch schwerer gefallen, ihre Einsamkeit zu ertragen. Jetzt merkte sie, wie ausgehungert sie war nach der Berührung eines Mannes. Dereks Nähe brachte es ihr schmerzlich zum Bewusstsein.

Er war so viel größer und stärker als sie, so kräftig, so zärtlich. Sie wollte sich an ihn schmiegen, Trost und Geborgenheit bei ihm finden. Sie wollte jeden Zentimeter seines Körpers berühren, mit all ihren Sinnen seine Leidenschaft erfahren.

„Ihr Kleid gefällt mir.“ Er ließ die Hand über ihren Rücken gleiten, sein warmer Atem streifte ihr Haar.

„Warum?“ flüsterte sie.

„Weil es so tief ausgeschnitten ist, dass ich Ihre Haut berühren kann.“ Behutsam strich er über ihre Schulter, über ihren Nacken.

Caren widerstand der Versuchung nicht länger. Sie schlang die Arme um seinen Hals und vergrub die Finger in seinem dichten Haar.

Derek streifte mit den Lippen ihre Schläfe. „Ich möchte mit Ihnen schlafen, Caren“, stieß er rau hervor.

Seine Direktheit irritierte sie. „Wieso?“ fragte sie, weil ihr nichts anderes einfiel.

Sie spürte seine Lippen an ihrer Wange und dann an ihrem Ohr. „Weil Sie mich in Versuchung führen. Weil Sie schön sind und bezaubernd und unglaublich sexy.“

Weshalb sagte er so etwas zu ihr? Ahnte er, wie verzweifelt sie sich danach sehnte, diese Worte zu hören? Meinte er sie ernst, oder sagte er sie nur aus Berechnung? Es war ihr gleichgültig in diesem Moment. Sie würde Derek immer dafür dankbar sein, dass er ihr Selbstbewusstsein wieder aufgerichtet hatte.

„Sie tun das oft, nicht wahr?“

Er legte ihr den Finger unters Kinn und zwang sie, ihn anzusehen. „Was?“

„Frauen ansprechen, sie mit Ihrem Charme betören, mit ihnen schlafen.“

Nachdenklich wandte er den Blick von ihr ab. Als er

sie wieder ansah, las sie Traurigkeit in seinen Augen. „Ja“, bekannte er leise.

Caren nickte. Sie hatte es gewusst. Wenigstens war er ehrlich genug, es offen zuzugeben. Seine Erfahrung ängstigte sie. Sie passte nicht zu ihm.

„Ich nicht“, sagte sie ruhig. „Wenigstens habe ich es nie versucht. Zu einem flüchtigen Abenteuer bin ich nicht fähig. Und ich möchte Sie nicht enttäuschen. Sie sollten Ihre Zeit nicht mit mir verschwenden ...“

„Schsch.“ Behutsam drückte er ihren Kopf an seine Brust. „Es genügt mir, Sie in den Armen zu halten. Ich tanze gern mit Ihnen. Wir ergänzen uns fantastisch. Konzentrieren wir uns also darauf.“

Lange tanzten sie miteinander, ohne auch nur ein Wort zu wechseln. Sie verstanden sich auch so. Caren folgte seinen Schritten, als wäre sie schon jahrelang auf Derek eingespielt. Er hielt sie nur leicht umfasst. Seine Berührung war fast zärtlich, zärtlich und dennoch besitzergreifend. Und intim. Er ließ keinen Zweifel daran, dass er Caren begehrte.

Erst als das Unterhaltungsprogramm begann, gingen sie an ihren Tisch zurück. Derek bestellte Caren einen fruchtigen Longdrink, der sie ebenso in Stimmung brachte wie der Beat der Reggae-Trommeln. Bald ließen sie sich von der allgemeinen Ausgelassenheit anstecken, klatschten den Takt der Musik mit und lachten über die Witze des Conférenciers.

Caren und Derek spazierten Arm in Arm zu ihren Bungalows zurück. Je näher sie ihrem Ziel kamen, desto heftiger wurde Carens Herzklopfen. Würde Derek jetzt seine Entschädigung fordern? Um dies zu verhindern, versuchte sie ihm das Ende des Abends zu signalisieren:

„Ich habe mich sehr amüsiert, wirklich. Vor allem das Tanzen hat mir gefallen. Es war doch schön, nicht wahr? Ich weiß gar nicht, wann ich das letzte Mal getanzt habe. Vielen Dank, dass Sie mir beim Essen Gesellschaft geleistet haben. Ich kam mir ziemlich ..."

Er legte ihr einen Finger auf die Lippen, um ihren überstürzten Worten Einhalt zu gebieten. Sie waren vor ihrer Haustür angekommen, und es gab für Caren kein Entkommen, als er sie mit dem Rücken zur Tür drängte. Er legte die andere Hand an ihre Wange und strich mit den Fingerspitzen durch das Haar an ihrer Schläfe. Dabei schaute er ihr unverwandt in die Augen.

Caren spürte, wie ihr die Knie weich wurden. Derek war ihr jetzt so nah, dass sie seinen Herzschlag spürte. Sie sehnte sich nach seinen Zärtlichkeiten.

Behutsam zeichnete er mit der Fingerspitze die Konturen ihrer Lippen nach. „Du hast einen provozierenden Mund", flüsterte er. „Ich glaube, er könnte mir ungeahnte Freuden schenken."

Caren schluckte.

„Seit ich dich am Strand gesehen habe, sehne ich

mich danach, dich zu küssen." Er legte die Hand in ihren Nacken, neigte den Kopf und presste seine Lippen auf ihren Mund.

Caren schloss die Augen und legte die Hände auf seine Taille. Dann fühlte sie seine Zunge. Warm und feucht strich sie spielerisch über ihre Mundwinkel und die geschwungene Unterlippe. Unwillkürlich öffnete Caren den Mund. Sie war überrascht, dass ihr Atem schnell und unregelmäßig ging. Ihre Brüste hoben und senkten sich vor Erregung.

Sie begehrte Derek. Er gab ihr, wonach sie sich sehnte. Seine Zunge drang tief in ihren Mund ein, und er begann das warme Innere zu erforschen. Immer kühner wurde sein Kuss, immer fordernder. Er küsste fantastisch. Sein Kuss kam fast einem Liebesakt gleich. Nur einmal gab er sie kurz frei, damit sie Luft holen konnte. Doch selbst dann bedeckte er noch ihr Gesicht mit schnellen, kleinen Küssen. Augenlider, Nase, Wangen, Ohrläppchen, nichts ließ er aus. Und erneut eroberte er ihren Mund.

Seine Zärtlichkeiten waren nicht weniger verwegen. Er machte sich nicht die Mühe, sein Ziel langsam anzusteuern. Er legte die Hand auf ihre Brust und begann, sie sanft zu massieren. Unbändiges Verlangen drohte Caren zu überwältigen. Seine Berührungen durchzuckten sie, und sie stöhnte unwillkürlich auf.

Derek nahm sie in die Arme, zog sie zärtlich an sich

und wiegte sie sanft hin und her. Er barg das Gesicht an ihrem Hals, und Caren spürte seinen warmen Atem auf ihrer nackten Haut. Er atmete schnell und unregelmäßig. Nach einer Weile hob er den Kopf, um sie liebevoll anzuschauen.

„Du bist bezaubernd", flüsterte er. Wieder küsste er sie. Diesmal jedoch zurückhaltend, fast zaghaft. „Gute Nacht."

Sekunden später war Derek in der Dunkelheit verschwunden.

Caren schloss die Haustür auf und ging ins Schlafzimmer. Ohne das Licht anzuknipsen, zog sie sich aus und ging zu Bett. Still und reglos lag sie da, so als hätte sie Angst, jedes Geräusch und jede Bewegung könnten sie aus ihrem märchenhaften Traum aufwecken. Der Zauber des Abends hatte sie berauscht wie ein schwerer Wein, und bald fiel sie in einen tiefen Schlaf.

Das Telefon klingelte, kaum dass Derek die Tür zu seinem Bungalow geöffnet hatte. Mit schnellen Schritten ging er zum Apparat.

„Ja?" sagte er erwartungsvoll. War sie es? Rief sie ihn an, um ihn zurückzuholen, damit sie die Nacht zusammen verbrachten?

Er war enttäuscht, als sich der Anrufer meldete. „Wie geht es Ihnen?" fragte Derek höflich, während er sich aufs Bett setzte.

„Gut. Ihr Vater war sehr müde. Sonst hätte er Sie persönlich angerufen."

Die Frage, wie sie ihn aufgespürt hatten, erübrigte sich. Derek hatte kein Geheimnis aus seiner Reise gemacht, und sein Vater verfügte über ein dichtes Netz an Informanten.

„Wie geht es ihm?" erkundigte er sich.

„Er war etwas enttäuscht, Sie nicht in Washington anzutreffen. Er bedauert es, dass Sie einen Tag vor seiner Ankunft abreisten."

Der Gesandte seines Vaters hatte sich sehr vorsichtig ausgedrückt. Derek fiel es nicht schwer, seine Worte richtig zu deuten. Sein Vater war wütend, weil sich Derek aus dem Staub gemacht hatte. Andererseits wusste er sehr wohl, warum Derek während seines Aufenthalts nicht in Washington hatte bleiben wollen. Irgendwann würde er ihm bestimmt verzeihen.

„Es tut mir schrecklich Leid", erwiderte Derek ebenso vorsichtig. „Ich werde nicht lange wegbleiben. Vielleicht treffe ich Vater bei meiner Rückkehr noch an."

„Vielleicht. Das lässt sich im Moment nicht absehen. Es wäre meiner Meinung nach angebracht, dass Sie ein Zusammentreffen herbeiführten. Ihr Vater würde gern einiges mit Ihnen besprechen."

„Ich möchte ihn auch sehen. Aber nicht in Washington. Er hat dort zu viele andere Dinge zu tun."

„Ja. Die nächsten Tage lassen ihm nur wenig Spielraum. Er hat eine Menge Verpflichtungen, die er alle sehr ernst nimmt."

Derek entging nicht die Anspielung darauf, dass er selbst solche Verpflichtungen nicht kannte. „Sagen Sie ihm, er soll sich so oft wie möglich ausruhen. Ist meine Mutter bei ihm?"

„Ja."

Derek lächelte. Sie würde schon dafür sorgen, dass sein Vater seine Gesundheit nicht vernachlässigte. „Grüßen Sie die beiden von mir." Und nach einer kurzen Pause fügte er hinzu: „Es wäre mir lieb, wenn mein Aufenthaltsort momentan nicht in der Öffentlichkeit bekannt würde."

„Sind Sie sicher, dass Sie nicht nach Washington zurückkommen können?"

Das war keine Frage, das war ein Befehl. Derek schaute durchs Fenster zum Dach des gegenüberliegenden Bungalows hinüber. War Caren es wert, dass er ihretwegen seinen Vater verärgerte?

Er erinnerte sich an ihren überraschten, freudigen Ausdruck, als er sich zu ihr an den Tisch gesetzt hatte. Er dachte daran, wie er sie in den Armen gehalten, wie er sie geküsst hatte.

„Nein, ich kann in den nächsten Tagen nicht zurückkommen", sagte er.

„Ich werde es Ihrem Vater ausrichten. Gute Nacht, Sir."

„Gute Nacht."

Derek legte den Hörer auf die Gabel. Nachdenklich blickte er in die Dunkelheit. Schon immer hatte er Entscheidungen treffen müssen. Entscheidungen, von denen sich die meisten keine Vorstellung machten und die mit den Jahren nicht einfacher geworden waren.

Langsam zog er sich aus und trat dann auf die Terrasse hinaus, die im silbrigen Schein des Mondlichts lag. Die tropische Nacht umfing ihn mit all ihrem Zauber. Er blickte zum Himmel auf. Die Sterne erschienen ihm hier viel größer als in der Stadt. Sie glitzerten in der klaren Luft und schienen zum Greifen nah. Der Mond sah aus wie ein riesiger runder Lampion, nach dem man nur die Hand auszustrecken brauchte, um ihn herunterzuholen. Sein Licht spiegelte sich auf der glatten Wasseroberfläche wider. Die schlanken hohen Kokospalmen warfen lange Schatten auf den blass schimmernden Sand. Die Nacht war berauschend. Und doch fehlte etwas – Caren.

Ihre Augen, ihr Mund, ihr Körper. Er sehnte sich nach ihrem Kuss. Am liebsten hätte er sie die ganze Nacht lang geküsst und in den Armen gehalten.

Aber er wusste, er durfte sie nicht bedrängen, obwohl ihre Reaktion ihn ermutigt hatte.

Er dachte daran, wie sie sich an ihn schmiegte, nachdem er sie berührt hatte. Er hatte ihre schlanken Schenkel dicht an den seinen gespürt, und ihr Verlangen hatte ihn fast um den Verstand gebracht. Es war ihm nicht leicht gefallen, die Beherrschung zu bewahren. Doch es musste sein, wenn er Caren nicht verlieren wollte.

Hätte er sie heute Nacht zu etwas gezwungen, hätte sie es morgen bereut. Sie hätte ihm vorgeworfen, sie verführt zu haben. Normalerweise störte ihn dieser Vorwurf nicht. Es gab genug Frauen, und ein Abenteuer war wie das andere.

Doch diesmal nicht. Derek wollte nicht, dass es nach einer Nacht vorüber war. Caren Blakemore war keine Frau, die man nach einer Nacht vergaß. Dazu war sie zu schön und verstand es zu sehr, einen Mann in ihren Bann zu ziehen.

Derek ging ins Schlafzimmer zurück und legte sich auf das Bett. Noch immer kreisten seine Gedanken um Caren. Selbst beim Einschlafen glaubte er sie neben sich zu spüren.

Das grelle Tageslicht hatte den Zauber der Nacht verscheucht. Beim Frühstück erinnerte sich Caren mit Schrecken an ihr Verhalten. Wie hatte sie nur dermaßen die Kontrolle über sich verlieren können? Hatte Derek sie betrunken gemacht? Waren ihr der Mondschein und die Musik zu Kopf gestiegen?

Sie hatte einem Fremden, den sie erst seit ein paar Stunden kannte, erlaubt, sie zu küssen, sie aufs Intimste zu berühren. Es war einfach unglaublich. Mit zitternden Fingern goss sie sich eine Tasse Kaffee ein.

Dieser Derek Allen hatte ihre Vernunft außer Kraft gesetzt, ihr jeden klaren Gedanken geraubt.

Doch das war gestern Abend gewesen. Heute war ein anderer Tag. Heute betrachtete sie den Vorfall nüchtern und realistisch. Wenn sie Derek noch einmal am Strand begegnen sollte, würde sie sich höflich, aber reserviert verhalten.

Allein der Gedanke daran, sich an den Strand zu wagen, erfüllte sie mit Grauen. Dafür verabscheute sie Derek. Er hatte kein Recht, ihr den Urlaub zu verderben. Das würde sie nicht so ohne weiteres hinnehmen.

Sie dachte nicht daran, sich aus Angst vor ihm in ihrem Bungalow zu verkriechen.

Mit ihren Strandutensilien beladen ging sie wenig später zur Küste hinunter. Leer und verlassen lag der Privatstrand vor ihr. Caren wusste nicht recht, ob sie erleichtert oder enttäuscht sein sollte. Sie breitete ihr Badetuch auf dem Sand aus und rieb sich mit Sonnencreme ein. Dann legte sie sich hin.

Sie musste eingeschlafen sein, denn sie fuhr erschrocken hoch, als sie eine Stimme neben sich hörte. Nur einen halben Meter vor ihr entfernt lag Derek auf einem Handtuch.

„Guten Morgen“, begrüßte er sie und lächelte charmant.

„Guten Morgen“, erwiderte sie steif.

„Du bist früh aufgestanden."

Sie waren also bereits beim du angelangt. Caren nahm es gelassen. „Ich stehe meistens zeitig auf."

„Ich auch. Aber gestern Abend lag ich noch stundenlang wach."

Sie wusste, wie diese Bemerkung gemeint war, nämlich als Köder. Jetzt sollte sie ihn fragen, weshalb er nicht einschlafen konnte. Aber diesen Gefallen tat sie ihm nicht. Denn mit dieser Frage wären sie bei einem Thema gewesen, das Caren lieber umging. „Das tut mir Leid", bemerkte sie und legte sich wieder hin.

„Du möchtest ungestört sein, nicht wahr?"

Caren seufzte. „Ja, es wäre mir lieber."

„Okay."

Sie hörte, wie er sich auf sein Handtuch legte. „Du pflegst deine Einsamkeit dort drüben, und ich pflege sie hier."

Caren versuchte ihre Belustigung zu verbergen, doch es gelang ihr nicht. Mit geschlossenen Augen lächelte sie still vor sich hin, während die Sonne gnadenlos auf sie herabbrannte.

Minutenlang lagen sie schweigend da. Caren hätte zu gern gewusst, ob Derek sie beobachtete. Doch sie wagte es nicht, zu ihm hinüberzuschauen.

„Du kannst dein Bikinioberteil gern ausziehen, wenn du möchtest", sagte er schließlich.

„Danke. Aber das möchte ich nicht."

„Ich verspreche dir, nicht hinzuschauen."

„Versprich nicht zu viel."

Er lachte. „Ich mag dich, Caren. Du bist ehrlich."

„Und du bist unausstehlich."

„Bist du sicher? Möchtest du dich nicht doch lieber oben ohne sonnen?"

„Absolut sicher."

„Dann wirst du aber nicht gleichmäßig braun."

„Ich würde gleichmäßig braun werden, wenn ich allein sein könnte."

„Eins zu null für dich." Er lachte.

Jetzt musste auch Caren lachen. Doch gleich darauf gab sie sich wieder reserviert, wandte das Gesicht ab und schloss die Augen.

Abwesend nahm Derek eine Hand voll Sand und ließ ihn durch die Finger rieseln. Er vermochte den Blick nicht von Carens schönem Körper zu wenden. Sie hatte wirklich eine fantastische Figur. Lange, schlanke Beine, schmale, anmutige Füße, einen flachen Bauch und kleine, feste Brüste. Unter dem dünnen Stoff des Bikinioberteils zeichneten sie sich deutlich ab.

Ihr Gesicht war makellos. Das ebenmäßige Profil hob sich scharf gegen den blauen Himmel ab. Der Wind hatte ihr das Haar durcheinander gebracht, so dass ihr Strähnen ins Gesicht fielen.

In Derek erwachte heftiges Begehren.

„Es spielt wirklich keine Rolle, ob du dein Bikinioberteil ausziehst oder nicht", sagte Derek leise. „Ich weiß, wie du aussiehst. Ich träume oft genug davon."

Caren beschloss, Derek einfach zu ignorieren.

„Ich habe dich auch schon gestreichelt."

Erschrocken riss sie die Augen auf und wandte sich ihm zu. Er sah sie ungeniert an. Sie setzte sich auf und begann, ihre Tasche zu durchwühlen, auf der Suche nach der Sonnencreme, nur um irgendetwas zu tun. Mit zitternden Fingern schraubte sie die Verschlusskappe ab und ließ sie prompt in den Sand fallen. Warum war sie auch nur so nervös? An allem war nur Derek schuld. Als sie etwas Sonnencreme auf die Handfläche geben wollte, drückte sie doppelt so viel aus der Tube, wie nötig gewesen wäre.

„Verflixt!" stieß sie ärgerlich hervor.

„Komm, lass mich das machen, sonst schmierst du noch die ganze Creme in den Sand." Bevor sie protestieren konnte, kniete Derek neben ihr und nahm ihr die Tube ab. Er schraubte sie zu und begann die Creme von ihrer Hand in seine zu verteilen.

Langsam verrieb er sie zwischen Carens und seiner Handfläche. Dabei schaute er Caren unverwandt an. Sie war außer Stande, den Blick von ihm abzuwenden. Auch als er die Hände auf ihre Schultern legte und die Sonnencreme sanft in ihre Haut einmassierte, sah sie ihn an.

„Erinnerst du dich nicht mehr an gestern Abend, Caren?“

„Doch“, antwortete sie benommen.

„Weißt du noch, wie du mich geküsst hast?“

„Ja.“

„Wie ich dich gestreichelt habe?“

Sie spürte seine kräftige Hand auf ihrem Arm. Dereks Berührung war so zärtlich wie am Abend zuvor, als er ihre Brüste liebkost hatte. Sie schloss die Augen und beugte sich ein klein wenig näher zu ihm hin.

„Warum tust du dann so, als wäre nichts geschehen?“

Er hatte die Hand auf ihren Bauch gelegt. Carens Stimme klang unnatürlich rau, als sie ihm antwortete: „Weil es nicht so weit hätte kommen dürfen.“

Er neigte sich über sie. Wie in Trance und einem geheimnisvollen Befehl gehorchend, legte sich Caren auf das Handtuch zurück. Derek folgte ihrer Bewegung. Sein Gesicht war dem ihren so nah, dass sie seinen Atem auf ihren Lippen spürte.

„Wirklich nicht?“ flüsterte er.

„Nein“, sagte Caren verzweifelt. Wenn das Spiel seiner Hände nur nicht so aufreizend, sein Blick nicht so unwiderstehlich gewesen wäre.

„Warum nicht?“

„Weil es nicht meine Art ist, deswegen. Ich lasse mich nicht mit fremden Männern ein und unterhalte mich mit ihnen über ... über die Dinge, über die wir gesprochen haben."

Er lachte leise und knabberte dabei an ihrem Ohrläppchen. „Du bist die aufrichtigste Frau, die mir je begegnet ist. Du bringst es nicht fertig, deine Gefühle zu verbergen. Diese Offenheit macht dich so anziehend."

„Ich führe ein ganz normales und sehr langweiliges Leben. Mit Männern wie dir habe ich keinerlei Erfahrung. Ich möchte mich auf nichts einlassen. Es könnte mir nur schaden."

„Warum? Habe ich dir letzte Nacht wehgetan?"

„Nein, aber ..."

„War es dir unangenehm?" Seine Lippen streiften ihr Dekollete und die empfindliche Haut ihres Brustansatzes. Dereks zarte Liebkosungen weckten Gefühle in ihr, die sie lange Zeit verdrängt hatte.

„Nein, das nicht."

Nur noch Millimeter trennten seinen Mund von ihrer Brust. Warum berührte er sie nicht? Sie sehnte sich doch so danach. Voller Verlangen drängte sie sich ihm entgegen.

„Es war für mich einer der schönsten Abende seit langem", sagte Derek leise. Er hob den Kopf und schaute sie mit begehrlichem Blick an. „Das meine ich ernst, Caren. Glaub mir."

Noch bevor sie etwas darauf erwidern konnte, hatte

er seine Lippen auf die ihren gepresst. Sein leidenschaftlicher Kuss machte sie atemlos. Sie schlang die Arme um seinen Hals und schmiegte sich an ihn, so als könnte sie nicht genug bekommen von seinen Zärtlichkeiten.

Sie wehrte sich nicht, als er den Verschluss ihres Bikinioberteils löste und das winzige Stück Stoff beiseite schob. Im Gegenteil. Sie schloss ihn noch heftiger in die Arme, presste sich an seine breite, muskulöse Brust. Derek stöhnte auf vor Verlangen. Liebevoll küsste er sie auf die Nasenspitze, bevor er wieder von ihrem Mund Besitz ergriff.

Er hatte sich mit den Ellbogen rechts und links von ihr im Sand abgestützt und streichelte mit den Daumen die Seiten ihrer Brüste. Aber die sanfte Liebkosung genügte Caren nicht. Sie wollte mehr haben. Als er die Lippen von ihrem Mund löste und sich langsam aufrichtete, schlug sie die Augen auf und schaute ihn mit verschleiertem Blick an. „Was machst du?“

„Ich werde dich jetzt eine Weile allein lassen.“

„Oh.“ Es gelang ihr nicht, ihre Enttäuschung zu verbergen.

Er lächelte. Spielerisch strich er ihr mit dem Zeigefinger über die Unterlippe. „Du wolltest doch allein sein. Ich habe dich bereits gestern gestört.“ Er küsste sie auf die Schulter. „Solange ich hier bin, traust du dich nicht, oben ohne zu sonnen. Deshalb ziehe ich mich jetzt zurück, damit du Gelegenheit dazu hast.“

Derek stand auf, nahm sein Handtuch und warf es über die Schulter. „Du hast bis zwei Uhr Zeit. Punkt zwei hole ich dich an deinem Bungalow ab.“

4. KAPITEL

Was bildete sich dieser Derek Allen eigentlich ein? Glaubte er, er brauchte nur mit den Fingern zu schnippen, und sie funktionierte wie eine Marionette? Wütend schaute Caren ihr Spiegelbild an. Du solltest weggehen, sagte sie sich, ihn einfach vor der Haustür stehen lassen, anstatt ungeduldig auf ihn zu warten.

Unschlüssig überlegte sie, was sie anziehen sollte. Etwas Sportliches? Etwas Elegantes?

Sie hatte heute vorgehabt, einkaufen zu gehen. Dementsprechend würde sie sich auch kleiden. Sie zog Shorts und T-Shirt an, doch als sie sich anschließend im Spiegel betrachtete, bereute sie ihren Entschluss. Die Frauen, mit denen sich Derek gewöhnlich in der Öffentlichkeit zeigte, pflegten sich vermutlich anders zu kleiden.

Lautes Klopfen an der Tür unterbrach jäh ihre Überlegungen. Carens Pulsschlag beschleunigte sich.

Um sich ihre Aufregung nicht anmerken zu lassen, setzte sie schnell eine Sonnenbrille auf, bevor sie die Tür öffnete.

„Hallo." Lässig lehnte Derek am Türrahmen. Er schien keinen Augenblick bezweifelt zu haben, dass sie seiner Einladung folgte.

Zu Carens Erleichterung hatte sich Derek ebenso sportlich angezogen wie sie. Er trug Shorts, ein kurzärmeliges Hemd und Bootsschuhe und sah wie immer umwerfend gut aus.

Caren hatte zufällig über Dereks Schulter auf den schmalen Weg geschaut, der zu ihrem Bungalow führte. „Sind die für uns?" fragte sie entgeistert.

„Sicher." Er hatte bis jetzt die Arme hinter dem Rücken verborgen gehalten. Jetzt streckte er sie aus und fragte: „Welche Farbe möchtest du haben?"

Fassungslos sah Caren auf die glänzenden Sturzhelme, die er ihr hinhielt. Dann deutete sie auf die beiden Motorräder und stammelte: „Ich ... ich kann mit solch einem Ding nicht fahren."

„Hast du es schon einmal versucht?"

„Nein."

„Woher willst du dann wissen, dass du es nicht kannst?" meinte er tadelnd. Er tätschelte liebevoll ihr Kinn. „Hast du deinen Hausschlüssel?" Als sie nur stumm nickte, schloss er die Haustür hinter ihr, drückte ihr einen der Sturzhelme in die Hand und zog sie mit sich. „Schau doch nicht so verängstigt drein. Du wirst sehen, es macht Spaß“, versuchte er ihr Mut zu machen.

„Ich werde mir das Genick brechen.“

„Keine Angst, das wirst du nicht. Diese Motorräder fahren sich fast so leicht wie ein Fahrrad. Du kannst doch Fahrrad fahren, oder?“

Sie warf ihm einen finsteren Blick zu und reckte stolz das Kinn. „Zeig mir, wie es geht“, sagte sie und stülpte sich den Helm über den Kopf.

Derek lächelte zufrieden. „Das Motorrad hat drei Gänge, die du mit dem linken Fuß bedienst. Hier, siehst du? Erster, zweiter, dritter Gang. Ist das klar? Die Bremsen befinden sich am Lenker. Und vergiss nicht, auf der linken Straßenseite zu fahren.“

Caren und Derek fuhren nebeneinander die schmale, kurvenreiche Straße entlang, die sich zwischen Zuckerrohrfeldern dahinschlängelte.

„Das macht ja irren Spaß!“ rief Caren laut, um den Motorenlärm zu übertönen.

„Pass auf, dass du nicht leichtsinnig wirst!“ rief Derek zurück.

„Warum? Hast du Angst, ich könnte dir davonfahren?“

„Du wirst mir weder davonfahren noch wegrennen. Niemals.“

Sekundenlang schaute sie zu ihm hinüber. Dabei

wurde ihr klar, dass er diese Bemerkung ernst gemeint hatte. Und zwar in jeder Hinsicht.

Er fuhr mit ihr in eines der Einkaufsviertel in Montego Bay.

„Was möchtest du zuerst machen?“ fragte Derek, nachdem sie ihre Motorräder abgestellt hatten.

„Ich möchte einkaufen gehen.“

„Souvenirs?“

„Nein. Ich will mir etwas zum Anziehen kaufen.“

Einen Augenblick betrachtete er sie prüfend. Dann nahm er sie beim Ellenbogen. „Irgendwo werden wir schon eine Boutique finden.“

Sie fanden sie zwischen einem Möbelgeschäft und einem Obststand. Entschlusslos wanderte Caren durch den Laden. Es machte sie nervös, dass Derek an einer der Spiegelwände lehnte und sie nicht aus den Augen ließ. Zum Glück schien er ihre Unsicherheit zu bemerken.

„Ich werde draußen auf dich warten“, meinte er und ging zur Tür. „Hier drinnen ist es mir zu warm.“

Dankbar lächelte Caren ihn an. „Es wird nicht lange dauern.“

Sie hatte kaum einen Blick auf das Kleid geworfen, da wusste sie: Es war genau das, wonach sie gesucht hatte. Es war aus einem hauchdünnen, zartgelben Baumwollgewebe genäht, schmale Spagettiträger hielten das tief ausgeschnittene Oberteil über den Schultern zusammen. Der Rock war weit, und der zipfelig geschnittene Saum reichte ihr bis zu den Waden. Caren trug ein Paar Sandaletten, die genau dazu passten.

Wenige Minuten später verließ sie mit ihrem Kauf den Laden. Während sie auf den Bürgersteig hinaustrat, stopfte sie die Tüte mit dem Kleid in ihre große Strohtasche. Derek beobachtete sie interessiert.

„Das kann ja nicht viel sein“, bemerkte er.

„Es ist ein Kleid“, erklärte Caren.

„Dann muss es ein sehr knappes Kleid sein“, meinte er anzüglich.

„Es ist aus dünnem Stoff“, erwiderte sie rasch.

Hand in Hand schlenderten sie durch die engen Straßen, blieben vor den Schaufenstern stehen und versuchten die hartnäckigen Straßenverkäufer abzuwimmeln. Nach einer Weile setzten sie sich in eines der vielen Straßencafes, um sich eine Erfrischung zu gönnen.

Während sie auf ihre Drinks warteten, wurde Caren plötzlich klar, dass sie schon seit zwei Tagen nicht mehr an Winston und ihre Scheidung gedacht hatte. Das überraschte sie. Seit einem Jahr hatte die Erinnerung an ihre Ehe ihr Denken beherrscht. Derek Allen hatte ihre trüben Gedanken verscheucht.

Er hatte ihr auch das Gefühl zurückgegeben, eine Frau zu sein. Den ganzen Nachmittag hatte sie mit ihm geflirtet. Egal, worüber sie sprachen, unterschwellig drehte sich alles um Sex. In jeder Geste, in jedem Blick lag Erotik.

Derek streckte die Hand nach ihr aus und schnippte unmittelbar vor ihren Augen mit den Fingern. „Komm auf die Erde zurück, Caren."

Sie schrak zusammen. „Entschuldige. Ich habe geträumt. Ist mir irgendetwas Wichtiges entgangen?"

„Nur meine verliebten Blicke. Welcher Art von Tagträumen gibt sich eine Lady wie du hin? Normalen? Etwas anrüchigen? Offen erotischen? Drehten sie sich um mich?"

Caren hatte nicht vor, die Geschichte ihrer Ehe vor ihm auszubreiten. Statt weiter ihren Gedanken nachzuhängen, lächelte sie ihn verführerisch an. „Zum Glück bist du nicht eingebildet."

Er drückte ihre Hand. „Kam ich in deinen Tagträumen vor?"

„In einigen."

„In den normalen, den anrüchigen oder den erotischen?"

„Ich habe nicht gesagt, dass sie anrüchig oder erotisch waren."

„Nein?"

„Hast du überhaupt Tagträume?"

„Gerade in diesem Moment habe ich einen." Sein Blick verriet ihr, was er unausgesprochen ließ, und Caren spürte erneut das Verlangen in sich aufsteigen.

Zum Glück brachte der Ober in diesem Moment ihre Drinks und erlöste Caren aus ihrer Verlegenheit. Sie konnte es einfach nicht glauben. Mit seiner Gegenwart allein hatte Derek ihren Kummer und ihre Traurigkeit vertrieben. Wenn sie mit ihm zusammen war, fühlte sie sich glücklich und begehrenswert. Noch nie hatte sie sich so gelöst und unbeschwert gefühlt. Nicht einmal vor ihrer Scheidung.

„Du kannst dein Glas ruhig austrinken", sagte Derek. „Ich habe den Barkeeper gebeten, sparsam mit dem Rum umzugehen."

Kurze Zeit später spazierten sie zu ihren Motorrädern zurück. Derek hatte den Arm um Carens Schultern gelegt, und ihre Hüften berührten sich bei jedem Schritt. Beide waren so gelockert und entspannt, dass Caren ihre Stimmung zum Teil dem tropischen Getränk zuschrieb, das sie gerade zu sich genommen hatten.

Urplötzlich schlug Dereks Laune um. Caren fand keine Erklärung dafür. Er fluchte und murmelte Worte vor sich hin, in einer Sprache, die Caren nicht verstand. Er machte auf dem Absatz kehrt und riss sie mit sich, um mit ihr in der entgegengesetzten Richtung weiterzueilen.

Entgeistert blickte Caren ihn an. So hatte sie ihn noch nie gesehen, mit diesen harten, wutverzerrten Zügen. Hastig drehte sie sich um, in der Hoffnung, eine Erklärung für sein rätselhaftes Verhalten zu finden. Doch sie konnte nichts entdecken außer einem dicken Mann mit einer Eistüte in der Hand. Er sah nicht aus wie ein Tourist, auch wenn er eine Kamera um den Hals baumeln hatte. Sein schmuddeliges weißes Hemd, die dunkle Hose und die gelockerte Krawatte wirkten in diesem Ferienort lächerlich und fehl am Platz.

„Komm schon!" fuhr Derek sie an, während er sie mit sich zog. Caren konnte kaum mit ihm Schritt halten. Sie liefen im Zickzack durch enge Gässchen, um die Buden der Straßenverkäufer herum, und mehr als einmal wären sie beinahe mit anderen Passanten zusammengeprallt.

„Derek, was soll das?" fragte Caren atemlos.

„Bitte beeil dich, Caren. Wir müssen hier weg."

Als sie ihre Motorräder erreicht hatten, stülpte er ihr unsanft den Sturzhelm über den Kopf.

„Los, mach schon!"

Er sprang auf seine Maschine und ließ den Motor an. Gehorsam tat Caren es ihm gleich. Auch wenn sie keine Ahnung hatte, worum es ging. Die große Strohtasche über die Schulter gehängt, versuchte sie ein paar Mal vergeblich, das Motorrad anzulassen. Endlich heulte die Maschine auf. Als Derek sah, dass Caren startbereit war, fuhr er los, ohne sich noch einmal nach ihr umzuschauen.

In einem halsbrecherischen Tempo rasten sie durch die engen Straßen. Caren stand Todesängste aus. Auf der linken Straßenseite mit einem Fahrzeug, das sie kaum kannte, durch das Gewirr von Gassen zu steuern, war mörderisch. An einer Ecke zog Derek so heftig die Bremse, dass er mit seiner Maschine ins Schleudern kam. Fluchend deutete er in eine der Gassen.

„Hier entlang!" rief er.

Caren sah gerade noch, wie der beleibte Mann, der ihr vorhin aufgefallen war, auf sie zueilte.

Mit dem Mut der Verzweiflung folgte sie Derek. Den Blick starr auf das rote Rücklicht seines Motorrads gerichtet, wagte sie nicht, nach rechts oder links zu schauen, wo die Häuserwände an ihnen vorbeiflogen.

Dann waren sie endlich in einem Außenbezirk des Ortes angelangt. Doch immer noch nicht verminderte Derek sein Tempo. Obwohl niemand sie verfolgte, raste er weiter. Caren zitterte inzwischen vor Angst. Derek war ihr unheimlich geworden. Die ganze Fahrt war ein Albtraum.

Als plötzlich ein Hahn aus einem der Vorgärten aufflog und auf die Straße flatterte, verlor sie vor Schreck die Gewalt über das Fahrzeug. Beim Versuch, dem Tier auszuweichen, geriet sie mit dem Vorderreifen an die Bordsteinkante. Zum Glück gelang es ihr noch rechtzeitig zu bremsen, sonst wäre sie mit voller Wucht gegen die Wand einer stillgelegten Tankstelle geprallt.

Mit zitternden Fingern stellte sie ihr Motorrad ab und kletterte vom Sattel. Erschöpft lehnte sie sich gegen die Wand. Sie bekam kaum noch Luft. Dann hörte sie, wie Derek bremste und zu ihr zurückfuhr. Doch sie blickte erst auf, als sie seine Hände auf ihrer Schulter spürte.

„Caren, ist alles in Ordnung?“ fragte Derek besorgt.

Sie blitzte ihn wütend an. „Du wirst mir auf der Stelle erklären, was das alles zu bedeuten hat.“ Zornig stampfte sie mit dem Fuß auf und riss sich den Sturzhelm vom Kopf. In reizvoller Unordnung fiel ihr das Haar über die Schultern. „Vor wem bist du davongefahren und warum? Wer war der Mann?“ Mit dem Zeigefinger deutete sie auf seine Nasenspitze. „Und erzähl mir nicht, du hättest keine Ahnung, wer er ist. Ich habe ihn nämlich zwei Mal gesehen.“

„Du hast allen Grund, wütend auf mich zu sein.“

„Oh ja, das habe ich.“

„Und ich finde dich ganz bezaubernd, wenn du so zornig bist.“ Er hob die Hand und strich ihr über die Wange. Doch das brachte sie nur noch mehr in Rage.

Ärgerlich stieß sie seine Hand weg. „Ich erwarte eine Erklärung von dir. Was war der Grund für diese mörderische Fahrt, die uns fast Kopf und Kragen gekostet hätte?“

„Bist du verletzt?“ fragte er erschrocken.

Seine Fürsorglichkeit nach all der Aufregung gab ihr den Rest. „Ich verlange eine Erklärung!" herrschte sie ihn an. „Bist du verheiratet? Ist das der Grund? Ist der Mann mit der Kamera ein Privatdetektiv, den dir deine eifersüchtige Ehefrau auf die Fersen gehetzt hat?"

„Nein, er ist kein Detektiv."

„Bist du verheiratet?"

„Nein, das bin ich nicht."

Ihr fiel ein Stein vom Herzen. Doch ihre Angst war noch nicht verflogen. „Bist du in irgendeinen Drogenhandel verwickelt? Bist du auf der Flucht vor der Polizei? Wirst du wegen eines Verbrechens gesucht?"

Lächelnd schüttelte er den Kopf. „Die Geschichte ist längst nicht so dramatisch."

„Wenn du nämlich verheiratet wärst oder irgendeine Straftat begangen hättest – also, auf so etwas könnte ich mich nicht einlassen."

„Und worauf kannst du dich einlassen?" fragte er schnell, um ihr im nächsten Moment den Mund mit einem heißen Kuss zu verschließen.

Caren versuchte Derek von sich zu stoßen. Sie war wütend auf ihn, weil er ihr eine Erklärung schuldig geblieben war, und wütend auf sich, weil sie es ihm durchgehen ließ. Doch sein Kuss machte sie schwach. Anstatt zu protestieren, seufzte sie glücklich. Sekunden später hatte sie Derek die Arme um den Hals geschlungen und schmiegte sich an ihn.

„Caren“, flüsterte er. „Ich begehre dich so sehr.“ Er presste sich an sie, so dass sie seine Erregung spürte. Mit einer Hand stützte er ihren Nacken, während er mit der anderen aufreizend über ihre Brüste strich, bis er ihre Reaktion spürte. Dann küsste er sie erneut.

„Wirst du heute Abend zu mir kommen?“ fragte er leise, nachdem er ihren Mund freigegeben hatte. „Zum Essen“, fügte er hinzu.

Nicht nur zum Essen. Zum Schlafen. Caren erriet seine Gedanken. Und das wusste er.

„Bitte.“ Er küsste sie sanft und zärtlich. „Bitte.“

Caren nickte stumm. Er zog sie an sich, barg ihren Kopf an seiner Brust und hielt sie so lange in den Armen, bis sie sich genügend beruhigt hatte, um mit ihm weiterfahren zu können.

Als sie sich vor der Tür ihres Bungalows gegenüberstanden, ließ er den Blick vielsagend über ihren Körper wandern. „Ich erwarte dich nach Sonnenuntergang in meinem Bungalow“, sagte er.

„Ich werde kommen“, versprach Caren.

Noch immer steckte Caren der Schreck in den Knochen. Sie brauchte Ruhe, musste sich entspannen, wollte sie am Abend nicht ein einziges Nervenbündel sein. Daher beschloss sie, in den Fitnessclub des Hotels zu gehen.

Nachdem sie ein rigoroses Trainingsprogramm absolviert hatte, waren die Aufregungen des Nachmittags tatsächlich abgeklungen. Jetzt saß sie in der Sauna und versuchte die letzten Zweifel, die sie noch hinsichtlich Derek Allens hatte, loszuwerden.

Warum hatte sie solche Angst vor dem Abend mit ihm? War sie nicht nach Jamaika geflogen, um sich zu amüsieren, um ihren Kummer endlich zu vergessen und wieder zu leben wie eine normale junge Frau? Sicher, Dereks Benehmen heute Nachmittag war seltsam gewesen. Doch wer war schon vollkommen? Immerhin kam er ihren Idealvorstellungen ziemlich nahe. Sie fand ihn hinreißend, und auch er fand sie attraktiv. Sie hatte sein Verlangen gespürt, beim Küssen und ...

Ja, das war ein weiterer Grund. Er war überwältigend männlich. Und sie begehrte ihn.

Warum zögerte sie dann? Wieso diese übertriebene Vorsicht? Weil sie nichts von ihm wusste.

Aber wusste sie nicht alles, was sie wissen musste? Schließlich wollte sie keine feste Beziehung mit Derek eingehen. Sein Leben ging sie nichts an, genauso wenig wie ihr Leben ihn etwas anging. Sie würden Spaß miteinander haben, solange sie zusammen waren, und sich dann Adieu sagen, um sich nie wieder zu sehen.

Aber wenn alles so unkompliziert war, wieso wurde sie dann das Gefühl nicht los, dass sie so einfach nicht davonkam?

„Ich versichere Ihnen, ich habe keine Ahnung ...“

„Bei meiner Ankunft“, sagte Derek gereizt, „habe ich strikte Anordnung gegeben, meinen Namen geheim zu halten sowie keine Telefongespräche an mich weiterzuleiten. Sie haben jetzt schon zwei Mal das Vertrauen, das ich in dieses Haus setzte, enttäuscht.“ Derek sagte dem Hoteldirektor unverblümt, was er von ihm hielt.

„Ich bedaure es außerordentlich, dass Sie Unannehmlichkeiten hatten, Mr. Allen. Aber ich versichere Ihnen, das Hotelpersonal war über Ihre Anordnungen informiert. Vielleicht hat die Person, die in Ihr Privatleben eindrang, Ihren Aufenthaltsort aus anderer Quelle erfahren.“

„Vielleicht“, erwiderte Derek knapp. Wo Ray Daniels die Finger im Spiel hatte, war alles möglich. „Ich betone noch einmal, dass mein Aufenthalt in diesem Hotel eine Privatangelegenheit ist.“

„Ich verstehe. Wenn wir etwas für Sie tun können ...“

„Sie können mir Ihr Entgegenkommen beweisen, indem Sie mir heute das Abendessen in meinem Bungalow servieren, und zwar noch vor Sonnenuntergang. Außerdem möchte ich nicht vor morgen Früh elf Uhr gestört werden. Nach elf lassen Sie dann bitte Brunch hinüberbringen.“

„Selbstverständlich, Sir. Dinner für eine Person ...“

„Dinner für zwei Personen.“

Es folgte diskretes Schweigen. Nach umständlichem Räuspern sagte der Hoteldirektor schließlich: „Natürlich. Darf ich Ihnen ein Menü empfehlen?"

„Nein, ich habe das Menü bereits festgelegt." Er las die Liste vor, die er sich gemacht hatte. „Ich hoffe, Sie haben alles notiert?"

„Jawohl, Sir. Haben Sie sonst noch einen Wunsch?"

„Oh ja. Ich bin noch lange nicht fertig. Schreiben Sie bitte mit. Ich möchte alles meinen Angaben entsprechend ausgeführt haben, und zwar perfekt."

„Hallo."

Die Tür der Sauna wurde geöffnet, eine junge Frau in Carens Alter kam herein und setzte sich zu Caren auf die Bank. Caren wäre lieber allein geblieben, um in Ruhe ihren Gedanken nachzuhängen. Trotzdem lächelte sie die Frau freundlich an und erwiderte ihren Gruß.

„Du lieber Himmel, als ob es nicht heiß genug am Strand wäre", bemerkte die Frau und wischte sich mit einem Handtuch das Gesicht ab.

„Aber was tut man nicht alles, um sich ein paar Pfunde abzuschwitzen?" Sie schaute Caren neugierig an. „Waren Sie nicht gestern Abend mit diesem umwerfenden Typ im Pavillon zum Essen?"

Wäre Carens Gesicht nicht schon rot vor Hitze gewesen, dann wäre sie jetzt errötet. „Ja." Ein Schauer lief ihr über den Rücken, als sie daran dachte, dass sie heute

Nacht mit diesem „umwerfenden Typ“ schlafen würde. „Er ist unwiderstehlich, nicht wahr?“

Die Frau verdrehte schwärmerisch die Augen. „Absolut. Dieses Haar! Und erst die Augen. Natürlich ist mein Sam auch nicht schlecht.“

„Sind Sie mit ihm hier?“ fragte Caren höflich.

„Ja. Wir amüsieren uns prächtig.“

„Woher kommen Sie?“ Caren hatte sich schon über ein Jahr lang nicht mehr mit einer anderen Frau über Männer unterhalten. Jetzt merkte sie, dass ihr diese Art Gespräch gefiel.

„Aus Cincinnati. Ist das Hotel nicht einsame Spitze? Sam ist hier wie verwandelt.“ Sie kicherte. „Ich finde es einfach toll.“

Caren lächelte. „Wie lange sind Sie schon verheiratet?“

Die junge Frau lachte laut auf. „Wir sind nicht verheiratet.“

„Oh“, sagte Caren leise. „Das tut mir Leid. Ich dachte ...“

„Sam ist verheiratet, ich nicht. Wenn seine Frau wüsste, dass wir hier sind! Diese Furie! Sie macht ihm das Leben zur Hölle.“

Sie plapperte munter drauflos. Doch Caren hörte ihr nicht mehr zu. In den Augen dieser jungen Frau war die Ehefrau das unliebsame Element, die Wurzel allen Übels, der Störenfried. Doch Caren stand auf ihrer Seite. Hatte Winstons Freundin ebenso über sie, Caren, gesprochen? Und Winston? Hatte auch er sie nur als Hindernis gesehen?

Waren all seine Geschäftsreisen Vergnügungstrips mit seiner Freundin gewesen?

Die Frau redete noch immer. Caren entschuldigte sich und verließ die Sauna, um auf schnellstem Weg zu ihrem Bungalow zurückzukehren.

Plötzlich erinnerte sie sich, wie die Reiseprospekte in ihren Schreibtisch gekommen waren. Sie hatte sie eines Tages in Winstons Manteltasche gefunden und angenommen, dass er eine Urlaubsreise mit ihr plane. Als sie ihn darauf angesprochen hatte, hatte er erklärt, es solle eine Überraschung für sie werden.

Sie hatten diese Urlaubsreise nie gemacht. Eine Woche nachdem Caren die Prospekte gefunden hatte, war Winston aus ihrem Leben verschwunden. Jetzt wurde ihr schlagartig klar, dass er diesen Urlaub nicht mit ihr, sondern mit seiner Freundin geplant hatte.

Nahm denn kein Mensch die Ehe mehr ernst? Erwartete man heutzutage von einer Beziehung nicht mehr als sexuelle Harmonie? Diente dieses Ferienparadies nur dem Zweck, dass Ehemänner sich hier mit ihren Freundinnen vergnügten? Kamen allein Stehende nur aus dem einen Grund hierher, sich ...

Unvermittelt blieb sie stehen.

War sie nicht aus dem gleichen Grund gekommen?

Hatte sie es nicht von Anfang an auf einen Urlaubsflirt angelegt? Sie verachtete sich plötzlich dafür.

Nein, diese Umgebung war absolut nichts für sie. Sie gehörte nicht hierher. Sie beherrschte das Spiel nicht, das hier die Regel war.

Sie taugte nicht für eine Affäre. Die letzten zwei Tage hatte sie sich einzureden versucht, Derek Allen fände sie begehrenswert. Aber wenn sie nicht einmal einen Durchschnittsmann wie Winston Blakemore hatte halten können, wie konnte sie dann erwarten, einen Mann wie Derek Allen zu fesseln?

In ihrem Bungalow angekommen, hängte sie ihr neues Kleid in die hinterste Ecke des Kleiderschranks. Sie würde heute Abend nicht zu Derek gehen. Morgen würde sie ihre Koffer packen und nach Washington zurückfahren, wo sie von Anfang an hätte bleiben sollen.

Sie duschte sich, zog ihr altes Sommerkleid an und legte sich aufs Bett. Kurz darauf läutete das Telefon. Caren ignorierte es. Auch als sich das hartnäckige Klingeln alle fünf Minuten wiederholte, reagierte sie nicht.

Bewegungslos lag sie auf dem Rücken und blickte zur Zimmerdecke.

Erst als die Terrassentür geräuschvoll geöffnet wurde, kam Leben in sie. Sie stützte sich auf den Ellenbogen. Hinter den dünnen Vorhängen tauchte ein Schatten auf, der von Derek Allen.

„Bitte geh!“

„Was ist los? Warum liegst du hier im Dunkeln?"

„Nichts ist los. Ich möchte nur allein sein."

„Warum bist du nicht ans Telefon gegangen?"

„Warum hast du es so hartnäckig klingeln lassen? Hättest du dir nicht denken können, dass ich meine Ruhe haben will?"

Derek wurde wütend. Er hatte sich Sorgen gemacht, hatte befürchtet, ihr könnte etwas zugestoßen sein. Dass sie einfach nur schlechter Laune war, erleichterte ihn zwar, erboste ihn aber auch. „Ich wollte wissen, wo du bleibst."

„Ich komme nicht."

„Und ob du kommst." Er stützte sich mit einem Knie aufs Bett und beugte sich über sie. „Ich habe dich eingeladen, und du hast meine Einladung angenommen. Es gehört sich einfach nicht, seinen Gastgeber ohne eine Entschuldigung warten zu lassen."

„Entschuldige", sagte sie kleinlaut. „Ich weiß, ich hätte dich anrufen sollen. Aber ich hatte keine Lust, mich mit dir auseinander zu setzen. Ich dachte, du würdest verstehen und es von selbst aufgeben."

Er lachte kurz auf. „Habe ich dir nicht heute erst gesagt, dass du mir nicht davonlaufen kannst?" Er wollte sie anfassen, doch sie wich zurück.

„Lass mich in Ruhe, Derek. Ich will nicht mit dir essen. Ich will weder mit dir noch mit irgendeinem anderen Mann etwas zu tun haben. Und wenn du jetzt nicht sofort verschwindest, muss ich die Hoteldirektion anrufen und mich beschweren."

Wieder lachte er kurz auf. „Da kannst du dich lange beschweren. Von dem Hoteldirektor darfst du keine Hilfe erwarten. Er würde mir die Füße küssen, wenn ich es von ihm verlangte."

„Und das verlangst du auch von mir, wie?" gab Caren bissig zurück.

Er lächelte verführerisch. „Du kannst gern mit mir kämpfen, Liebling. Das macht die Sache nur noch aufregender."

Derek nahm sie in die Arme und hob sie vom Bett hoch. Dann ging er mit ihr auf die Terrassentür zu.

5. KAPITEL

Caren versteifte sich vor Wut. Doch es nutzte ihr wenig. Derek ignorierte ihre zornigen Blicke. Mit langen Schritten ging er zu seinem Bungalow hinüber.

Nun, wenn er annahm, sie würde darum betteln, dass er sie freigab, sollte er sich täuschen. Sobald er sie in seinem Bungalow abgesetzt hatte, würde sie ihm ruhig und beherrscht mitteilen, dass sie den Abend allein zu verbringen gedachte. Auf keinen Fall würde sie sich ihre Wut und ihre Angst anmerken lassen.

Wie konnte es ein Mann im Zeitalter der Gleichberechtigung wagen, eine Frau gegen ihren Willen wegzuschleppen? Aber dieser rücksichtslose Zug war ihr von Anfang an bei ihm aufgefallen. Derek hielt sich an keine Konventionen. Im Gegenteil. Er schien sie bewusst zu missachten.

„So, da wären wir", erklärte er, während er durch die Terrassentür seines Bungalows ging. Ihr Gewicht schien ihm nicht das Geringste auszumachen. Er war nicht einmal außer Atem.

Kaum hatten sie das Wohnzimmer betreten, als Caren aus dem Staunen nicht mehr herauskam. Der Raum unterschied sich drastisch von dem ihres Bungalows. Sämtliche Möbel waren an die Wände gerückt worden, in der Mitte des Raumes lag eine riesige Matratze, die mit weißen Seidenlaken bezogen war. Am Fußende war ein dickes weißes Schaffell ausgebreitet, während sich am Kopfende Dutzende von bunten Kissen auftürmten. Über dem Bett hing ein altmodisches Moskitonetz, das an einem Punkt an der Decke befestigt war und die Matratze wie ein durchsichtiges Zelt umgab.

Der Raum war in romantisches Kerzenlicht getaucht. Üppige Blumenarrangements verbreiteten ihren Duft. Neben der luxuriösen Lagerstätte stand ein Servierwagen, der mit silbernen Schüsseln beladen war. In einem silbernen Eiskübel lag eine Flasche Weißwein. Aus verborgenen Lautsprechern erklang leise Musik.

Caren war sprachlos. In ihrem fassungslosen Staunen hatte sie nicht einmal bemerkt, dass Derek sie mitten auf der Matratze abgesetzt hatte.

Erst als ihr Blick auf ihn fiel, wurde sie sich ihrer Situation bewusst. Mit gespreizten Beinen, die Hände in die Hüften gestemmt, stand Derek vor ihr und schaute auf sie herab. Die goldenen Strähnen in seinem Haar schimmerten im Lichtschein, der sich in seinen Augen widerspiegelte. Sein weißes Hemd stand bis zur Taille offen und ließ den Blick auf die muskulöse Brust mit den sonnengebleichten Härchen frei.

Derek war begehrenswert, übte einen unwiderstehlichen Reiz auf sie aus. Caren bekam heftiges Herzklopfen.

„Ich warte", sagte Derek, und um seinen Mund bildete sich ein harter, unnachgiebiger Zug.

Caren hatte die Beine angewinkelt und sich mit den Armen auf der Matratze abgestützt. Derek stand so dicht vor ihr, dass sie den Kopf in den Nacken legen musste, um zu ihm aufzublicken.

„Worauf wartest du?" fragte sie trotzig.

„Darauf, dass du mir erzählst, weshalb du deine Meinung so plötzlich geändert hast und nicht zu mir kommen wolltest. Warum hast du dich in deiner Wohnung versteckt?"

„Ich habe mich nicht versteckt."

„Oh doch. Sonst hättest du nämlich meinen Anruf beantwortet und meine Einladung höflich abgesagt. Was ist passiert, Caren? Weshalb bist du so verändert?“

Nervös fuhr sie sich mit der Zungenspitze über die trockenen Lippen. Ihre Unruhe entging ihm nicht. Das merkte sie ihm an. Wieder warf sie den Kopf zurück, dann sagte sie:

„Die halsbrecherische Motorradfahrt hat mich völlig durcheinander gebracht. Ich muss etwas verwirrt gewesen sein, als ich deine Einladung annahm. Ich hätte wahrscheinlich in diesem Moment zu allem Ja gesagt.“

Er verzog die Mundwinkel zu einem amüsierten Lächeln.

„Lüg mich nicht noch einmal an. Du bist eine schlechte Lügnerin. Antwortest du mir jetzt endlich auf meine Frage?“

„Ich hatte keine Lust zu kommen“, wich sie aus.

Er kniete sich vor sie hin und packte sie bei den Schultern, so als würde er sie am liebsten schütteln. „Auch das ist eine Lüge. Wir beide fühlten uns vom ersten Moment an zueinander hingezogen. Erzähl mir nicht, dass du mich nicht begehrst. Das kaufe ich dir nicht ab, Caren.“ Sein Griff lockerte sich. „Warum wolltest du dich plötzlich vor mir zurückziehen, Liebling?“

Mit einem Mal verließ Caren jeglicher Kampfgeist.

Dereks warme, sanfte Stimme, seine Berührung, sein begehrlicher Blick ließen sie all ihre Vorsätze vergessen.

„Ich hatte Angst“, gestand sie.

„Vor mir?“ fragte Derek erstaunt.

Sie schüttelte den Kopf. „Vor mir selbst. Ich hatte Angst, eine Dummheit begehen zu können, Angst davor, mich zu blamieren. Ich sagte dir doch, dass ich in diesen Dingen keine große Erfahrung habe. Ich würde dich bestimmt enttäuschen.“

Derek schwieg einen Moment und fragte dann leise: „Glaubst du nicht, ich kann das besser beurteilen als du?“ Sanft strich er ihr über das Haar.

Mit einer heftigen Bewegung hob Caren den Kopf. „Ich brauche dein Mitleid nicht!“

Er reagierte blitzschnell. Unsanft zog er ihren Kopf zu sich heran und presste den Mund hart auf ihre Lippen, um sie zu küssen, bis sie atemlos war. Dann ließ er sie ebenso unerwartet wieder los.

„Hast du immer noch den Eindruck, ich würde dich nur aus Mitleid küssen? Und jetzt sag mir, wie du zu diesem Minderwertigkeitskomplex gekommen bist.“

„Es ist kein Minderwertigkeitskomplex.“

„Was ist es dann?“

„Ich komme mir fehl am Platz vor. Ich bin nicht der Typ Frau, auf den die Männer ansprechen.“

„Wer hat dir denn das erzählt?“

„Mein geschiedener Mann“, erklärte sie gereizt.

„Dein eigener Mann hat dich dermaßen beleidigt?“

„Nicht durch Worte.“

„Das verstehe ich nicht.“

„Das habe ich auch nicht erwartet.“

„Dann erkläre es mir gefälligst.“

„Nein. Es ist eine langweilige und sehr traurige Geschichte.“

„Wir haben die ganze Nacht Zeit.“

„Hast du nichts Besseres zu tun, als ...“

„Zum Teufel! Ich habe dir gesagt, du sollst sie mir erzählen!“ fuhr er sie unwirsch an.

„Na schön“, gab sie ebenso heftig zurück. „Wenn ich dann endlich von hier wegkomme, werde ich sie dir erzählen.“

Caren setzte sich in den Schneidersitz und begann Derek die Geschichte ihrer Ehe zu erzählen:

„Ich war sieben Jahre verheiratet. Ich dachte, Winston und ich würden eine glückliche Ehe führen. Sicher, der anfängliche Reiz ging nach einer Weile verloren. Aber das ist nun mal so. Alles wurde zur Routine.“ „Was alles? Sex? Wurde euer Liebesleben zur Routine?“

Warum sagte sie ihm nicht, dass ihn das nichts anging? Feindselig schaute sie Derek an. Doch seine ernste Miene stimmte sie um. Vielleicht sollte sie sich aussprechen. Sie hatte sich noch nie jemandem anvertraut. Nicht einmal ihrer Schwester. Kristin war zu jung.

Anstatt Derek in seine Schranken zu verweisen, erwiderte sie ruhig:

„In gewisser Hinsicht ja. Wir schliefen zwar miteinander, aber es war nicht gerade aufregend. Allmählich zog sich Winston von mir zurück. Wenn ich ihn darauf ansprach, erklärte er jedes Mal, er hätte Probleme mit seiner Arbeit."

„Erzähl weiter", forderte Derek sie auf.

„Da gibt es weiter nichts zu sagen. Es ist die alte Geschichte. Eines Abends kam er nach Hause und teilte mir ganz nebenbei beim Essen mit, dass er die Absicht habe, sich von mir scheiden zu lassen."

„Hat er dir keinen Grund angegeben?"

Sie lachte verbittert. „Oh doch. Einen sehr triftigen. Den klassischen Grund. Eine andere Frau. Mein Mann hat mich wegen einer anderen Frau verlassen."

„Und deshalb glaubst du, du seist im Bett uninteressant?"

„Ist das nicht verständlich?"

„Nein."

„Nun, ich bilde es mir jedenfalls ein. Es handelt sich ja nicht nur um Sex. Das Problem ist viel komplexer."

„Liebst du diesen Narren etwa immer noch?"

Sie blickte zu Derek auf. „Nein. Und ich glaube auch nicht, dass ich ihn jemals geliebt habe."

„Warum hast du ihn dann geheiratet?"

„Ich sehnte mich nach der Sicherheit, die ich mir von der Ehe versprach. Mein Vater starb, als Kristin noch ein Baby war. Meine Mutter hat uns beide großgezogen. Ich sah ihre Einsamkeit, wie schwer sie es hatte, als allein stehende Frau zurechtzukommen. Ich glaube, ich habe Winston geheiratet, weil er der erste war, der mir einen Antrag machte. Vielleicht hatte ich Angst, es könnte mein einziger Heiratsantrag bleiben. Wir verstanden uns gut. Er hatte einen Beruf mit Zukunft. Ich verliebte mich in den amerikanischen Traum."

„Aber nicht in deinen Mann."

„Im Nachhinein betrachtet, nein. Ich habe ihn nicht wirklich geliebt." Caren spürte, wie die Last, die sie ein Jahr lang mit sich herumgeschleppt hatte, plötzlich leichter wurde. Mit einem Mal erkannte sie, dass Winston nicht allein für das Scheitern ihrer Ehe verantwortlich gewesen war. Auch sie trug Schuld daran. Langsam und ein wenig unsicher schaute sie zu Derek auf. „Du hast ihn einen Narren genannt. Warum?"

Er berührte ihre Wange. „Typisch Frau. Jetzt möchtest du wohl ein Kompliment hören?"

Caren senkte den Kopf. „Vielleicht", bekannte sie leise.

„Rede dir jetzt keine falschen Schuldgefühle ein", sagte er ernst. „Du bist bereit gewesen, an eurer Beziehung zu arbeiten. Winston war es nicht. Er hat dich wegen einer anderen Frau verlassen und dich damit sehr verletzt." Er strich ihr eine Haarsträhne aus der Stirn. „Heute Nacht werde ich deinen Kummer vertreiben. Ich werde dir zeigen, wie bezaubernd und begehrenswert du bist. Morgen wird dieser törichte Mann nur noch eine schlechte Erinnerung für dich sein."

Zart berührte er mit den Lippen ihren Mund. Sein Kuss hatte nichts von der Wildheit des vorhergehenden. Dafür verriet er unsagbare Zärtlichkeit. Als Derek nach einer ganzen Weile ihren Mund wieder freigab, seufzte Caren tief auf. Der Abend hatte eine viel versprechende Wendung genommen. Sie fühlte, wie eine Zentnerlast von ihr abfiel.

„Möchtest du ein Glas Wein?" fragte Derek und sah Caren liebevoll an.

„Gern."

Er schob das Moskitonetz beiseite und nahm die Weinflasche aus dem Eiskübel. Nachdem er die beiden Gläser, die auf dem Servierwagen standen, gefüllt hatte, reichte er Caren eines davon.

„Du bist berauschender als jeder Wein", sagte er.

Auf diesen ungewöhnlichen Trinkspruch hin stießen sie miteinander an. Dann beugte sich Derek vor, um Caren erneut zu küssen. Seine Lippen und seine Zunge waren kühl vom Wein.

„Ich hoffe, du magst das Essen, das ich bestellt

habe." Derek wandte ihr den Rücken zu, um sich vor den Servierwagen zu kauern und die silbernen Deckel von den Schüsseln und Platten zu nehmen.

„Es riecht köstlich."

„Streck die Beine aus", befahl er, nachdem er einen Teller gefüllt hatte. Caren gehorchte. Er stellte den Teller auf ihrem Schoß ab und setzte sich dann neben sie aufs Bett, so dass sich ihre Hüften berührten.

„Mariniertes Grillhühnchen und gefüllte, panierte Fischröllchen", erklärte er und deutete auf den Teller. „Zwei sehr beliebte Gerichte auf dieser Insel. Dazu gibt es die verschiedensten Gemüse sowie Papaya und Ananas."

Caren lief das Wasser im Mund zusammen. „Ich brauche noch ein Besteck", sagte sie.

Er schaute ihr tief in die Augen. „Du brauchst kein Besteck. Ich habe absichtlich zwei Gerichte gewählt, die man mit den Händen essen kann."

Er nahm ein Stück Hühnerbrust vom Teller und hielt es ihr vor den Mund.

Verwirrt ließ sich Caren das Stück Fleisch zwischen die Zähne schieben. Langsam fing sie an zu kauen. Derek ließ sie keine Sekunde aus den Augen.

„Schmeckt es?" fragte er.

„Ja. Sehr gut."

„Darf ich auch ein Stück haben?"

Einen Moment schaute sie ihn unsicher an. Dann

nahm sie einen Happen Fleisch und hielt es ihm vor die Lippen. Er aß es. Dabei schaute er sie unverwandt an.

Auf diese Art und Weise leerten sie den Teller. Sie schwiegen. Doch die Blicke, die sie wechselten, sagten mehr, als Worte es jemals vermocht hätten. Caren kam sich vor wie in einem Traum, aus dem sie niemals aufzuwachen hoffte.

Einmal beugte sich Derek vor und strich ihr das Haar über die Schultern, um sie sanft auf den Hals zu küssen. Caren legte den Kopf in den Nacken. Sie spürte Dereks warmen Atem, die Liebkosungen seiner Zunge, seine Lippen auf ihrer Haut. Er flüsterte etwas. Die Worte hörten sich fremd an. Aber das spielte in diesem Moment keine Rolle. Sie wusste instinktiv, was sie bedeuteten.

Sie leerten ihre Gläser, die Derek sofort nachfüllte. „Du bist so schön, Caren“, sagte er leise. „Ich möchte mehr von dir sehen.“ Langsam knöpfte er den obersten Knopf ihres Kleides auf.

Caren schämte sich plötzlich des alten Sommerkleides wegen, das sie trug. Sie hatte es nach dem Duschen übergezogen, weil es weit und bequem war. „Ich wollte heute eigentlich mein neues Kleid anziehen“, entschuldigte sie sich.

„Dazu hast du noch oft genug Gelegenheit.“ Er schaute ihr tief in die Augen, während er einen Knopf nach dem anderen öffnete und ihr schließlich die Träger des Oberteils über die Schultern streifte. Dann heftete er den Blick auf ihren entblößten Oberkörper.

„Wie schön du bist“, flüsterte er. Behutsam fuhr er mit dem Zeigefinger die sanften Rundungen nach. Er umfasste ihre Brüste mit der Hand und begann mit dem Daumen die Spitzen zu umkreisen, bis sie sich hart aufrichteten. Caren schloss die Augen.

„Nein“, flüsterte er rau. „Schau mich an.“

Sie schlug die Augen auf. Seine langen, schlanken Finger hoben sich dunkel von ihrer Haut ab. Der Kontrast ließ ihre Brüste noch reizvoller erscheinen. Caren sah sich plötzlich mit ganz anderen Augen. Sie war schön und begehrenswert.

Caren lehnte sich in die Kissen zurück. Spontan breitete sie die Arme aus und zog Derek an sich. Das Fieber der wieder erwachenden Leidenschaft quälte sie. Sie sehnte sich danach, mit Derek eins zu werden, um ihr sinnliches Verlangen zu beruhigen.

Aber sie mussten sich Zeit lassen. Zuerst wollte sie jede Stelle seines Körpers erforschen, sich ganz seinen erregenden Liebkosungen hingeben.

Derek gab ihr, wonach sie sich sehnte. Doch bald genügte es ihr nicht mehr. Verlangend schlang sie die Beine um seine Hüften.

Derek betrachtete ihr erhitztes Gesicht. „Nicht so schnell“, sagte er lächelnd und entzog sich ihrer Umarmung. „Wir haben die ganze Nacht Zeit.“

Schlagartig kehrte Caren in die Wirklichkeit zurück. Sie musste ja einen schrecklich zügellosen Eindruck auf ihn gemacht haben. Und wie sie aussah! Ihr Kleid stand bis zur Taille offen und enthüllte ihre Brüste. Der Rock war ihr bis hoch über die Oberschenkel gerutscht und bedeckte nicht einmal ihr Spitzenunterhöschen. Ihr Haar war ein heilloses Durcheinander von Strähnen.

Sie setzte sich auf, knöpfte sich das Kleid zu und zog den Rock bis über die Knie hinunter. Dann versuchte sie vergeblich, ihr Haar in Ordnung zu bringen.

„Du bist bezaubernd, Caren", sagte Derek amüsiert. „Erst verwandelst du dich in eine kleine Hexe, dann in eine schüchterne Jungfrau. Mein Gott, ich kann es kaum abwarten, die vielen Seiten deines Wesens kennen zu lernen."

Er wandte sich ab und fing an, langsam und bedächtig das Geschirr zusammenzuräumen. Als er damit fertig war, stellte er es auf den Servierwagen und schob ihn in eine Ecke des Raumes.

„Gefällt dir die Musik?" fragte er und ging auf Caren zu. „Du musst mir sagen, wenn du irgendetwas nicht magst."

Sie wusste, dass er nicht nur die Musik meinte, und nickte. Er war vor der Matratze stehen geblieben, um sich die Schuhe auszuziehen. Dann schlug er das Moskitonetz beiseite und kam zu ihr. Er streckte ihr die

Hand hin. Caren ergriff sie. Langsam zog er sie hoch, bis sie vor ihm stand.

Ohne jede Hast zog er sie an sich. Auch sein Kuss hatte nichts Drängendes. Locker hatte er die Hände auf ihre Schultern gelegt. Und dann merkte Caren, dass ihr Kleid hinunterrutschte. Er streifte es ihr über den Oberkörper, die Hüften, die Schenkel, bis es auf die Matratze fiel. Caren stand im Unterhöschen vor ihm.

Unter normalen Umständen wäre sie jetzt verlegen geworden. Doch Derek gab ihr keine Gelegenheit, sich zu schämen. Mit beiden Händen umfasste er ihre Brüste und streichelte sie. Er liebkoste sie geschickt und aufreizend. Dabei wurden seine Augen dunkel vor Verlangen.

Als er sich zu ihr hinunterbeugte und anfing, die Spitzen mit der Zunge zu umkreisen, lehnte sich Caren Halt suchend an ihn. Mit beiden Händen hielt sie seinen Kopf fest. „Derek!“ stieß sie heiser hervor.

Sie verlor sich im Rausch ihrer sinnlichen Empfindungen, schloss die Augen und genoss das Gefühl seiner Hände auf ihrer Haut. Er ließ sie tiefer gleiten, zum Bund ihres Höschens. Langsam zog er ihr den Stoff über die Hüften, streifte ihn über ihre Oberschenkel, bis Caren nackt vor ihm stand.

Derek richtete sich auf und musterte sie wohlgefällig. Unter seinem begehrlichen Blick wurde sie von einer heftigen Welle der Erregung erfasst.

Jeder Versuch, ihre Empfindungen zu verbergen, wäre sinnlos gewesen.

Vorsichtig berührte er ihre empfindlichste Stelle.

Caren hielt den Atem an.

Er kniete sich vor sie hin, legte die Hände auf ihre Hüften und zog sie zu sich heran, um sie mit glühenden Küssen zu bedecken. Ströme der Lust durchzuckten sie. Noch nie hatte sie sich so sinnlich gefühlt.

Ein leises Stöhnen drang über ihre Lippen. „Oh Derek, halt mich fest!“ bat sie mit bebender Stimme.

Eine ganze Weile hielt er sie nur in den Armen. „Findest du nicht auch, dass ich zu viel anhabe?“ fragte er dann. „Willst du mich ausziehen?“

Sie sah ihn unsicher an. „Ja“, sagte sie schließlich. „Wenn du es möchtest.“

Zögernd öffnete Caren die wenigen Knöpfe seines Hemdes, die noch geschlossen waren. Dann zog sie Derek das Hemd aus der Hose und streifte es ihm langsam über die Schultern. Er schlüpfte aus den Ärmeln und warf es achtlos auf die Matratze.

Caren streckte die Hand nach dem Reißverschluss seiner Hose aus – und ließ sie wieder sinken. Sie versuchte es noch einmal. Doch es fehlte ihr einfach der Mut.

„Entschuldige“, flüsterte sie.

„Schon gut. Ich mache es selbst.“ Mit einer hastigen

Bewegung hatte er den Verschluss der Hose geöffnet und sie ausgezogen. Anschließend entledigte er sich seines Slips und kniete sich auf die Matratze, um Carens Wäsche einzusammeln. Er schlug das Moskitonetz zurück und trug die Kleider zu einem Stuhl, wo er jedes einzelne Stück sorgfältig zusammenlegte.

Caren beobachtete ihn erstaunt. Nie hätte sie gedacht, dass ein Mann wie er so ordentlich sein konnte.

Langsam verlor sie ihre Scheu und betrachtete seinen Körper. Er war wunderbar proportioniert. Seine Muskeln waren gut entwickelt, sein Körper verriet geschmeidige Kraft. Goldene Härchen schimmerten auf seiner gebräunten Haut.

„Du bist schön", sagte Caren.

Es war ihr nicht aufgefallen, dass sie diese Worte laut ausgesprochen hatte. Sie merkte es erst, als er sich zu ihr umdrehte und sie verheißungsvoll ansah. Vor Aufregung beschleunigte sich Carens Herzschlag.

Langsam ging er auf das Matratzenlager zu. Zuvor hatte er ein kleines Tablett mit Glasfläschchen von einem Tisch genommen, das er jetzt zu ihr hintrug.

„Leg dich hin", befahl er, und Caren ließ sich gehorsam in die Kissen zurücksinken. „Auf den Bauch", sagte er, worauf sich Caren umdrehte. Er kniete sich neben sie auf die Matratze und setzte vorsichtig das Tablett ab.

„Du musst dich entspannen", flüsterte er. Mit der flachen Hand strich er über ihren Rücken und ihre Beine. Wohlig legte Caren den Kopf auf den Handrücken und schloss die Augen.

„Bekomme ich jetzt eine Massage?“ fragte sie und unterdrückte ein Gähnen.

Er gab ihr einen Klaps auf den Po. „Nicht, wenn du mir dabei einschläfst.“

Das Gähnen verging ihr, als er sich gleich darauf über sie kniete und seine harten Oberschenkel seitlich an ihre Schenkel presste. Er strich ihr das Haar aus dem Nacken und nahm dann eines der Fläschchen, um den Inhalt in seine Hand zu gießen. Ein exotischer Blumenduft stieg Caren in die Nase.

Mit beiden Händen massierte er ihre Schultern, bis sie völlig entspannt war. Unter seinen geschickten Fingern wurden ihre Muskeln weich und locker. Mit dem Daumen massierte er jeden einzelnen Wirbel, mit den Handballen bearbeitete er ihren Rücken. Als seine Hände tiefer glitten, durchlief sie ein wohliger Schauer. Mit hartem Griff packte er ihre Oberschenkel. Und dann wurde seine Massage immer erotischer und verwandelte sich in ein zärtliches Liebesspiel.

Caren stöhnte lustvoll, als er sich immer mehr Freiheiten herausnahm, suchte, fand, streichelte, bis sie sich vor Sehnsucht nach ihm verzehrte.

„Du bist bezaubernd“, flüsterte er. „Hinreißend. Weißt du überhaupt, was für einen wunderbaren Körper du hast?“

Er lag auf ihr und bedeckte ihren Nacken mit zärtlichen Küssen, während er ihre Brüste streichelte. Sie spürte seine Erregung, als er sie mit seinem Gewicht tief in die weiche Matratze drückte.

Irgendwann richtete er sich ein wenig auf und drehte sie zu sich herum. Sein Kuss war verzehrend, das Spiel seiner Zunge atemberaubend. Er spreizte ihre Beine und legte sie über seine Oberschenkel.

Caren versuchte, das Gesicht in den Kissen zu verbergen. Doch er ließ es nicht zu. „Nein“, sagte er rau, „ich möchte dich anschauen.“

Dann schob er sich auf sie und drang kraftvoll in sie ein. Sie bog sich ihm entgegen, nahm ihn immer tiefer in sich auf. Immer schneller wurde der Rhythmus seiner Bewegungen, denen sie sich hingebungsvoll anpasste. Er barg das Gesicht an ihrem Hals, und beide gaben sich ganz ihrer ungezügelten Leidenschaft hin.

6. KAPITEL

Caren schlug die Augen auf, gähnte, räkelte sich und sah sich erstaunt um. War die vergangene Nacht nur ein Traum gewesen? Sonnenlicht drang durch den Stoff des Moskitonetzes. Alles um sie herum wirkte unscharf und verschleiert.

Die Kerzen waren abgebrannt und hatten sich in bizarre Wachsgebilde verwandelt. Der Servierwagen mit den silbernen Schüsseln stand noch in der Zimmerecke. Die Eiswürfel in dem Weinkübel waren geschmolzen.

Nackt und träge lag Caren auf den Seidenlaken. Das Lammfell kitzelte sie an den Füßen. Sie war allein. Am Seidenkissen neben ihr haftete der Geruch von Dereks herbem Rasierwasser. Das Laken neben ihr war zerwühlt.

Caren erinnerte sich an die vergangene Nacht. Nie würde sie diese glücklichen Stunden mit Derek vergessen. Sie hatten sich für alle Zeiten in ihr Gedächtnis eingeprägt. Nach nur einer Nacht kannte sie Derek besser als den Mann, mit dem sie sieben Jahre verheiratet gewesen war.

Lächelnd schlug sie das Moskitonetz zurück, stand auf und ging hinaus auf die Terrasse. Caren erspähte Derek sofort. Mit kräftigen Zügen schwamm er ins offene Meer hinaus. Weit draußen tauchte er unter, und erst nach etwa einer Minute kam er wieder an die Oberfläche zurück. Er schüttelte sich das Wasser aus dem Haar und kraulte zum Ufer zurück.

Als er an Land kam, perlte das Wasser über seine muskulösen Arme, lief in kleinen Rinnsalen über seine behaarte Brust, bahnte sich einen Weg um den Bauchnabel herum und folgte der dunklen Linie seidiger Härchen unterhalb des Bauchnabels.

Derek war nackt.

Caren lächelte. Noch nie war sie einem Menschen begegnet, der sich mit solcher Unbefangenheit nackt bewegt hatte. Winston war gewiss nicht übermäßig scheu gewesen. Aber völlig unbekleidet hatte sie ihn nur in der Badewanne oder im Bett gesehen. Er wäre niemals ohne Badehose schwimmen gegangen. Derek hingegen kannte solche Einschränkungen nicht. Nacktheit schien für ihn etwas ganz Normales zu sein.

Gestern Nacht hatte Derek sie in die Geheimnisse der Liebe eingeweiht und ungeahnte Gefühle und Empfindungen in ihr wachgerufen. Er hatte nicht nur ihre Leidenschaft geweckt, sondern ihre Sinne geschärft für die Freuden körperlicher Liebe.

Caren presste die Hände an die erhitzten Wangen. War jene leidenschaftliche Frau wirklich sie gewesen? Hatte sie sich tatsächlich so benommen, wie sie es lebhaft in Erinnerung hatte? Sie schämte sich ihres Verhaltens nicht. Auch wenn sie die Freuden der Liebe voll ausgekostet hatten, so hatten sie dabei nie die Moral verletzt.

Als es leise an der Tür klopfte, warf Caren einen kurzen Blick zum Strand hinunter. Derek trocknete sich gerade mit einem Handtuch ab. Sie stürzte zu dem Stuhl, auf dem ihr Kleid lag, zog es hastig über den Kopf und knöpfte es in aller Eile zu. Dann ging sie zur Tür.

„Ja?“ rief sie.

„Brunch, Madame."

Caren öffnete die Tür. Draußen standen zwei Zimmerkellner mit einem Servierwagen. Höflich wünschten sie ihr einen guten Morgen, während sie unsicher dastand und verlegen von einem Fuß auf den anderen trat.

Die Diskretion der beiden Kellner war bemerkenswert. Schnell und unauffällig machten sie sich ans Werk. Sie deckten den Tisch, zündeten den Rechaud für die Kaffeekanne an, gossen eisgekühlten Fruchtsaft in hohe Gläser und nahmen den Servierwagen vom vergangenen Abend mit. Die Lagerstatt in der Mitte des Zimmers würdigten sie keines Blickes, obwohl sie gewiss ihre Neugier erregt hatte.

Sie wollten sich gerade zurückziehen, da betrat Derek durch die Terrassentür das Zimmer. Erschrocken drehte sich Caren um. Als sie sah, dass er sich das Handtuch um die Hüften geknotet hatte, atmete sie erleichtert auf.

Er begrüßte sie mit zärtlichem Händedruck und liebevollem Blick. Danach inspizierte er den gedeckten Tisch. Nachdem er den beiden Zimmerkellnern zugenickt und die Tür hinter ihnen geschlossen hatte, wandte er sich wieder zu Caren um.

„Guten Morgen", sagte er. „Bist du schon lange wach?"

„Erst ein paar Minuten."

„Es tut mir Leid, dass ich nicht bei dir war, als du aufwachtest."

„Das macht doch nichts. Ich war auf der Terrasse und habe dir beim Schwimmen zugeschaut, bevor die Kellner den Brunch brachten. Das Essen sieht fantastisch aus."

Er zog sich das Handtuch von den Hüften und ließ es achtlos zu Boden fallen. „Du siehst fantastisch aus." Im nächsten Moment stand er vor ihr, legte ihr die Hände in den Nacken und zog ihren Kopf zu sich heran, um ihr den ersten Kuss an diesem Morgen zu geben. Er machte kein Geheimnis aus seinem Begehren. Sein Kuss war berauschend. Caren merkte, wie sie wieder jene wohlige Mattigkeit überkam, die ihr inzwischen schon vertraut war.

Ungeduldig nestelte Derek an den Knöpfen ihres Kleides. Nachdem er sie geöffnet und ihr das Kleid vom Körper gestreift hatte, hob er sie hoch und presste sie an sich.

„Das kalte Wasser war belebend", sagte er und lächelte sie dabei mutwillig an.

„Ich merke es", flüsterte Caren.

Er trug sie zum Bett, legte sie in die weichen Kissen und begann von neuem sein verlockendes Spiel.

„Und was ist mit dem Essen?" wandte Caren schwach ein.

„Danach", sagte er.

Die folgenden Tage gingen in süßem Nichtstun dahin. Caren und Derek nahmen die Dinge, wie sie kamen. Sie machten keinerlei Pläne. Sie aßen, schliefen, schwammen, lagen am Strand und liebten sich, wann immer ihnen danach zu Mute war.

Caren wusste, dass sie in einer Traumwelt lebte. Wie Cinderella würde sie sich bald wieder zurückverwandeln in Caren Blakemore aus Washington. Sie würde zurückkehren in ihr eintöniges Alltagsleben und Derek nie wieder sehen.

Aber das hielt sie nicht davon ab, sich diesem wunderbaren Traum hinzugeben, ihn zu genießen, solange sich ihr die Gelegenheit dazu bot. War sie nicht deswegen nach Jamaika gekommen? Hatte sie sich nicht verzweifelt nach ein wenig Liebe gesehnt?

Was Derek ihr schenkte, überstieg all ihre Erwartungen. Er war der sinnenfroheste Mensch, dem sie je begegnet war. Selbst die alltäglichsten Dinge verstand er noch in Erlebnisse besonderer Art umzuwandeln.

Mit ihm probierte sie Gerichte, die sie früher nicht angerührt hätte. Und sie fand heraus, dass sie ihr schmeckten. Sie entdeckte fremdartige Getränke, die bemerkenswerte Wirkung auf sie hatten. Es wurde ihr zur Gewohnheit, nackt in der Sonne zu liegen, im Meer zu schwimmen und ihr langes Haar vom Wind zerzausen zu lassen. Sie nahm ihre Umwelt mit anderen Augen wahr. Sie konnte über die großen, grünen Blätter der Mandelbäume staunen und sich für die leuchtenden Farben der Bougainvillea-Blüten begeistern. Und noch nie war ihr der Himmel so blau erschienen.

Was die Liebe betraf, so fühlte sie sich zum ersten Mal in ihrem Leben richtig als Frau. Das hatte Derek bewirkt. In seinen Armen fielen alle Hemmungen von ihr ab. Sie liebten sich auf der Terrasse seines Bungalows, bis sie schweißnass vor Erschöpfung waren. Sie liebten sich unter der Dusche, im Bett und auf dem Boot, das sie für einen Nachmittag gemietet hatten. Und jedes Mal war ihre Liebe neu und aufregend.

Derek war ein leidenschaftlicher oder ein zärtlicher Liebhaber. Er konnte beides sein. Immer genoss sie seine ungeteilte Aufmerksamkeit. Er gab ihr alles, so wie auch sie sich ihm rückhaltlos hingab. Es war erregend und beängstigend zugleich.

„Du schaust mich schon die ganze Zeit an“, bemerkte Derek eines Abends beim Essen und warf Caren einen liebevollen Blick zu. An diesem Abend hatten sie ihren Bungalow verlassen und waren zum Hotel hinübergegangen, um Musik zu hören, zu tanzen und sich am kalten Büffet zu bedienen.

In dem neuen Kleid, das sie vor ein paar Tagen gekauft hatte, und mit den hochgesteckten Haaren kam sich Caren besonders attraktiv und fraulich vor. Dereks bewundernde Blicke bestätigten sie in diesem Gefühl.

„Ich schaue dich an? Entschuldige."

„Es sollte kein Vorwurf sein. Ich würde nur gern wissen, was in dir vorgeht, wenn du mich so ansiehst. Du tust es nämlich sehr oft."

„Wirklich?"

„Ja." Er beugte sich über den Tisch und küsste sie auf den Mund. „Was denkst du, wenn du mich so eindringlich anschaust?"

„Ich weiß es nicht", antwortete sie aufrichtig. „Manchmal bist du ..." Sie lachte und schüttelte den Kopf. „Vergiss es. Es ist verrückt."

Er nahm ihre Hand und drückte sie. „Sprich weiter. Sag es mir."

Sie beobachtete, wie er mit dem Daumen über ihre Handfläche strich. „Manchmal bist du mir ein Rätsel."

In seinen Augen blitzte es amüsiert. „Ist das ein Kompliment oder eine Kritik?"

Sie lächelte. Es war schwierig, ihre Gedanken in Worte zu fassen. „Meistens bist du wie ein ganz normaler Amerikaner. Du sprichst unsere Sprache, du gebrauchst Gesten wie jeder andere auch. Du könntest ein gewöhnlicher Durchschnittsbürger sein."

„Ich weiß", sagte er ernst, fast abwehrend.

„Dann wieder ..." Sie biss sich auf die Unterlippe.

„Dann veränderst du dich ganz plötzlich. Vor allem, wenn wir uns lieben.“

„Das ist doch normal. In der Öffentlichkeit muss ich mich ständig beherrschen. Aber wenn ich allein mit dir bin, dann ...“

„So meine ich das nicht“, beeilte sie sich hinzuzufügen und sah sich dabei nervös um.

„Wie meinst du es dann?“

„Du scheinst dich in eine andere Person zu verwandeln. Es ist, als besäßest du zwei Persönlichkeiten. Die eine ist amerikanisch, die andere ... ich weiß nicht ... ausländisch. Deine Redeweise ändert sich, du gebrauchst ein anderes Vokabular. Manchmal sprichst du sogar in einer fremden Sprache.“

Derek lehnte sich in seinem Stuhl zurück und drehte den Stiel seines Weinglases zwischen den Fingern. Seine Haltung signalisierte ihr, dass das Thema ihm nicht gefiel und er nicht weiter darüber zu sprechen wünschte. „Ich habe in der Schule verschiedene Sprachen gelernt“, erklärte er schließlich. „Ich war schon immer sehr sprachbegabt.“

Es war eine plausible Erklärung, doch Caren nahm sie ihm nicht so ganz ab. Sein verschlossener Gesichtsausdruck verriet ihr, dass ihre Zweifel berechtigt waren. Aber da ihm das Thema ganz offensichtlich unangenehm war, hatte sie kein Recht, es weiterzuverfolgen. Sie bereute sogar, dass sie es zur Sprache gebracht hatte.

„Ich habe dir doch gesagt, es ist verrückt." Sie lächelte ihn entschuldigend an. „Du bist einfach ungewöhnlich, der überwältigendste Liebhaber, den ich je hatte."

Seine gute Laune kehrte sofort zurück. Er beugte sich wieder vor und sah ihr tief in die Augen. „Wie viele Liebhaber hast du gehabt, Caren?"

Sie zögerte. Einen Moment wich sie seinem durchdringenden Blick aus. „Zwei", bekannte sie dann leise. „Meinen Mann und dich. Und wie viele Frauen hast du gehabt?"

Sie mochte sich nicht vorstellen, wo er die Liebeskünste erlernt hatte, die er so geschickt einzusetzen verstand. Wie vieler Liebesabenteuer bedurfte es, bis ein Mann wusste, wie man die geheimsten Wünsche einer Frau befriedigt?

Er zog ihre Hand an die Lippen und küsste sie. „Viele, Caren. Aber nie war es so wie mit dir. Niemals habe ich eine Frau wie dich gekannt."

Es erstaunte ihn, dass er die Worte ernst meinte. Er hatte sie schon hundert Mal gesagt, zu den verschiedensten Frauen. Jedes Mal waren es leere Phrasen gewesen, Phrasen, die er nur sagte, weil die Frauen sie von ihm erwarteten.

Mit Caren war es von Anfang an anders gewesen. Zuerst hatte es ihm ihre Schüchternheit angetan. Dass sie auch leidenschaftlich sein konnte, war eine angenehme Überraschung gewesen, aber nicht das Ausschlaggebende. Schließlich hatte er genug leidenschaftliche Frauen gehabt.

Was also machte sie so einzigartig? Irgendetwas Undefinierbares, das ihm Angst einjagte. Jedes Mal, wenn sie sich liebten, schien er ein Stück seiner Seele an sie zu verlieren. Nie zuvor war ihm das bei einer Frau passiert. Am Anfang war es ihm nicht aufgefallen. Doch eines Morgens, als er neben Caren im Bett gelegen und sie im Schlaf beobachtet hatte, merkte er plötzlich, wie sehr ihr reines, sanftes Wesen ihn anrührte.

Waren sie getrennt, und wenn auch nur für wenige Minuten, war er jedes Mal froh, sie wieder zu sehen. Seine Beziehung zu ihr ging weit über das Sexuelle hinaus. Er mochte ihren Sinn für Humor, ihre Intelligenz und dieses Geheimnisvolle an ihr, das ihn auf jeden Gedanken eifersüchtig machte, den sie ihm vorenthielt.

An jenem Morgen, als er auf ihre leisen Atemzüge gelauscht hatte, begriff Derek, dass es ihm nicht leicht fallen würde, Caren zu verlassen. Die Erkenntnis hatte ihn damals beunruhigt, und sie beunruhigte ihn auch jetzt.

Ihr makelloser Teint schimmerte im Kerzenlicht. Ihre Augen waren so unergründlich, dass man sich in ihrem Blick verlieren konnte. An jenem Morgen hatte er sie geweckt, um sie zärtlich zu lieben. Er hatte sich nicht zurückhalten können, genauso wenig, wie er es in diesem Moment vermochte.

„Tanz mit mir, Caren. Ich möchte dich in den Armen halten."

Er stand auf und führte sie zur Tanzfläche. Caren schmiegte sich an ihn. Sie war ihm vorhin zu nahe gekommen. Sie hatte sehr wohl gemerkt, wie er sich vor ihr verschlossen hatte. Jetzt nahm sie sich vor, ihm keine persönlichen Fragen mehr zu stellen. Je weniger sie von ihm wusste, desto besser. Bald würde die Woche vorüber sein. Dieser Gedanke war Caren unerträglich.

In dieser Nacht liebten sie sich mit der Leidenschaft Verzweifelter. Selbst als sie irgendwann erschöpft einschliefen, hielt Derek Caren noch in den Armen.

Caren hatte sehr unruhig geschlafen. Schon im Morgengrauen wachte sie wieder auf. Der Himmel war blassblau. Glatt wie ein Spiegel lag das Meer da, und seine Wellen klatschten auf das sandige Ufer. In der Bucht war noch alles ruhig. Die wenigen Boote, die etwas weiter draußen ankerten, hoben sich klar vom wolkenlosen Horizont ab.

Wie jeden Morgen war Derek schon vor ihr aufgestanden. Doch heute entdeckte Caren ihn nicht wie gewöhnlich weit draußen im Wasser. Unbeweglich saß er am Strand und blickte aufs Meer hinaus.

Plötzlich überkam sie das Bedürfnis, zu ihm zu laufen, ihn zu berühren, die Wärme seines Körpers zu spüren. Getrieben von der Angst, er könnte sich verflüchtigen wie ein Traum, wenn sie ihn nicht festhielt, zog sie sich ihr Kleid über und rannte zum Strand hinunter.

Kurz bevor sie ihn erreicht hatte, hörte er ihre Schritte. Er drehte sich um und streckte beide Arme nach ihr aus. Caren warf sich so heftig an seine Brust, dass beide in den Sand fielen. Ohne sie loszulassen, rollte er sich herum, bis sie unter ihm lag und er sie mit seinem Gewicht hart in den Sand presste.

Sein Verlangen war ebenso heftig wie ihres, sein Kuss war wild und fordernd. Er vergrub beide Hände in ihrem Haar und durchwühlte es. Als er den Kopf hob, holten beide tief Luft.

„Wieso bist du schon so früh aufgestanden?“ fragte Derek.

„Jeden Morgen beobachte ich dich von weitem beim Schwimmen. Heute wollte ich dich einmal aus der Nähe sehen.“ Sie strich sanft über die Härchen auf seiner Brust und bedeckte seinen Hals mit Küssen.

„Mit Anschauen allein ist es nicht getan“, sagte er rau, als er sah, wie spärlich bekleidet sie war. In der Eile hatte sie sich nicht einmal die Zeit genommen, einen Slip anzuziehen.

„Ist das ein Versprechen?“ fragte sie mit bebender Stimme.

Wortlos stand Derek auf und zog sie mit sich hoch. Dann lief er mit ihr zum Wasser.

Caren schrie laut auf, als eine kalte Woge ihre Waden umspülte und ihr schließlich bis zu den Oberschenkeln reichte.

Derek drehte sich um und grinste sie vergnügt an. „Was ist los?"

„Das Wasser ist mir zu kalt."

„Tatsächlich?" Er legte ihr die Hand auf den Kopf und tauchte sie unter. Prustend und schimpfend kam Caren wieder an die Oberfläche.

„Du hinterhältiger ..." Sie wollte sich auf ihn stürzen, doch Derek warf sich ins Wasser und tauchte weg, um sie gleich darauf unter Wasser zu umkreisen wie ein Haifisch seine Beute.

Caren watete in Richtung Ufer zurück. Sie kam nur langsam vorwärts, weil der nasse Rock ihr an den Beinen klebte und sie beim Gehen behinderte. Kurz vor dem Ufer scheiterte ihre Flucht dann vollends, als Derek im seichten Wasser ihre Fußknöchel packte und sie mit einem lauten Platsch ins Wasser plumpste. Caren kam nicht dazu, ihre Schimpfkanonade auf ihn loszulassen. Denn kaum war sie wieder oben, da zog er sie an sich und erstickte ihren Protest mit einem leidenschaftlichen Kuss.

Sein Mund brannte auf ihren Lippen, die noch kalt von dem unfreiwilligen Bad waren. Er küsste sie, als wolle er sie nie wieder loslassen, als wolle er mit ihr zu einem einzigen Wesen verschmelzen.

Caren drängte sich an ihn, presste sich an seinen kräftigen, schlanken Körper. Leidenschaftlich schlang sie die Arme um seinen Hals. Das Wasser umspülte ihre Oberschenkel. Die ersten Sonnenstrahlen tauchten sie in ein bronzefarbenes Licht.

Unvermittelt gab Derek ihren Mund frei und schaute sie aus verhangenen Augen an. Er nahm ihren Kopf zwischen die Hände und strich zärtlich mit den Fingern durch ihr nasses Haar. Sein Atem ging stoßweise. Vergeblich versuchte er gegen die Gefühle anzukämpfen, die ihn zu überwältigen drohten.

Er umfasste ihre Taille und hob Caren hoch. Sie stützte sich mit beiden Händen auf seinen Schultern ab. Schweigend sahen sie sich an. Dann wanderte sein Blick über ihren Körper, der sich unter dem nassen, dünnen Kleid deutlich abzeichnete. Was er sah, erregte ihn. Die Spitzen ihrer Brüste hatten sich hart aufgerichtet. Ihr Bauchnabel war als bezauberndes kleines Grübchen sichtbar. Während er den Blick auf ihre intimste Stelle heftete, sagte er leise:

„Du bist schön, Caren. Ich begehre dich. Hast du überhaupt eine Vorstellung davon, wie wunderbar es ist, dich zu lieben?“

Er presste das Gesicht an ihren flachen Bauch. Durch den nassen Stoff spürte sie seinen heißen Atem auf ihrer nackten Haut. Seine Muskeln spannten sich, als er sie ein Stückchen herunterließ, gerade so weit, dass ihre Brüste auf gleicher Höhe mit seinem Mund waren. Sie spürte seine Lippen, seine Zunge, seine erregenden Liebkosungen. Sie spürte seine Glut und seine Leidenschaft.

Caren bog den Kopf zurück und rief Dereks Namen. Langsam ließ er sie herunter. Ihr nasser Rock blieb an ihm kleben und entblößte ihre Oberschenkel. Stöhnend verschloss er ihr den Mund mit einem Kuss. Während er mit der Zunge das weiche Innere erforschte, presste er sie noch fester an sich. Caren schlang die Beine um seine Hüften. Mit einer schnellen, sicheren Bewegung drang er in sie ein.

Wenn in diesem Moment die Welt aus den Angeln gekippt wäre, hätte Caren es nicht gemerkt. Sie spürte, wie sie nach hinten fiel, wie sie plötzlich mit Derek im seichten Wasser lag. Ihr Haar trieb auf den Wellen. Ihre Glieder schienen schwerelos zu sein. In schnellem Rhythmus brandete Dereks Körper gegen ihren an, bis sie gemeinsam den Höhepunkt erreichten.

Nur allmählich fanden sie auf den Boden der Wirklichkeit zurück.

Matt und regungslos lagen sie im seichten Wasser. Die Sonne stand hoch am Himmel. Eine leichte Brise war aufgekommen. Die Blätter der Kokospalmen raschelten. Die Boote draußen in der Bucht setzten ihre

Segel. Seevögel glitten über die Wasseroberfläche. Ein neuer Tag war angebrochen.

Caren dehnte und streckte sich und schlug die Augen auf. Im ersten Moment musste sie überlegen, wie sie in ihr Bett gekommen war. Dann fiel es ihr wieder ein. Derek und sie waren vom Strand aus zu ihrem Bungalow gegangen, um noch ein paar Stunden Schlaf nachzuholen. Gerade beugte er sich über sie und küsste sie zart auf die Wange.

„Es tut mir Leid, dass ich dich geweckt habe. Ich habe dir eben eine Nachricht geschrieben. Ich werde Schnorcheln gehen. Du solltest noch eine Weile schlafen."

„Wirst du auch vorsichtig sein?"

„Ich verspreche dir, dass ich keinen Hai an mich heranlasse", meinte er lächelnd und küsste sie spielerisch auf die Nasenspitze, um gleich darauf ihre Lippen mit einem zärtlichen Kuss zu verschließen. „Du hast mich heute früh sehr glücklich gemacht, Liebling", flüsterte er. „Schlaf gut."

Derek verließ ihr Zimmer. Sie hörte, wie er leise die Tür ihres Bungalows hinter sich schloss. Kurz darauf war alles still. Unbeweglich lag Caren da und lauschte dem Klopfen ihres Herzens.

Sie liebte Derek. Das wurde ihr in diesem Moment schmerzlich bewusst. Obwohl er sie erst vor einer Minute verlassen hatte, fühlte sie sich einsam und allein. Es würde ihr das Herz brechen, ihm in ein paar Tagen für immer Adieu sagen zu müssen. Danach würde die Einsamkeit unerträglich sein.

Sie schloss die Augen und vergrub das Gesicht im Kopfkissen. Wie hatte es nur so weit kommen können? Sie hätte wissen müssen, dass es für sie nicht bei einer flüchtigen Affäre bleiben würde. Sex ohne Liebe war für sie undenkbar. Entgegen jeder Vernunft hatte sie sich Hals über Kopf in einen Mann verliebt, von dem sie sich in ein paar Tagen für immer trennen würde. Und je länger sie mit ihm zusammen war ...

Caren setzte sich im Bett auf. Sie musste abreisen. Und zwar sofort. Damit es nicht erst zu einer herzzerreißenden Abschiedsszene zwischen ihnen kam. Die Vorstellung, Derek könnte mit ein paar tröstenden Worten für immer aus ihrem Leben verschwinden, war ihr unerträglich. Nein, das durfte sie nicht zulassen.

Sie sprang aus dem Bett, riss Schranktüren und Schubladen auf, warf wahllos Kleider, Schuhe und Kosmetiksachen aufs Bett und stopfte alles hastig in ihre Koffer. Sie musste sich beeilen. Wenn Derek zurückkam, wenn er sie ansah, sie berührte, würde sie wieder schwach werden.

Nachdem sie ihre Koffer zugeklappt hatte, schaute sie sich noch einmal um, ob sie auch nichts vergessen hatte. Dabei fiel ihr Blick auf den Zettel neben ihrer Handtasche – Dereks Nachricht für sie.

Caren, ich werde Schnorcheln, falls ich die Energie dazu noch aufbringe. Du hast mich schwach vor Verlangen gemacht. Derek.

Die Worte verschwammen vor ihren Augen. Sie hätte den Zettel zerreißen und wegwerfen sollen, doch sie brachte es nicht fertig. Später, nach Wochen, Monaten und Jahren, würde diese Notiz der einzige Beweis dafür sein, dass diese traumhafte Woche Wirklichkeit gewesen war. Sie nahm den Zettel und steckte ihn in ihre Handtasche.

Eilig verließ sie den Bungalow und hastete mit ihren schweren Koffern zum Hotel hinüber.

„Ich möchte abreisen", erklärte sie dem jungen Mann an der Rezeption.

„Aber Sie haben Ihren Bungalow doch bis Ende der Woche gebucht. Falls Sie irgendwelche Beschwerden haben ..."

„Nein, die habe ich nicht. Es hat mir hier sehr gut gefallen. Ich muss nur leider vorzeitig nach Hause zurück."

Am liebsten hätte sie ihn angeschrien, er solle sich gefälligst beeilen und ihr endlich die Rechnung ausstellen. Jeden Moment konnte Derek hinter ihr auftauchen und sie fragen, was das alles zu bedeuten habe. Und wie sie ihn kannte, brachte er es fertig, sie einfach auf den

Arm zu nehmen und aus der belebten Empfangshalle hinauszutragen, zurück zu ihrem Bungalow, um sie erneut zu lieben.

Das durfte auf keinen Fall passieren. Sie musste diejenige sein, die diese Affäre beendete. Durch Derek hatte sie ihr Selbstvertrauen wiedergewonnen. Nur indem sie ihn jetzt verließ, konnte sie es sich erhalten.

Niedergeschlagen bestieg Caren den Flughafenbus. Wie durch ein Wunder bekam sie sofort einen Flug nach New York, und von da aus einen Anschlussflug nach Washington.

Ihr Wagen, den sie am National Airport abgestellt hatte, sprang erst nach vielen vergeblichen Versuchen an. Das war das erste Problem, mit dem sie sich nach ihrer Ankunft auseinander setzen musste. Weitere fielen ihr auf der Fahrt nach Georgetown ein. Fast eine Woche lang hatte sie all ihre Sorgen verdrängt. Jetzt kehrten sie mit aller Macht wieder.

Da waren zunächst einmal Geldsorgen. Sie hätte ihre Ersparnisse nicht für diesen Luxusurlaub verschwenden dürfen. Was hatte sie sich nur dabei gedacht? Kristins Schule war doch so teuer. Hinzu kamen ihre Garderobe, die Schulbücher. Die Liste war endlos.

Sie brauchte diese Beförderung. Larry musste etwas für sie tun. Vielleicht konnte er seine Beziehungen einsetzen. Aber Larry war unzufrieden mit ihr gewesen.

Unter Umständen hatte sie ihre Chance längst verspielt.

Traurig schleppte sie ihre Koffer die Treppen zu ihrem Apartment hoch. Die Wohnung kam ihr noch kleiner vor als sonst. Stickig, dunkel, beengend. Sie öffnete die Fenster. Die Koffer, die sie im Flur abgestellt hatte, erinnerten sie schmerzlich an die glücklichen Tage mit Derek. Sie hätte sie auspacken und wegräumen sollen. Doch dazu fehlte ihr die Energie. Müde zog sie ihren zerknitterten Hosenanzug aus und ging ins Bett.

Lautes Klopfen an der Tür ließ sie einige Stunden später aus dem Schlaf hochfahren. Automatisch streckte sie den Arm nach Derek aus. Doch der Platz neben ihr war leer. Erst jetzt fiel ihr ein, dass sie wieder allein war. Der Abschiedsschmerz überkam sie heftig und unvermittelt. Nur mit Mühe konnte sie ein Schluchzen überbrücken.

Sie schaute auf die Uhr neben ihrem Bett. Es war kurz nach acht. Wer konnte sie zu dieser frühen Stunde stören?

Sie ging zu ihrem Kleiderschrank, nahm einen Morgenrock vom Bügel und zog ihn sich über. Dann ging sie zur Tür. Bevor sie öffnete, fragte sie vorsichtig:

„Wer ist da?“

Die Antwort klang barsch und offiziell: „FBI.“

7. KAPITEL

FBI? Sollte das ein Witz sein? Caren spähte durch das Guckloch in der Tür. Die beiden Männer, die auf ihrer Schwelle standen, sahen so aus, als hätten sie noch nie in ihrem Leben einen Witz erzählt oder gar über einen gelacht. Ordnungsgemäß hielten sie ihre Polizeimarken hoch.

Caren schob den Riegel des Sicherheitsschlosses zurück und öffnete die Tür.

„Mrs. Caren Blakemore?"

„Ja."

„Ich bin Inspektor Graham. Dies ist Inspektor Vecchio. Würden Sie sich bitte anziehen und mit uns kommen?"

„Mit Ihnen kommen? Jetzt? Wozu?" fragte Caren entgeistert. „Sind Sie sicher, dass Sie es mit der richtigen Person zu tun haben?"

Inspektor Graham schlug ein kleines Notizbuch auf. „Mrs. Caren Blakemore, 223 Franklin Place, Georgetown. Alter: achtundzwanzig Jahre. Geschieden. Vorher verheiratet mit Winston Blakemore. Sie sind Büroangestellte im Außenministerium. Sie haben eine Schwester, Kristin, sechzehn Jahre alt, die die Westwood Academy besucht."

Benommen sank Caren auf den nächsten Stuhl. „Ich verstehe das alles nicht. Was geht hier vor?"

„Das wird man Ihnen gleich erklären. Würden Sie sich jetzt bitte anziehen?" Inspektor Vecchio war unfreundlicher und direkter als Inspektor Graham. Caren fand ihn auf Anhieb unsympathisch.

„Bin ich festgenommen?"

Die beiden Männer schauten sich an. „Sie stehen vorübergehend unter Bewachung", erklärte Inspektor Graham. „Wir warten auf Sie."

Wie in Trance ging Caren in ihr Schlafzimmer und schloss die Tür hinter sich. Mechanisch zog sie sich an. Als sie im Kleiderschrank die Bluse, die sie suchte, nicht fand, fiel ihr ein, dass sie noch in einem der beiden Koffer war, die unausgepackt im Flur standen. Auch ihre Kosmetiksachen hatte sie noch nicht ausgepackt.

Sie machte sich, so gut es ging, mit den wenigen Schminkutensilien zurecht, die sie in ihrem Bad finden konnte, und bürstete sich das Haar. Zu viel mehr blieb ihr keine Zeit, denn Inspektor Graham rief ihr durch die Tür zu, sie solle sich beeilen.

„Ich komme", antwortete sie und öffnete die Tür. „Ich bin fertig. Soll ich irgendetwas mitnehmen? Wie lange wird es dauern?"

„Es tut mir Leid, aber das wissen wir nicht", meinte Inspektor Graham.

„Gehen wir endlich", drängte Inspektor Vecchio ungeduldig.

Im Treppenhaus nahmen die beiden Beamten sie in die Mitte.

Auch wenn man sie nicht offiziell verhaftet hatte, so behandelte man sie doch wie eine Straftäterin.

Inspektor Graham setzte sich mit ihr auf den Rücksitz eines unauffällig wirkenden Autos, Inspektor Vecchio steuerte den Wagen.

Caren fragte nicht, wohin man sie brachte. Es spielte keine Rolle. Die Tatsache, dass sie unter Polizeibewachung stand, ließ die Einzelheiten unwichtig erscheinen.

Was hatte sie verbrochen? Immer wieder stellte sich Caren diese Frage. Es musste mit ihrer Arbeit zusammenhängen. Hatte sie wieder ein Dokument verwechselt? Hatte ihr Irrtum diesmal eine Untersuchung nach sich gezogen? Sie konnte es sich kaum vorstellen. Schließlich hatte sie nur Zugang zu Akten der untersten Geheimhaltungsstufe. Worum mochte es sich handeln? Welche Folgen würde diese Geschichte für sie haben? Für Kristin? Für ihren Job? Caren fing an zu zittern.

Vor dem Gebäude des Außenministeriums brachte Inspektor Vecchio den Wagen zum Stehen. Inspektor Graham half Caren aus dem Auto. Ohne ihren Arm loszulassen, führte er sie in ein Büro, das Caren nicht kannte. Als sie den Raum betraten, sprang Larry Watson von einem Stuhl auf. Offenbar hatte er bereits ungeduldig auf ihre Ankunft gewartet.

Caren atmete erleichtert auf, als sie ihn sah. „Larry!" rief sie und eilte auf ihn zu. „Ich bin ja so froh, dass Sie hier sind."

Doch Larry Watson wich vor ihr zurück. „Caren", sagte er nur.

Abrupt blieb sie stehen. In diesem kühlen, verächtlichen Ton hatte er sie noch nie angeredet. Ängstlich rieb sie sich die feuchten Handflächen. „Larry, was geht hier vor? Was hat das alles zu bedeuten?"

Ihre anfängliche Erleichterung war panischer Angst gewichen. Irgendetwas Fürchterliches musste passiert sein. Sie musste unwissentlich irgendein Gesetz übertreten haben. Die Folgen waren zweifellos ernst.

„Setzen Sie sich", befahl Larry in demselben ungewohnt kalten Ton.

Caren sank auf den nächstbesten Stuhl. „Sagen Sie mir, was hier vorgeht!" Obwohl sie sich zu beherrschen versuchte, klang ihre Stimme schrill und hysterisch.

Mit einer Entschuldigung zog sich Inspektor Graham zurück. „Ich werde draußen warten", sagte er und ließ sie allein.

Nachdem er die Tür hinter sich geschlossen hatte, blickte Larry sie wütend an. Noch nie hatte Caren ihn so außer sich gesehen. „Sie haben unsere Dienststelle in große Schwierigkeiten gebracht, Caren. Ich muss Ihr Verhalten leider persönlich nehmen. Wie haben Sie das nur tun können? Ich hätte nie geglaubt, dass Sie zu so etwas fähig sind." Er drehte ihr den Rücken zu, als könne er ihren Anblick nicht mehr ertragen.

„Fähig wozu?" rief sie. „Was habe ich bloß verbrochen? Ich war doch gar nicht hier. Wie kann ich dann diese Dienststelle oder gar Sie in Schwierigkeiten gebracht haben? Und wie soll ich den Sachverhalt klären oder mich verteidigen, wenn ich nicht weiß, was mir zur Last gelegt wird?"

Larry Watson fluchte leise. „Hatten Sie einen schönen Urlaub?" stieß er unerwartet hervor.

Caren fuhr sich mit dem Handrücken über die Stirn. Die Frage verwirrte sie. Sie war in diesem Moment mehr als fehl am Platz. „Ja, der Urlaub war sehr schön", sagte sie.

Plötzlich sah sie Derek vor sich. Doch sie verdrängte sein Bild. Diese Situation erforderte ihre volle Konzentration.

„Das kann ich mir vorstellen", bemerkte Larry verächtlich. „Haben Sie Ihre Schadenfreude wenigstens genossen?"

Caren schaute Larry an, für den sie jetzt schon seit Jahren arbeitete. Sie erkannte ihn nicht wieder. Seine Züge drückten kalte Verachtung aus. Was immer sie auch verbrochen hatte, so schlimm konnte es letzten Endes nicht gewesen sein. Diesmal hatte Larry aus einem ihrer Fehler wirklich eine Staatsaktion gemacht. Plötzlich verlor sie die Geduld.

„Wieso Schadenfreude? Verdammt noch mal, ich will endlich wissen, was hier gespielt wird!“

Ihr Wutanfall machte Larry nur noch aufgebrachter. „Eines möchte ich wissen!“ schrie er. „Haben Sie es aus Rache getan, weil ich Sie am Tag vor Ihrem Urlaub zurechtgewiesen habe? Oder hatten Sie ein anderes Motiv? Geld vielleicht? Oder wollten Sie den Präsidenten oder den Außenminister oder vielleicht sogar die gesamte Regierung blamieren? Sagen Sie es mir, Caren. Warum haben Sie es getan?“

Fassungslos sah sie ihren Chef an.

Bevor einer von ihnen ein weiteres Wort sagen konnte, ging die Tür auf. Erschrocken drehte sich Caren um.

Sie kannte den Mann, der gerade hereingekommen war. Er war einer der Unterstaatssekretäre. Vor Angst bekam sie heftiges Herzklopfen. Ihre Handflächen wurden feucht.

Vorwurfsvoll schaute der Unterstaatssekretär sie an. „Mrs. Blakemore“, sagte er förmlich und deutete auf einen Stuhl.

Caren ging rückwärts zu dem Stuhl und ließ sich auf das weiche Sitzpolster sinken.

„Sie befinden sich in einer heiklen Lage, Mrs. Blakemore", kam Ivan Carrington, Berater des Außenministers, ohne Umschweife zur Sache.

Caren befeuchtete sich die Lippen und blickte zu Inspektor Graham hinüber, der nach Carrington den Raum betreten hatte. „Das habe ich mir fast gedacht, Mr. Carrington. Aber niemand, weder die Beamten vom FBI noch mein Chef, den ich immer als Freund betrachtet habe, hat mich über die Situation aufgeklärt."

Ivan Carrington setzte sich ihr gegenüber auf einen Stuhl, legte eine Ledermappe auf den kleinen Tisch, der zwischen ihnen stand, und verschränkte die Arme vor der Brust. Nachdenklich schaute er sie an. „Sie waren diese Woche auf Jamaika", begann er schließlich sein Verhör.

Es war keine Frage, sondern eine Feststellung. Caren wunderte sich, woher er ihren Aufenthaltsort kannte und was ihr Urlaub ihn anging. „Ja", sagte sie knapp.

„Zusammen mit Derek Allen."

Das Blut stieg Caren in den Kopf. Der Druck hinter ihren Schläfen war kaum auszuhalten. Nur noch verschwommen nahm sie ihre Umgebung wahr. Sie fühlte sich einer Ohnmacht nahe. „Ja", bestätigte sie heiser. „Wir haben uns ein paar Mal getroffen. Was hat er mit der Sache zu tun?"

„Wie lange kennen Sie Mr. Allen schon?"

„Ich ... ich habe ihn erst auf Jamaika kennen gelernt“, stammelte Caren verlegen.

Die drei Männer tauschten vielsagende Blicke aus. Dann fuhr Carrington fort: „Sind Sie nicht auch der Meinung, dass diese Begegnung mit Mr. Allen ein ziemlich seltsames Treffen war, Mrs. Blakemore?“

Caren wurde zusehends verwirrter. „Treffen?“ wiederholte sie. „Ich verstehe nicht, was Sie damit meinen.“

„Wie gut kennen Sie Mr. Allen?“ fragte Carrington kurz.

Errötend wich Caren seinem Blick aus. „Ich ... wir ... nicht sehr gut.“

Carrington griff nach der Ledermappe und begann bedächtig, die Zahlenkombination des Sicherheitsschlosses einzustellen. Im nächsten Moment sprangen die Schnappverschlüsse auf.

Er zog einen braunen Umschlag aus der Mappe und breitete dessen Inhalt auf dem Tisch aus.

Vor Carens Augen drehte sich alles. Eine Serie von Schwarz-Weiß-Fotografien lag vor ihr: Vergrößerungen, auf Hochglanzpapier abgezogen, gestochen scharf, von ihr und Derek. Sie und Derek in der Brandung, sie, den nassen Rock hochgeschoben, die Beine um seine Hüften geschlungen. Sie und Derek am Strand, nackt, eng aneinander geschmiegt. Jede Aufnahme zeigte sie in einer eindeutigen erotischen Situation.

„Ich glaube, Sie kennen Mr. Allen etwas besser, als Sie es zugeben wollen“, bemerkte Carrington trocken.

Caren senkte den Kopf. Scham und Demütigung trieben ihr die Tränen in die Augen. „Bitte“, sagte sie flehend.

Erst als sie hörte, dass Carrington die Aufnahmen in den Umschlag zurückschob und diesen in seine Mappe steckte, wagte sie den Kopf zu heben.

Carrington beugte sich vor. „Versuchen wir es noch einmal. Was wissen Sie über Mr. Allen?“

„Nichts. Ich kenne nur seinen Namen.“

„Welchen Namen?“

„Ich verstehe nicht“, sagte sie verwirrt.

„Haben Sie jemals gehört, dass er mit einem anderen Namen angesprochen wurde?“

„Nein.“

„Wirklich nicht?“

„Nein.“

„Hören Sie doch endlich auf zu lügen!“ rief Larry Watson hinter ihr.

Caren wirbelte zu ihm herum. „Ich lüge nicht! Ich habe keine Ahnung, was das alles zu bedeuten hat!“

„Im Moment befasse ich mich mit der Angelegenheit, Watson“, wies Carrington ihn scharf zurecht.

„Natürlich, Sir.“ Betreten zog sich Larry wieder in den Hintergrund zurück.

„Kannten Sie Mr. Allen nicht auch unter dem Namen ‚Tiger Prinz‘?“ fragte Carrington weiter. „Es ist ein Spitzname.“

„Ich wusste nicht, dass er einen Spitznamen hat“, sagte Caren dumpf. Ihre Gedanken drehten sich unaufhörlich um die diskriminierenden Fotos. Was in Wirklichkeit Liebe gewesen war, hatte die Kamera in Obszönität verwandelt.

„Kennen Sie einen Fotografen namens Ray Daniels?“

„Nein.“

„Er hat die Absicht, diese Aufnahmen an die Presse zu verkaufen, Mrs. Blakemore.“

Ruckartig hob Caren den Kopf. „Warum? Ich kann einfach nicht verstehen, warum. Welches Interesse kann denn die Presse ...?“

In diesem Moment steckte Inspektor Vecchio den Kopf zur Tür herein. „Die Herren warten auf Sie, Sir“, sagte er zu Carrington.

Sofort stand Carrington auf und streckte Caren die Hand hin. „Kommen Sie, Mrs. Blakemore.“

Wie in Trance erhob sich Caren von ihrem Stuhl und ließ sich von Carrington aus dem Zimmer führen. Sie gingen durch lange, kahle Korridore zu einem der Konferenzräume, die nur den höchsten Staatsbeamten zugänglich waren.

Fast ehrfürchtig schaute sich Caren um. Der Tisch

in der Mitte des Raumes war riesig. Am einen Ende saß Außenminister Draper mit seinem Beraterstab. Carrington nahm neben ihm Platz.

Caren wurden die Knie weich. Zum Glück nahm Inspektor Graham sie beim Arm und führte sie an die Längsseite des Tisches, wo er ihr einen Stuhl zurechtrückte. Verstohlen blickte Caren zum anderen Ende des Tisches, wo einige Männer saßen.

Das war doch nicht möglich! Das musste ein Traum sein, ein Albtraum vielmehr.

Caren erkannte Scheich Achmed Al-Tasan sofort. Als prowestlich eingestellter Araber, der häufig als Sprecher für die OPEC-Länder auftrat, war er ständig in den Nachrichtensendungen zu sehen.

Sein Reichtum war legendär, ebenso seine Machtstellung in der arabischen Welt und sein Einfluss im Westen. Caren erinnerte sich, etwas von seinem bevorstehenden Besuch in der Zeitung gelesen zu haben.

Er saß am Kopfende des Tisches, direkt gegenüber von Außenminister Draper. Scheich Achmed Al-Tasan sah in Wirklichkeit ebenso gut aus wie auf den Fotos, die Caren von ihm kannte. Er hatte volle, sinnliche Lippen und eine markante Nase.

Der Blick des Scheichs war auf sie gerichtet. Finster und feindselig schaute er sie an. Das beunruhigte sie. Ein Mann aus seinem Gefolge beugte sich zu ihm hinüber, um ihm etwas ins Ohr zu flüstern. Mit einer ungeduldigen Handbewegung winkte Achmed Al-Tasan ab. Dabei ließ er Caren keinen Moment aus den Augen.

Seine abweisende Haltung irritierte sie. Wodurch, um alles in der Welt, hatte sie nur den Hass dieses Mannes auf sich gezogen?

Trotz allem hätte sie noch eine ganze Weile den faszinierenden Anblick genossen, den er und sein Gefolge boten, wenn nicht in diesem Moment die Tür geöffnet worden wäre.

Caren wandte den Kopf. Ein weiterer Mann hatte den Saal betreten. Er trug einen dreiteiligen dunkelblauen Anzug und ein weißes Hemd, das sich scharf von seinem tiefgebräunten Gesicht abhob. In noch krasserem Gegensatz zu seiner dunklen Haut jedoch stand der schneeweiße Kaffiyeh, der mit einer dicken, geflochtenen Seidenkordel auf seinem Kopf befestigt war. Bei seinem Eintreten war die gedämpfte Unterhaltung im Raum jäh verstummt.

Der Mann war kein anderer als Derek Allen.

Caren war sprachlos.

Aller Augen waren auf Derek gerichtet, der zielstrebig zum Kopfende des Tisches ging. Mit ernstem Gesicht schaute er den Scheich an. Wenige Schritte vor ihm blieb er stehen, verbeugte sich und trat dann auf den älteren Mann zu, um ihn in die Arme zu schließen und auf beide Wangen zu küssen.

„Vater", flüsterte er respektvoll.

Das Wort war in dem großen, stillen Raum deutlich vernehmbar. Auch Caren hatte es gehört. Um sie herum begann sich alles zu drehen. Sie schloss die Augen. Der Boden unter ihren Füßen schien zu schwanken. Sie musste sich mit beiden Händen an der Tischplatte festhalten.

Jetzt begriff sie. Wie die Teile eines Puzzles fügte sich das Rätsel zusammen. Derek Allen war der Sohn von Scheich Achmed Al-Tasan. Jetzt erfasste sie auch das Ausmaß der Schwierigkeiten, in denen sie steckte.

Nachdem er seinen Vater begrüßt hatte, wurde Derek zum Außenminister geführt, der sich respektvoll erhob. Ein Berater stellte die beiden Männer einander vor:

„Herr Außenminister, Prinz Ali Al-Tasan."

Sie schüttelten sich die Hände. Dann wies man Derek den Platz direkt gegenüber von Caren an der anderen Längsseite des Tisches zu. Caren wagte es nicht, seinem Blick zu begegnen. Sie schaute auf ihre Hände, die sie in den Schoß gelegt hatte. Prinz Ali Al-Tasan, der Sohn einer der einflussreichsten Scheichs der Welt, war ihr Liebhaber gewesen.

Sie musste ihn anschauen, musste sich vergewissern, ob er es wirklich war. Sie wusste nicht, was sie erwartet hatte. Sicher nicht jenen unversöhnlichen Ausdruck, mit dem er sie musterte. In seinen Augen entdeckte sie nicht die Spur einer Gefühlsregung. Nichts ließ darauf schließen, was er von der Situation hielt. Er schaute sie an wie ein Fremder. Würde man sie für diese angebliche Spionage verantwortlich machen? Hatte er vor, sie mit seiner Aussage zu belasten?

Caren verfolgte den Wortwechsel zwischen den beiden Delegationen. Außenminister Draper konsultierte vor jeder Äußerung seinen Beraterstab. Nicht immer waren Caren die juristischen Begriffe verständlich, doch es gelang ihr, aus dem diplomatischen Wortgestrüpp die Fakten herauszuholen.

Das Außenministerium ging davon aus, dass Caren geheime Informationen an Derek weitergegeben habe, der sie dann seinem Vater hatte zukommen lassen. Scheich Al-Tasan hielt sich in Washington auf, um als Sprecher der OPEC-Länder in den Vereinigten Staaten über die Ölpreise zu verhandeln. Die Lage war ernst. Der Sachverhalt schien klar zu sein. Man verdächtigte sie der Spionage.

Unterstaatssekretär Carrington wandte sich an Caren. „Mrs. Blakemore, haben Sie mit Mr. Al-Tasan über Ölpreise gesprochen?"

„Ich habe keine Ahnung von Ölpreisen. Genauso wenig wusste ich, dass Mr. Allen Ali Al-Tasan heißt." Sie warf Derek einen vorwurfsvollen Blick zu. Doch seine Miene blieb undurchdringlich.

„Ist es nicht seltsam, dass an dem Tag, an dem Sie um eine Woche Urlaub baten …?“

„Ich habe nicht um Urlaub gebeten. Mr. Watson, mein Vorgesetzter, hat darauf bestanden, dass ich meinen Urlaub nehme.“

„Aber Sie hatten an diesem Tag eine Auseinandersetzung mit Mr. Watson, nicht wahr?“

„Ja, aber …“

„Und Sie waren nicht gut zu sprechen auf Ihre Abteilung, weil Sie noch immer auf Ihre Beförderung warteten.“

„Das hatte nichts damit zu tun, dass ich …“

„Wieso sind Sie ausgerechnet zu diesem Zeitpunkt nach Jamaika gefahren?“

„Aus einer Laune heraus!“ rief Caren. „Es war reiner Zufall.“

Die skeptischen Blicke ihrer Zuhörer sprachen Bände. Man glaubte ihr nicht.

„Und Sie sind Mr. Al-Tasan noch nie zuvor begegnet?“

„Ich lernte Derek Allen einen Tag nach meiner Ankunft am Strand kennen.“

„Haben Sie ihn denn nicht sofort erkannt? Ist Ihnen nicht aufgefallen, dass es sich um Ali Al-Tasan handelte, der in der ganzen Welt als der zum Jet-Set gehörende ‚Tiger Prinz‘ bekannt ist?“

„Nein, das habe ich nicht gewusst.“

„Und Sie erwarten von uns, dass wir Ihnen das glauben, Mrs. Blakemore?“ fragte Carrington.

„Es ist die Wahrheit!“

„Sie haben fast Ihren gesamten Urlaub mit Mr. Al-Tasan zusammen verbracht, Sie sind sogar mit ihm intim geworden, und Sie wollen uns weismachen, dass Sie nicht wussten, wer er wirklich ist?“

Caren befeuchtete sich die Lippen, senkte den Kopf und sagte leise: „Ja.“ Verstohlen schaute sie zu Scheich Achmed Al-Tasan hinüber. Er sah aus, als würde er sie am liebsten steinigen lassen.

Andere Frauen hatten Affären und gingen danach fröhlich ihrer Wege. Sogar verheiratete Frauen kamen nach einem gelegentlichen Ehebruch ungeschoren davon. Aber sie, Caren, die stille, bescheidene, anspruchslose Caren Blakemore, die vor ihrem eigenen Schatten erschrak, ließ sich auf ein Abenteuer ein – ihr erstes, wohlgemerkt – und beschwor damit einen internationalen Konflikt herauf. Sie dachte an die Fotos von ihr und Derek und schlug die Hände vors Gesicht.

„Mrs. Blakemore kannte mich nur unter dem Namen Derek Allen“, unterbrach in diesem Moment Dereks Stimme die gedämpfte Unterhaltung im Raum. Die Delegationen an den beiden Stirnseiten des Tisches verstummten. „Es verhält sich so, wie sie es Ihnen geschildert hat. Ich bin ihr zufällig am Strand begegnet."

„Und Sie haben sich ihr nur als Derek Allen vorgestellt?" fragte Carrington scharf.

Caren nahm die Hände vom Gesicht. Sie sah gerade noch, wie der Unterstaatssekretär unter Dereks Blick erstarrte. Offensichtlich war Derek es nicht gewohnt, dass man seine Äußerungen hinterfragte, schon gar nicht in diesem Ton. Schließlich war er ein Prinz.

„Ganz richtig", beschied er Carrington von oben herab.

„Sie kannten sie nicht schon vorher?"

„Nein."

„Wussten Sie, für wen sie arbeitet?"

„Woher sollte ich das wissen? Ich kannte sie doch nicht."

„Sie wusste also nichts von Ihren Verbindungen zur OPEC?"

„Ich habe keine Verbindungen zur OPEC. Die hat nur mein Vater."

„Aber Sie haben ein gerechtfertigtes Interesse an den Ölpreisen", beharrte Carrington.

„Mich interessieren nur die Benzinpreise an meiner Tankstelle. Ich bin ein amerikanischer Farmer. Ich liebe mein Land. Warum sollte ich es verraten?"

„Haben Sie über Politik gesprochen?"

Derek maß Carrington mit einem Blick, unter dem

er sichtlich zusammenzuckte. Dann stellte er eine Gegenfrage. „Sie haben doch zweifellos Mr. Daniels Aufnahmen gesehen?"

„Ja."

„Hätten Sie an meiner Stelle über Politik gesprochen?"

Beide Delegationen brachen in Gelächter aus. Derek lächelte siegesbewusst. Doch als er zu Caren hinüberschaute, schwand sein Lächeln. Ihr Gesicht, das zunächst vor Aufregung gerötet war, wurde blass. Sie sah aus, als würde sie jeden Moment in Ohnmacht fallen. Derek stand auf. Sofort verstummte das Gelächter.

„Ich möchte mit Mrs. Blakemore unter vier Augen sprechen", erklärte er.

„Das ist ausgeschlossen", sagte Carrington mit Nachdruck.

„Ich glaube, dieses ganze Durcheinander lässt sich ein für alle Mal klären, wenn ich mit Mrs. Blakemore ohne Zeugen reden kann", beharrte Derek.

„Wir können keine geheimen Absprachen zwischen zwei Parteien dulden, die unter Spionageverdacht stehen."

„Zweifeln Sie etwa an der Integrität meines Sohnes?" Es war das erste Mal, dass Scheich Achmed Al-Tasan das Wort ergriff. Seine Stimme klang streng.

Carrington öffnete den Mund, um etwas zu erwidern. Doch der Außenminister brachte ihn mit einer

Handbewegung zum Schweigen. Es wäre höchst unklug gewesen, Achmed Al-Tasan zu verärgern. Schließlich war er ein Vermittler zwischen den Vereinigten Staaten und der arabischen Welt.

„Natürlich können Sie mit Mrs. Blakemore sprechen, Mr. Al-Tasan. Gern", wandte sich Außenminister Draper an Derek. „Weisen Sie den beiden einen Raum zu", sagte er über die Schulter zu einem seiner Berater. „Genügt eine Viertelstunde?" wollte er von Scheich Achmed Al-Tasan wissen.

Achmed Al-Tasan nickte zustimmend.

Derek und Caren wurden in ein kleines Vorzimmer geführt. Man schloss die Tür hinter ihnen, damit sie ungestört waren.

Caren hatte Derek den Rücken zugekehrt. Derek sagte kein Wort. Schließlich drehte sie sich zu ihm um. Im Moment wollte sie nur Antwort auf eine Frage.

„Wusstest du, wer ich bin und wo ich arbeite, als du mir ‚zufällig' am Strand begegnet bist?"

„Nein."

„Wusstest du es?" schrie sie ihn an.

„Nein", erwiderte er in unbeteiligtem Ton.

Tränen traten ihr in die Augen. Der Gedanke, er könnte nur aus politischen Gründen an ihr interessiert gewesen sein, demütigte sie. Hatte er ihr nur den Hof gemacht, um ihr Informationen zu entlocken? War sie ihm nichts weiter als die Schachfigur zu einem politischen Zug gewesen?

„Warum hast du mir nicht gesagt, wer du bist?"

„Das habe ich doch getan. Mein Name ist Derek Allen."

„Du heißt aber auch Ali Al-Tasan."

„Dafür kann ich nichts. Mein gesetzlicher amerikanischer Name ist Derek Allen."

„Und du bist Farmer", bemerkte sie spitz.

„Richtig. Ich besitze eine Farm in Virginia."

„Und Tausende von Ölquellen in Saudi-Arabien!"

Das Thema behagte ihm ganz offensichtlich nicht. „Die gehören meinem Vater."

„Ist dein Spitzname tatsächlich ‚Tiger Prinz'?"

„Ja. So nennt man mich in den Boulevardblättern."

„Diese Zeitungen lese ich nicht. Erklär mir bitte, weshalb man dich so nennt."

Er machte eine wegwerfende Handbewegung. „Ein Journalist hat ihn sich vor Jahren ausgedacht. Meine Haarfarbe hat ihn auf diese Idee gebracht und ... Ach, das ist doch egal."

„Für Geheimnisse habe ich jetzt kein Verständnis mehr, Derek. Oder muss ich mich vor dir verbeugen und dich mit Prinz Ali anreden?"

„Man nennt mich ‚Tiger Prinz' wegen meiner rebellenhaften Loslösung von der arabischen Welt und wegen meines lockeren Lebensstils", erklärte er ärgerlich.

Einen Moment herrschte Schweigen. „Ich verstehe", sagte Caren schließlich und ließ sich auf einen Stuhl fallen. „Und ich war deine letzte Eroberung." Sie zupfte nervös an ihrem Rocksaum herum. Nach einer Weile schaute sie zu Derek auf und fragte:

„Du kanntest den Mann, der uns in Montego Bay verfolgte, nicht wahr?"

„Sein Name ist Ray Daniels. Er ist widerwärtig. Er verkauft seine Fotos nur an die schlimmsten Skandalblätter. Aus irgendeinem Grund hat er es auf mich abgesehen. Bevor ich nach Jamaika flog, kam es zu einem Streit zwischen uns."

„Und er hat dich bis nach Jamaika verfolgt?"

„Offensichtlich. Er hat sehr schnell herausgefunden, in welchem Hotel ich wohnte. Ich weiß nicht, durch wen."

„Wie ist er an die Aufnahmen gekommen? „

„Ich nehme an, er hat uns von einem der Boote aus mit einem Teleobjektiv fotografiert. Ich hätte mir nicht träumen lassen, dass er solche Anstrengungen unternimmt, um sich an mir zu rächen. Er hat die Fotos gestern ans Außenministerium geschickt, um mich während des Besuchs meines Vaters bloßzustellen. Es war reiner Zufall, dass die Beamten dich auf den Fotos als eine der Ihren erkannten. Daniels wusste nicht, was für einen Fang er damit machte. Zweifellos hat er es inzwischen erfahren. Er wird dafür sorgen, dass die

Aufnahmen in jedem Boulevardblatt veröffentlicht werden. Zumindest diejenigen, die durch die Zensur kommen."

Caren wusste auf seine Worte nichts zu erwidern. Sie brachte es auch nicht fertig, ihm in die Augen zu schauen. Niedergeschlagen rieb sie sich die Schläfen. Sie dachte an Kristin. Inwieweit würde der Skandal in ihr Leben eingreifen? Würde man sie auslachen, über sie reden, ihre Gesellschaft meiden?

An ihre eigene Situation wagte Caren gar nicht zu denken. Den Job im Außenministerium war sie auf jeden Fall los. Und die Aussichten, eine Beschäftigung bei einer anderen Regierungsstelle zu finden, waren gleich null. Es würde niemanden interessieren, ob sie schuldig war oder nicht. Nach einem Skandal wie diesem hatte sie ihre Glaubwürdigkeit verloren. Sie und Kristin würden aus Washington wegziehen müssen. Aber wohin sollten sie gehen?"

Caren schaute zu Derek auf, der vor ihr stand. Sein Gesicht war ihr so vertraut, nur die arabische Kopfbedeckung war ihr fremd an ihm. Seine Augen waren dieselben, doch sein Blick war kühl und abweisend. Seine Hände, die langen, schlanken Finger, hatte sie auf ihrem Körper gespürt. Jetzt würde sie es nicht wagen, sie zu berühren. Sie war mit diesem Mann so intim gewesen wie mit keinem anderen Mann zuvor. Jetzt war er ein Fremder für sie.

„Wer bist du?“ fragte Caren unvermittelt.

Derek setzte sich ihr gegenüber auf einen Stuhl. „Meine Mutter, Cheryl Allen, lernte meinen Vater an der Universität in London kennen. Sie verliebten sich, heirateten.

Mein Vater war schon einmal verheiratet gewesen und hatte bereits einen Sohn, meinen Bruder Hamid, der sein Erbe ist. Hamids Mutter ist bei der Geburt meines Bruders gestorben.

Als mein Großvater von der Heirat seines Sohnes mit einer Christin erfuhr, war er außer sich. Er befahl meinem Vater, sofort nach Hause zurückzukehren.

Doch zu diesem Zeitpunkt war meine Mutter bereits schwanger. Mein Vater blieb bis zu meiner Geburt bei ihr und brachte Mutter und mich dann in die Vereinigten Staaten zurück.“

Derek stand auf. Schweigend ging er im Zimmer hin und her, mit einem seltsamen Ausdruck im Gesicht. Die Augen unter den langen Wimpern blickten hart.

„Mein Vater tat, was man von ihm verlangte. Er kehrte nach Hause zurück, ließ sich von meiner Mutter scheiden, heiratete eine Araberin und gründete eine neue Familie. Nach dem Tod des alten Scheichs trat er seine Nachfolge an. Er ist ein guter Regent. Ihm hat sein Land die Einführung westlicher Technologien, medizinischen und wissenschaftlichen Fortschritt zu verdanken.“

Es klang unglaublich. „Und deine Mutter?“ fragte Caren interessiert.

„Meine Mutter blieb in Amerika und erzog mich als Amerikaner.“

„Aber dein Vater schien dich ...“

„Zu lieben?“ Derek lächelte. „Ja, er liebt mich. Und ich liebe ihn. Sehr sogar. Und ich achte ihn sehr. Deshalb ist mir dieser Vorfall äußerst unangenehm. Meine Eskapaden gingen ihm schon immer gegen den Strich. Aber er war gezwungen, sie zu ignorieren. Er betrachtet diese Geschichte zweifellos als eine weitere meiner vielen skandalösen Affären.“

„Siehst du das auch so?“

Der Blick, den er ihr zuwarf, nahm ihr den Atem. „Nein, Caren. Auch wenn ich geahnt hätte, was auf uns zukommt, hätte ich dich nicht aufgegeben. Ich sah dich, ich begehrte dich, ich musste dich haben.“

Caren schluckte. „Ja, du hast mich gehabt. Dein Erfolg lässt sich sogar mit Fotos belegen.“ Sie schlug die Hände vors Gesicht und fing an zu weinen. „Es spielt gar keine Rolle, worüber wir gesprochen haben oder ob ich dir Geheiminformationen zugespielt habe. In den Augen der Öffentlichkeit sind wir schon allein deshalb schuldig, weil die Beweismittel so erdrückend sind. Kannst du dir vorstellen, wie mir zu Mute war, als Carrington diese Fotos vor mir ausbreitete?“

Derek stieß einen leisen Fluch aus. Nervös strich er sich durchs Haar. „Es tut mir schrecklich Leid, Caren." Er wusste, wie empfindsam sie war, und konnte ihr nachfühlen, was sie durchgemacht hatte. „Daniels wird mir dafür büßen, das verspreche ich dir."

„Warum hast du mir nicht gesagt, wer du bist?" Caren schluchzte. „Was soll ich jetzt nur tun?"

„Ich wüsste eine Lösung."

Sie wischte sich die Tränen aus dem Gesicht und schaute ihn erwartungsvoll an. „Und die wäre?"

„Wir könnten heiraten."

8. KAPITEL

Derek hatte Caren einen Heiratsantrag gemacht, in einem Ton, als rede er vom Wetter. Die Situation kam ihr so absurd vor, dass sie in haltloses Gelächter ausbrach. Es war im Moment das einzige Ventil, ihren aufgestauten Emotionen Luft zu machen.

Derek wartete geduldig, bis sie sich beruhigt hatte. Dann sagte er: „Wie ich sehe, findest du meinen Vorschlag sehr komisch."

„Ich finde ihn geradezu lächerlich. Das war ein Scherz, nicht wahr?"

„Ich meine es ernst. Und die Herrschaften da drin

ebenfalls, das versichere ich dir." Er machte eine Kopfbewegung in Richtung Konferenzsaal.

Bei dieser Bemerkung verging Caren das Lachen. Sie stützte den Ellenbogen auf die Stuhllehne und legte die Hand auf die Stirn. „Ich weiß", sagte sie mutlos.

„Bist du dann nicht auch der Meinung, dass wir uns zumindest über meinen Vorschlag unterhalten sollten?"

Verärgert schaute sie ihn an. „Willst du unsere fünfzehn Minuten Sprechzeit mit albernen Spielchen vergeuden?"

Allmählich schien Derek die Geduld zu verlieren. Seine Lippen wurden schmal. „Ich habe dir gesagt, dass es mir ernst ist. Wenn wir in den Konferenzraum zurückgehen und ich dich als meine Verlobte und zukünftige Frau vorstelle, wird sich die Situation drastisch ändern. Du wirst dich wundern, mit welchem Respekt man der Schwiegertochter des Scheichs Al-Tasan begegnen wird. Du kannst diese Heirat als Schutzmaßnahme betrachten."

„Schutz für dich?" fragte sie verächtlich.

„Schutz für dich", erwiderte er ruhig. „Ich brauche keinen Schutz. Vergiss nicht, ich habe einen einflussreichen Vater."

Sein hochmütiger Blick versetzte sie in Wut. Es war das erste Mal, dass er sich ihr gegenüber herablassend gab, und das gefiel ihr gar nicht. Andere mochten sich vielleicht von seiner Überheblichkeit einschüchtern lassen, aber sie nicht. Wie würde er wohl reagieren, wenn sie seinen Heiratsantrag annahm? Wahrscheinlich wäre er fassungslos. Seine großmütige Geste war bestimmt nur Show. Vielleicht würde es ihr gelingen, ihn in die Enge zu treiben.

„Du bietest mir also aus reiner Gutmütigkeit die Ehe an?“ fragte sie spöttisch.

Sekundenlang glaubte sie den Anflug eines Lächelns in seinem Gesicht wahrzunehmen. Doch der Eindruck war so flüchtig, dass sie ihn sich auch eingebildet haben konnte. „Ich fühle mich schließlich verantwortlich für die missliche Lage, in der wir uns befinden. Ich habe dich verführt, nicht umgekehrt.“

Seine Stimme klang sinnlich. Sie erinnerte Caren nur zu gut daran, wie leicht sie ihm diese Verführung gemacht hatte. Im Grunde genommen schuldete er ihr nichts. Sie hatte von Anfang an gewusst, worauf sie sich einließ. Nach einem anfänglichen Zögern war sie ihm eine willige Partnerin gewesen.

Was mochte er nur von ihr halten? Schließlich hatte auch er die Fotos gesehen. Sie mussten ihm deutlich gemacht haben, wozu sie sich in den Armen eines Fremden hatte hinreißen lassen. Falls er ihre Hemmungslosigkeit vergessen haben sollte, so hatten diese Aufnahmen sein Gedächtnis bestimmt aufgefrischt. Der Gedanke verletzte ihren Stolz empfindlich.

Caren stand auf und ging zum Fenster, durch das sich ein wundervoller Blick auf die Landeshauptstadt bot. Caren liebte diese Stadt, dieses Land. Jetzt musste sie sich vorwerfen lassen, es verraten zu haben. Und das nur wegen dieses Mannes, der jetzt mit seinem leichtfertigen Heiratsantrag alle Probleme aus der Welt zu schaffen glaubte. Er betrachtete diese ganze Geschichte wahrscheinlich als amüsante Posse. Sein reicher Vater würde für ihn schon alles geradebiegen. Sie hingegen würde für diese Tage in Jamaika ein Leben lang büßen. Aber selbst wenn eine Heirat mit ihm tatsächlich einen Ausweg aus der Situation bot, dachte sie nicht daran, seine Hilfe anzunehmen. „Ich werde nie wieder heiraten", erklärte Caren.

„Weil dein erster Mann ein Schuft war?"

Wütend drehte sie sich zu Derek um. „Weil ich niemals wieder unter der Bevormundung eines Mannes stehen will und auch nicht bereit bin, mich von geheuchelten Liebeserklärungen täuschen zu lassen."

„Dieser Täuschung wirst du diesmal nicht erliegen. Denn von Liebe haben wir ja nicht gesprochen, oder?"

„Natürlich nicht", gab sie zu und schaute wieder zum Fenster hinaus. „Ich wollte damit nur sagen, dass ich nicht bereit bin, noch einmal einem Mann auf Abruf zur Verfügung zu stehen."

„Ich bin in der zweiten Hälfte des zwanzigsten Jahrhunderts geboren. Ich habe keine archaischen Vorstellungen von der Ehe. Meine Frau muss keinen Befehlen gehorchen."

„Ach nein? Ich dachte, Sie erwarten Gehorsam von Ihren Untergebenen, Prinz Al-Tasan."

Er seufzte ungeduldig. „Jetzt wird es mir aber allmählich zu viel, Caren. Wir haben nur noch fünf Minuten Zeit. Niemand wird uns glauben, dass wir voneinander nur die Namen kannten, niemals über Politik sprachen und dass wir auseinander gingen, ohne zu wissen, wo der andere wohnt und arbeitet. Darüber müssen wir uns übrigens noch unterhalten. Denk nur nicht, dass ich dir deine heimliche Abreise durchgehen lasse.

Letztlich spielt es keine Rolle, ob man uns glaubt oder nicht. Unser Ruf wird allein durch die Presse genug geschädigt sein." Er schwieg einen Moment. „Schau mich bitte an, wenn ich mit dir spreche", wies er Caren dann zurecht.

Zögernd wandte sie sich zu ihm um. Zögernd, weil sie bereits jetzt seinem Befehl gehorchte. Zögernd, weil er nicht sehen sollte, dass seine Ausführung ihr Angst eingejagt hatte. Weil sie spürte, dass ihre Abwehr zusehends schwächer wurde und sie seiner erotischen Ausstrahlung, seinem durchdringenden Blick zu erliegen drohte.

„Ich habe dir die einzige Lösung angeboten, die mir

einfiel, um unsere Ehre zu retten. Nimmst du mein Angebot an?"

Caren biss sich auf die Unterlippe. Derek schien fest mit ihrer Zusage zu rechnen. Er erwartete, dass sie sich ihm in die Arme warf und ihn anflehte, sie aus dieser Affäre zu ziehen. Das widerstrebte ihr zutiefst. Doch sein absurder Vorschlag schien tatsächlich die einzige Lösung zu sein.

Derek ließ nicht locker. „Man wird dich nach diesem Skandal zweifellos entlassen", erklärte er.

„Zweifellos", wiederholte sie trocken.

„Wovon willst du leben, bis du einen neuen Job gefunden hast?"

„Das geht dich nichts an."

„Es geht mich sehr wohl etwas an."

„Ich brauche keine Almosen."

Plötzlich stand er vor ihr, packte sie hart bei den Schultern und schüttelte sie. „Falscher Stolz ist in diesem Moment nicht angebracht, Caren. Ich biete dir meine Hilfe an. Von Almosen ist nicht die Rede."

„Ich komme schon zurecht", beharrte sie eisern.

„Und was wird aus Kristin?"

Dass er sich an den Namen ihrer Schwester erinnerte, überraschte sie. „Warum fragst du?"

„Willst du ihre Privatschule von der Arbeitslosenunterstützung bezahlen? Und abgesehen davon: Welche Auswirkungen würde ein Skandal wie dieser auf sie haben?" Er machte eine kurze Pause, bevor er fortfuhr:

„Ich habe schon viele Skandale durchgestanden. Aber ihr beiden seid ahnungslos wie Kinder. Du machst dir keine Vorstellung, in welchen Schlamassel ihr geraten könnt."

„Bitte, Derek." Caren wand sich aus seinem Griff. „Man kann doch als halbwegs vernünftige Frau keinen Mann heiraten, der auf der ganzen Welt als Schürzenjäger bekannt ist."

„Möchtest du lieber als meine Frau in der Presse zitiert werden oder als eine meiner Geliebten?"

„Eine von ihnen? Wie viele hast du denn?"

„Du brauchst nur die Boulevardpresse zu lesen. Ich bin sicher, dort hat man genau mitgezählt."

„Aber wenn du so viele Freundinnen hast, werde ich doch kaum auffallen."

„Doch."

„Warum?" Caren stellte sich unter seinen Freundinnen langbeinige Fotomodelle, vollbusige Filmsternchen und reiche Damen der Gesellschaft vor.

„Weil du unbescholten bist. Das allein ist schon ungewöhnlich. Und weil du für das amerikanische Außenministerium arbeitest. Mein Vater verhandelt gerade im Namen der OPEC-Länder mit den Vereinigten Staaten. Hast du noch immer nicht begriffen, um was es geht, Caren? Du steckst bis zum Hals in Schwierigkeiten."

„Das habe ich dir zu verdanken!“ fuhr sie ihn heftig an. „Und jetzt willst du mich heiraten! Hast du völlig den Verstand verloren? Oder bin ich verrückt geworden? Wenn ich dich heirate, komme ich vom Regen in die Traufe. Deine Geliebte bin ich wenigstens nur vorübergehend.“

„Meine Frau auch.“

Caren verschlug es die Sprache. Mit dieser Bemerkung hatte er ihr den Wind aus den Segeln genommen. „Oh, ich verstehe“, sagte sie.

„Sobald diese Geschichte in Vergessenheit geraten ist und die Presse sich ein anderes Opfer gesucht hat, lassen wir uns in aller Stille scheiden.“

Wie naiv sie doch gewesen war. Für Caren war die Ehe noch immer eine unantastbare Institution. Dass dies eine Illusion war, hatte sie durch ihre Scheidung erfahren. Trotzdem betrachtete sie die Ehe nach wie vor als eine Lebensgemeinschaft.

„Wozu sollen wir heiraten, wenn wir uns anschließend wieder scheiden lassen?“ fragte sie Derek.

„Verstehst du denn nicht?“ erwiderte er ungeduldig. „Als meine Frau wirst du den besonderen Schutz meines Vaters genießen. Er wird Himmel und Hölle in Bewegung setzen, um uns weitere Unannehmlichkeiten zu ersparen. Er wird keine Ausgaben scheuen, um unseren Namen aus den Schlagzeilen herauszuhalten.

Wenn du jedoch nur eine meiner zahlreichen Freundinnen wärst, würde er nicht das Geringste tun, um dir zu helfen. Dann wärst du auf dich allein gestellt."

Caren konnte dem nichts entgegenhalten. Zweifellos war sie auf sich allein gestellt. Sie hatte niemanden, an den sie sich in dieser Krise hätte wenden können, außer Kristin, die mit der Situation genauso wenig fertig werden würde wie sie.

„Dein Vater würde sich wirklich für mich einsetzen, wenn ich deine Frau wäre?" fragte sie.

„Du wärst dann seine Tochter. Für seine Familie tut er alles."

Es war lachhaft. Achmed Al-Tasan hatte die Frau, die er liebte, und den gemeinsamen Sohn verlassen, um in seinem Heimatland eine andere Frau zu heiraten und Kinder mit ihr zu zeugen. Da sollte Caren glauben, dass ihm die Familie über alles ging?

Doch was blieb ihr übrig? Sie brauchte die Hilfe des Scheichs. Und warum sollte sie darauf verzichten? Wäre Derek Allen ein Schuhverkäufer gewesen, würde sie sich jetzt nicht in dieser heiklen Lage befinden. Wenn er schon aus einer arabischen Königsfamilie stammte, konnte sie sich auch den Einfluss zu Nutze machen, den er genoss.

Caren sah ihn an, bemüht, ein Zeichen der Zuneigung in seinem Blick zu ergründen. Doch die Leidenschaft, die sie früher in seinen Augen gelesen hatte, schien erloschen. Derek kam ihr vor wie ein Fremder.

„Nun?“ fragte er ungeduldig.

Bevor sie ihm antworten konnte, klopfte es an der Tür.

„Wir kommen sofort!“ rief Derek. Dann sagte er leise: „Caren?“ Sein fester Blick, das energisch vorgereckte Kinn, sein entschlossener Gesichtsausdruck zwangen sie zu einer Antwort.

„Einverstanden.“

Sie hatte das Wort kaum ausgesprochen, da bereute sie es auch schon. Wieder einmal hatte sie den Weg des geringsten Widerstandes gewählt. Jetzt lag ihre Zukunft in Dereks Hand. Aber war ihr denn eine andere Wahl geblieben?

Derek ging zur Tür, öffnete sie, nickte Inspektor Graham zu, der bereits auf sie wartete, und reichte Caren die Hand.

Sie nahm sie, und gemeinsam gingen Derek und Caren in den Konferenzsaal zurück.

Bei ihrem Eintreten verstummte die leise Unterhaltung. Derek wartete, bis sich Caren gesetzt hatte, dann nahm er neben ihr Platz.

Ihre Hand noch immer in der seinen, wandte er sich an den Außenminister: „Ich bin Mrs. Blakemore zufällig in Jamaika begegnet.“ Er lächelte so gewinnend, dass selbst Caren ihm glaubte, was er als Nächstes sagte: „Es war Liebe auf den ersten Blick."

Dieses Bekenntnis verblüffte die Staatsbeamten sichtlich. Es musste schon eine bemerkenswerte Frau sein, der es gelungen war, ‚Tiger Prinz' zu zähmen. Die abschätzenden Blicke der Anwesenden waren auf Caren gerichtet, die sich äußerst unbehaglich dabei fühlte.

„Um diese zarte, sich anbahnende Beziehung durch nichts zu gefährden", fuhr Derek fort, „verschwieg ich Caren meine Herkunft. Ich bedaure das jetzt. Sie wurde von Fremden darüber informiert, bevor ich Gelegenheit hatte, in die Vereinigten Staaten zurückzukehren und es ihr selbst zu erklären." In seiner Stimme schwang ein leiser Vorwurf mit. „Aber all das liegt jetzt hinter uns. Sie hat mir gerade ihr Jawort gegeben. Caren und ich werden heiraten."

Seine Worte schlugen ein wie eine Bombe. Einen Moment lang herrschte Totenstille. Dann begannen alle gleichzeitig zu reden. Scheich Achmed Al-Tasan hatte auf die Ankündigung seines Sohnes nur mit einem erstaunten Blick reagiert. Seine Begleiter hingegen brachen in schallendes Gelächter aus und machten zweideutige Bemerkungen, die Caren zum Glück nicht verstand.

Die Reaktion auf der anderen Seite des Tisches war etwas zurückhaltender. Berater und Rechtsanwälte hatten sich um den Außenminister geschart und sprachen leise auf ihn ein.

Unterstaatssekretär Carrington war außer sich. „Mr. Al-Tasan, wir finden diesen Scherz sehr unpassend, und falls Sie glauben ...“

„Es ist kein Scherz“, unterbrach Derek ihn scharf. „Ich werde Mrs. Blakemore heiraten, sobald eine Heiratslizenz vorliegt. Es steht nicht in Ihrer Macht, etwas dagegen zu unternehmen.“

„Und wir sollen geflissentlich übersehen, dass Mrs. Blakemore dieses Ministerium durch ihre Liaison mit Ihnen kompromittiert hat?“

„Das hat sie nicht getan“, widersprach Derek energisch.

Caren merkte ihm an, dass er seinen Zorn nur noch mühsam unterdrückte. Verstohlen schaute sie zu Scheich Achmed hinüber. Sein Blick war noch genauso finster, nur war er nicht mehr auf sie, sondern auf den Diplomaten gerichtet, der es gewagt hatte, die Ehrlichkeit seines Sohnes anzuzweifeln.

Carrington ließ nicht locker. „Können Sie beweisen, dass Mrs. Blakemore Ihnen keine geheimen Informationen aus dem Außenministerium zugetragen hat?“

Derek lehnte sich in seinem Stuhl zurück. „Können Sie das Gegenteil beweisen?“ beantwortete er Carringtons Frage mit einer Gegenfrage.

Wenn Carrington selbst nicht merkte, dass Derek

ihn in die Enge trieb, so entging es dem Außenminister keineswegs. Mit einer Handbewegung brachte er Carrington zum Schweigen.

Scheich Achmed schaltete sich in das Geschehen ein. Langsam erhob er sich von seinem Stuhl. „Ich dulde nicht, dass Sie die Worte meines Sohnes infrage stellen. Da Mrs. Blakemore in Kürze zu meiner Familie gehören wird, steht sie ab sofort unter meinem persönlichen Schutz." Sein Blick schien Carrington zu durchbohren. „Ich werde es nicht zulassen, dass ein Mitglied meiner Familie von Ihnen verhört wird."

Es fiel Außenminister Draper nicht leicht, diese Entscheidung zu akzeptieren. Man sah es ihm an. Aber es blieb ihm nichts anderes übrig. Er stand auf, um Scheich Achmed Al-Tasan, der mit seinem Gefolge bereits dem Ausgang zustrebte, kurz vor der Tür abzufangen.

„Ich bin froh, dass wir diese Angelegenheit so schnell regeln konnten, Mr. Al-Tasan." Er verbeugte sich leicht. Scheich Achmed nahm diese Huldigung mit nicht mehr als einem angedeuteten Kopfnicken zur Kenntnis, bevor er mit seinem Gefolge den Saal verließ.

Derek half Caren beim Aufstehen und führte sie aus dem Raum. Im Flur wartete Larry Watson auf sie. Als Caren ihn sah, entzog sie Derek ihren Arm und ging zu ihm hin.

„Ich habe Derek Allan zufällig in Jamaika kennen gelernt, Larry. Ich schwöre Ihnen, ich hatte keine Ahnung, wer er ist. Das habe ich erst erfahren, als er den Konferenzsaal betrat."

Larry schaute betreten zu Boden. „Entschuldigen Sie, dass ich so heftig war, Caren. Ich konnte es mir eigentlich auch nicht vorstellen, aber ..."

Mit einer beschwichtigenden Geste legte ihm Caren die Hand auf den Arm, zog sie jedoch sofort wieder zurück, als sie bemerkte, dass Derek neben ihr zusammenzuckte. „Die Beweise sprachen gegen mich, das muss ich Ihnen zugestehen", sagte sie.

„Ja, deswegen wird man Ihnen hier auch kündigen. Vielleicht kann ich etwas für Sie tun."

Caren verneinte. „Sparen Sie sich die Mühe. Die Angelegenheit ist für mich längst erledigt."

Betroffen schaute Larry sie an. „Ich werde Ihren Schreibtisch ausräumen und Ihnen Ihre persönlichen Sachen zuschicken lassen."

„Danke, Larry."

Sein Blick wanderte zu Derek und wieder zurück zu ihr. „Sind Sie sicher, dass Sie die richtige Entscheidung treffen?"

Caren lächelte zuversichtlich. „Unter den gegebenen Umständen war meine Entscheidung die einzig richtige. Machen Sie sich keine Sorgen. Es wird schon alles gut gehen." Wieder spürte sie Dereks Hand auf ihrem Arm, fest und besitzergreifend. „Ich muss gehen, Larry. Auf Wiedersehen.“

„Auf Wiedersehen, Caren. Wir sollten in Verbindung bleiben. Wenn Sie irgendetwas brauchen ...“

Sie hörte seine letzten Worte nicht mehr, weil Derek sie bereits mit sich gezogen hatte. Vor dem Aufzug verstellte er den dort Wartenden so unhöflich den Weg, dass sie den zweiten Fahrstuhl nahmen und Derek und Caren allein die Kabine benutzten. Er drückte auf den untersten Knopf und drehte sich dann heftig zu Caren um.

„Wer war das?“ verlangte er zu wissen.

„Larry Watson, mein Chef. Mein ehemaliger Chef.“

„Nur dein Chef?“

Sein verärgerter, scharfer Ton ließ sie aufhorchen. „Was willst du damit sagen?“

„Das weißt du ganz genau.“

Es gab keinen Zweifel: Derek war eifersüchtig. Doch da Derek auf sie nicht eifersüchtig sein konnte – schließlich liebte er sie ja nicht –, konnte es nur bedeuten, dass er einen Menschen nicht gern mit anderen teilte.

„Ja“, erwiderte sie knapp. „Nur mein Chef.“

„Gut“, gab er sich zufrieden.

Schweigend fuhren sie nach unten. Als sie aus dem Aufzug traten, verbeugte sich einer der Männer aus dem Gefolge Scheich Achmeds vor Derek, umarmte ihn und begann, in schnellem Arabisch lebhaft auf ihn einzureden. Caren schenkte er keine Beachtung. Würde das jetzt immer so sein? Würde man sie nur als Anhängsel betrachten?

Nein. Nur bis zu ihrer Scheidung. Seltsam. Sie waren noch nicht einmal verheiratet, und Caren dachte bereits an die Trennung.

„Mein Vater wünscht, dass wir ihn in seinem Hotel besuchen", wandte sich Derek an sie, nachdem sie wieder allein waren.

„Jetzt?" fragte Caren bestürzt.

„Er erwartet uns."

Vor dem Gebäude des Außenministeriums stand eine Kolonne schwarzer Limousinen. Neben jedem der Wagen wartete ein uniformierter Chauffeur. Derek ging zu dem ersten Fahrzeug und blieb sekundenlang vor der hinteren Tür stehen.

Caren glaubte schon, er hätte sich im Wagen geirrt, weil der Chauffeur keine Anstalten machte, ihm die Tür zu öffnen, als Derek etwas Seltsames tat. Er legte zwei Finger an die Lippen, küsste sie und presste sie dann an das rückwärtige Seitenfenster des Wagens.

Dann ging er zu Caren zurück, nahm ihren Arm und führte sie zu der letzten Limousine. Der Chauffeur riss ihnen den Wagenschlag auf, und sie sanken auf die weichen Polster des Rücksitzes.

„Für wen war dieser Kuss bestimmt?" fragte Caren,

kaum dass der Chauffeur die Tür hinter ihnen geschlossen hatte.

„Für meine Mutter."

Verständnislos schaute Caren ihn an. „Für deine Mutter? Saß sie in diesem Wagen? Ich dachte ... Er hat doch eine andere Frau ... Deine Mutter ist mit dem Scheich zusammen?"

„Sie sind immer zusammen, wenn Vater es einrichten kann."

„Das verstehe ich nicht. Er ist mit einer anderen Frau verheiratet, und trotzdem bleibt deine Mutter bei ihm? Warum?"

Derek sah ihr in die Augen. „Weil er es so wünscht."

Caren wollte noch mehr Fragen stellen. Doch in diesem Moment verließ Scheich Achmed Al-Tasan, eine Meute Reporter im Gefolge, das Außenministerium und eilte zu seinem Wagen. Gleich darauf setzte sich die Kolonne in Bewegung.

Man fuhr durch die Innenstadt Washingtons zu dem Hotel, in dem Scheich Achmed residierte.

Caren und Derek wurden angewiesen, in einem Vorzimmer der Suite zu warten. Während Caren stocksteif auf einem Stuhl saß, bewegte sich Derek frei und ungezwungen in dem fremden Raum. Er goss sich einen Schluck Eiswasser aus einer Glaskaraffe ein, blickte aus dem Fenster, betrachtete interessiert die Bilder an den Wänden und pfiff dabei die Melodie irgendeines Schlagers.

Caren, die von Sekunde zu Sekunde nervöser wurde, empfand sein unbekümmertes Verhalten geradezu als aufreizend. Als er ihr einen Schluck Wasser anbot, schüttelte sie nur stumm den Kopf, und erschrocken fuhr sie zusammen, als er sie kurz darauf noch einmal ansprach. Noch nie in ihrem Leben war sie so nervös und aufgeregt gewesen.

„Warum bist du in Jamaika so plötzlich abgereist?"

„Müssen wir jetzt darüber sprechen?" fragte sie matt.

„Ja."

„Ich möchte aber nicht."

„Aber ich", sagte er fest. Er stellte sich so dicht vor sie, dass sie den Kopf zurücklegen musste, um zu ihm aufzusehen. „Warum hast du dich so klammheimlich davongestohlen?"

„Weil ich dachte, es sei am besten so."

„Am besten für wen?"

„Für uns beide."

„Warum?"

„Weil die Woche zu Ende ging."

„Na und?"

„Ich dachte, wir würden uns nie wieder sehen. Ich wollte eine sentimentale Abschiedsszene vermeiden. Wäre dir das nicht auch lieber gewesen?"

„Du hast mir keine Wahl gelassen."

„Und du hattest mir zuvor keine Wahl gelassen."

„Es war das einzig Richtige."

„Das bezweifle ich langsam. Wir streiten uns ja jetzt schon."

Er strich ihr eine Haarsträhne aus der Stirn. „Es ist ganz normal, dass sich das Brautpaar am Hochzeitstag streitet. Das macht die ... spannungsvolle Erwartung."

Plötzlich hatte seine Stimme wieder jenen warmen, sanften Klang, der ihr so vertraut war, und als sie seinem Blick begegnete, las sie darin begehrliches Verlangen.

„Ich komme mir nicht vor wie eine Braut." Es hatte eine schnippische Bemerkung sein sollen, doch es hörte sich eher traurig an.

Derek umfasste ihr Gesicht mit beiden Händen, bog ihr sanft den Kopf zurück und strich ihr mit dem Daumen zärtlich über die Lippen.

„Spätestens heute Nacht wirst du dich fühlen wie meine Braut, das verspreche ich dir."

Es war ein Schwur, der ihr angstvolle Schauer über den Rücken jagte. Oder war es nicht Angst, sondern lustvolle Erwartung, die sie ergriff?

„Warum bist du so überstürzt abgereist, Caren?" fragte er noch einmal.

„Das habe ich dir doch gesagt", erwiderte sie verzweifelt. Wie sollte sie nur seinem Charme widerstehen?

„Du lügst. Es ging dir nicht nur darum, eine Abschiedsszene zu vermeiden. Es steckte mehr dahinter." Er streichelte ihre Wange. „Hast du dir nicht denken können, dass ich dich suchen und finden würde?"

„Nein. Ich dachte, wir würden uns nie wieder sehen."

„Hattest du vergessen, dass ich dir einmal sagte, du könntest mir nicht davonlaufen?" Langsam ließ er sie los.

In diesem Moment wurde die Tür geöffnet, und ein Diener bat Derek und Caren in die Suite von Scheich Achmed. Carens Herz pochte wild. Nach dem beunruhigenden Gespräch mit Derek waren ihr die Knie so weich geworden, dass sie befürchtete, sie könnten unter ihrem Gewicht nachgeben.

Der Diener verbeugte sich tief, als Derek und Caren die Suite betraten. Caren schaute sich interessiert um. Sie hatte eine orientalische Atmosphäre erwartet, doch der Raum war zu ihrer Überraschung mit antiken französischen Bauernmöbeln ausgestattet.

Auf einer Anrichte war ein kaltes Büfett bereitgestellt. Alle nur erdenklichen Weine und Spirituosen standen in einer Getränkebar. Die Gläser funkelten im

Sonnenlicht, das durch die großen Fenster in den Raum flutete.

Am meisten erstaunte Caren jedoch das Paar. Er saß auf der Couch, sie auf der gepolsterten Armlehne neben ihm. Sie hatte den Arm um seine Schultern gelegt, er hielt mit seinem Arm ihre schlanke Taille umfasst.

Ohne seine orientalische Bekleidung erkannte Caren Scheich Achmed kaum wieder. An seine Augen, an seinen durchdringenden Blick erinnerte sie sich nur allzu gut. Er war ein äußerst attraktiver Mann mit dunklem Teint und dichtem, schwarzem Haar. Unter dem weißen Hemd spannte sich ein muskulöser Brustkorb.

Das Faszinierendste an Scheich Achmed war die kraftvolle Vitalität, die er ausstrahlte. Sie wirkte fesselnd und unwiderstehlich.

Cheryl Allen sprach zuerst. Sie stand auf und ging mit ausgebreiteten Armen auf Derek zu. „Guten Tag, mein Junge."

Derek umarmte seine Mutter und küsste sie aufs Haar. Sie war eine zierliche, schlanke Frau, die ihrem Sohn kaum bis zur Schulter reichte. Sie war außerordentlich attraktiv, attraktiv genug, um einem Mann wie Achmed Al-Tasan zu gefallen.

„Mutter, du siehst fantastisch aus", sagte Derek. „Ist das ein neues Kleid?"

„Wir sind gestern Abend nach New York geflogen, um einen Einkaufsbummel zu machen. Achmed hat dieses Kleid ausgesucht. Gefällt es dir?"

„Sehr", versicherte Derek. Doch sie hörte ihm schon gar nicht mehr zu. Ihr Blick ruhte auf Caren.

„Mutter", sagte er, „darf ich dir Caren Blakemore vorstellen – deine zukünftige Schwiegertochter."

Cheryl lächelte Caren freundlich an. „Das habe ich schon gehört." Sie nahm Carens Hand und drückte sie liebevoll. „Ich wünsche mir schon lange eine Schwiegertochter."

Der warmherzige Empfang überraschte Caren. Schüchtern erwiderte sie Cheryls Lächeln. „Ich freue mich, Sie kennen zu lernen, Mrs ..." Sie geriet ins Stocken. Wie sollte sie die ehemalige Frau von Scheich Achmed anreden?

„Nennen Sie mich Cheryl", kam ihr Dereks Mutter rasch zu Hilfe, nachdem sie Carens Verlegenheit bemerkt hatte. „Setzen wir uns doch. Möchten Sie etwas trinken?" Sie drehte sich zu Scheich Achmed um, der noch immer schweigend auf der Couch saß. „Achmed, Darling, was darf ich dir einschenken?"

„Lass das, Liebling, und setz dich wieder zu mir. Derek ist durchaus in der Lage, sich und seiner Braut selbst einen Drink einzugießen." Er klopfte mit der flachen Hand auf die Couchlehne, und Cheryl nahm wieder ihren Platz an seiner Seite ein. „Als Moslem trinke ich keinen Alkohol, Mrs. Blakemore“, wandte er sich an Caren. „Aber bitte bedienen Sie sich trotzdem.“

Caren richtete sich auf. Wollte er sie auf die Probe stellen? „Vielen Dank“, erwiderte sie. „Aber ich möchte im Moment nichts trinken.“

Derek konnte seine Belustigung kaum verbergen. Seine Augen blitzten vergnügt. „Vater, Caren trinkt kaum Alkohol“, sagte er, während er Caren zu einem Stuhl führte. „Das wolltest du doch wissen, nicht wahr? In Jamaika habe ich ein paar Mal versucht, sie zum Trinken zu verführen. Ich hatte nicht viel Erfolg damit.“

Er ging zur Bar und goss sich ein Glas Mineralwasser ein. Die Situation schien ihn nicht im Geringsten zu verunsichern. Er machte einen äußerst gelassenen Eindruck. Ängstlich blickte Caren zu Scheich Achmed hinüber, der sie freundlich anlächelte.

„Sie ist sehr hübsch, Ali“, sagte er zu seinem Sohn.

„Danke. Das finde ich auch.“ Derek zog sich einen Stuhl heran und setzte sich dicht neben Caren, um ihr mit größter Selbstverständlichkeit den Arm um die Schultern zu legen. Wie ein liebender Gatte küsste er sie auf die Schläfe.

„Sie hat mir heute viel Schwierigkeiten gemacht“, stellte Scheich Achmed fest.

Caren missfiel diese Bemerkung. Überhaupt fand sie

es befremdlich, dass man über sie sprach, so als wäre sie gar nicht anwesend.

Schließlich war sie weder taub noch stumm noch geistig zurückgeblieben.

„Sie haben mich in weitaus größere Schwierigkeiten gebracht, Mr. Al-Tasan“, gab sie ein wenig gereizt zurück.

Scheich Achmed hob die Brauen. Die Hand, mit der er eben noch Cheryls Rücken gestreichelt hatte, hielt mitten in der Bewegung inne. „Sie hat eine scharfe Zunge“, stellte er fest und brach in schallendes Gelächter aus. „Sie erinnert mich an dich, Chérie, als wir uns damals kennen lernten.“ Er kniff Cheryl liebevoll in den Arm. „Frech und vorlaut. Das gefällt mir. Ich verabscheue weinerliche Frauen. Du auch, Ali?“

In der nächsten halben Stunde war die Atmosphäre weitaus ungezwungener als in den ersten fünf Minuten. Caren war es zwar nicht recht, dass Scheich Achmed sie über ihre Vergangenheit ausfragte, doch unter Dereks warnenden Blicken hielt sie ihre Zunge im Zaum.

Gegen Ende der Unterhaltung schaute Scheich Achmed sie und Derek eine ganze Welle nachdenklich an. „Ihr habt meine Einwilligung zu dieser Heirat“, erklärte er feierlich.

Caren erinnerte sich nicht daran, ihn um Erlaubnis gebeten zu haben. Aber sie schwieg, als Derek den

Kopf neigte und sich respektvoll bei seinem Vater bedankte.

Dann erhob sich Scheich Achmed und kam auf sie zu. Derek zog Caren von ihrem Stuhl hoch. Scheich Achmed umfasste ihr Gesicht und sah ihr in die Augen. Zu ihrer grenzenlosen Überraschung küsste er sie auf beide Wangen. „Meine Tochter." Er ließ sie los und wandte sich an Derek. „Ich würde dich gern einen Moment unter vier Augen sprechen, Ali."

Derek nickte zustimmend und folgte ihm in den angrenzenden Raum.

„Ich bin ja so froh, dass Derek endlich heiratet", sagte Cheryl, als sie mit Caren allein war. Die beiden Frauen saßen nebeneinander auf der Couch und tranken den Tee, den der Zimmerkellner ihnen serviert hatte. „Achmed und ich wünschen uns schon lange, dass Derek eine Familie gründet."

Das Wort „Familie" löste in Caren ein unbehagliches Gefühl aus. Als sie ihre Tasse absetzte, klirrte es. Doch Cheryl hatte ihre Nervosität entweder nicht bemerkt oder sie höflich übersehen.

„Der Junge hat ein sehr unstetes Leben geführt", fuhr Cheryl fort. „Wahrscheinlich liegt die Schuld bei mir. Aber er wuchs eben unter sehr ungewöhnlichen Umständen auf, meinte sie seufzend und lächelte Caren traurig an.

Caren erfasste ein tiefes Mitgefühl. Aber bevor sie

etwas Tröstliches sagen konnte, ging die Tür auf, und die beiden Männer kamen ins Wohnzimmer zurück.

Achmed umarmte seinen Sohn und küsste ihn auf beide Wangen. Dann ging er zu Caren und nahm ihren Arm. Lächelnd schaute er sie und Derek an. „Wir werden uns bald wieder sehen“, versprach er, bevor er die Hand nach Cheryl ausstreckte. „Komm zu mir, Chérie“, sagte er leise.

Cheryl Allen, diese anmutige Frau, die so gelassen und überlegen wirkte, stellte ihre Teetasse ab und stand sofort auf, um zu Achmed Al-Tasan hinzugehen und seine ausgestreckte Hand zu ergreifen. Er zog Cheryl ins Schlafzimmer und schloss die Tür hinter ihnen.

9. KAPITEL

„Erwarte nur nicht von mir, dass ich mich ebenso verhalte.“

Caren und Derek saßen wieder in der Limousine und wurden durch die Washingtoner Innenstadt chauffiert. Nachdem Derek dem Fahrer Carens Adresse genannt und die Trennscheibe zwischen den Vordersitzen und dem rückwärtigen Teil der Limousine zugeschoben hatte, saßen sie abgeschirmt von der Außenwelt in ihrem luxuriösen kleinen Reich. Caren hatte keine Ahnung, woher Derek ihre Adresse kannte.

Doch inzwischen wunderte sie sich über nichts mehr. Lustlos sah sie aus dem Fenster.

„Ebenso verhalten wie wer?“ fragte Derek.

Er hatte sich zu ihr umgewandt, doch Caren hielt ihm noch immer den Rücken zugekehrt. „Wie deine Mutter. Sie legt deinem Vater die Hände unter die Füße, liest ihm jeden Wunsch von den Augen ab, bedient ihn wie eine Sklavin.“ Erst jetzt wandte sie sich ihm zu, damit er sah, wie ernst sie es meinte. „Eine Ehefrau wie sie werde ich dir nicht sein.“

Caren hatte erwartet, dass er ärgerlich, vielleicht sogar zornig reagierte. Stattdessen verblüffte er sie mit einem amüsierten Lächeln. „Was für eine Art Ehefrau wirst du mir denn sein, mein Liebling?“ fragte er und legte die Hand in ihren Nacken, um ihren Kopf zu sich heranzuziehen.

Im nächsten Moment presste er seine Lippen auf die ihren. Er küsste sie zärtlich und doch fordernd, zwang sie, den Mund leicht zu öffnen, damit er mit der Zunge das warme Innere erforschen konnte.

Mit geschickten Fingern öffnete er die obersten Knöpfe ihrer Bluse und legte die Hand auf ihre nackte Schulter, um sie zärtlich zu streicheln. Caren wehrte sich nicht. Sie ließ es willenlos mit sich geschehen. Hingebungsvoll erwiderte sie seinen Kuss. Und als Derek ihr den Träger ihres BH über die Schulter hob und seine Finger tiefer glitten, seufzte sie beglückt auf.

Erst nach geraumer Zeit gab er ihren Mund frei. „Das wollte ich schon den ganzen Tag machen", flüsterte er heiser. „Es gab Momente, da konnte ich mich kaum noch zurückhalten." Seine Lippen streiften ihre Wangen, ihr Ohr, ihren Hals, und er bedeckte ihn mit zärtlichen Küssen: „Ich war schrecklich wütend, nachdem du mir davongelaufen warst."

„Warum? Habe ich damit deinen Stolz verletzt?" War sie die erste Frau, die seine Aufmerksamkeit verschmäht hatte?

„Nein. Ich war noch nicht fertig mit dir", flüsterte er ihr ins Ohr, dem er sich gleich darauf hingebungsvoll widmete. „Ich hatte noch nicht genug hiervon."

Wieder küsste er sie, bis prickelnde Schauer ihren Körper überliefen und sie sich vor Sehnsucht nach Dereks Liebe verzehrte. Sie schmiegte sich an ihn und schlang die Arme um seinen Hals, um sich in seinen leidenschaftlichen Kuss zu verlieren.

Sie merkte nicht einmal, dass die Limousine angehalten hatte. Erst als Derek sie losließ, nahm sie ihre Umwelt wieder wahr. Wütend über seine Selbstgefälligkeit, wütend auch auf sich und ihr nachgiebiges Verhalten, setzte sie sich aufrecht hin und versuchte mit fahrigen Bewegungen die obersten Knöpfe ihrer Bluse zu schließen. Doch Derek hielt ihr Handgelenk fest.

„Lass sie offen", sagte er. „Du bist keine Staatsangestellte mehr, und ich dulde es nicht, dass du wie eine viktorianische Jungfer herumläufst. Du gefällst mir besser, wenn du ein bisschen weiblich aussiehst."

Caren verkniff sich eine Bemerkung. Sie wollte vor dem Chauffeur, der ihnen bereits den Wagenschlag geöffnet hatte, kein Aufsehen erregen – noch viel weniger vor ihren Nachbarn und den Passanten, die die Limousine mit unverhohlener Neugier betrachteten. Außerdem hatte Derek sie mit festem Griff beim Arm gepackt und führte sie bereits die Stufen zur Haustür hoch.

Sie wäre fast über die Koffer gestolpert, die noch immer in dem kleinen Flur ihrer Wohnung standen. „Ich war gestern Abend zu müde zum Auspacken", erklärte sie entschuldigend.

„Ja, so eine Flucht ist anstrengend", spöttelte er.

Da der Chauffeur im Treppenhaus wartete, wo er sie nicht hören konnte, machte Caren ihrer Empörung endlich Luft. „Es wäre mir lieb, wenn du auf weitere Bemerkungen dieser Art verzichtetest", sagte sie scharf.

„So wie du in Zukunft darauf verzichten wirst, mir davonzulaufen", erwiderte er gelassen.

„Du hast kein Recht, mir Vorschriften zu machen."

„Ich werde es in wenigen Stunden haben."

„In wenigen Stunden?" wiederholte sie verständnislos.

„Mein Vater hat uns einen Termin bei einem Richter verschafft, damit wir noch heute heiraten können. Er wird die nötigen Dokumente bereithalten."

Es sollte also tatsächlich Wirklichkeit werden. Sie, Caren Blakemore, würde Derek Allen alias Ali Al-Tasan heiraten.

„Du packst jetzt besser deine Sachen zusammen", ordnete Derek an. „Ich halte es für ratsam, dass wir Washington für eine Weile verlassen und auf der Farm wohnen, bis etwas Gras über die Geschichte gewachsen ist. Nimm nur das Nötigste mit. Was du sonst noch brauchst, kaufe ich dir."

Sie wollte Einspruch erheben gegen die anmaßende Art und Weise, in der er über sie bestimmte. Aber sie war zu erschöpft. „Ich bin gleich fertig", sagte sie nur, und mit einer vagen Handbewegung in Richtung Couch fügte sie hinzu: „Mach es dir inzwischen bequem."

Unschlüssig ging sie durch ihr Schlafzimmer und sah sich nach irgendetwas um, was sie mitnehmen konnte.

War sie zu benommen, um den Dingen eine Bedeutung zuzumessen, oder war ihr Leben bisher so ereignislos verlaufen, dass tatsächlich nichts Bedeutung für sie hatte?

Nein, in dem Rock und in der Bluse, die sie am Morgen wahllos aus dem Kleiderschrank genommen hatte, konnte sie unmöglich heiraten. Sie ging ins Wohnzimmer zurück, wo Derek auf der Couch saß und gelangweilt in einer Zeitschrift blätterte.

„Habe ich genug Zeit, um mich zu duschen?“ fragte sie.

„Natürlich. Soll ich dir den Rücken waschen?“

„Nein.“

„Wie du willst, Liebling.“

Unter den gegebenen Umständen fand Caren das Kosewort höchst unangebracht. Sie holte den kleineren ihrer beiden Koffer aus dem Flur und ging in ihr Schlafzimmer zurück.

Sie ließ sich viel Zeit mit ihrer Toilette. In aller Ruhe duschte sie und wusch sich die Haare. Ebenso viel Zeit nahm sie sich für ihr Make-up. Dabei hoffte sie, dass das lange Warten Derek verärgern würde.

Als sie endlich ins Wohnzimmer zurückkam, saß Derek noch genauso gelassen in seiner Couchecke wie vorher. Caren trug ein schmal geschnittenes cremefarbenes Seidenkleid mit einem aus bunten Seidenkordeln geflochtenen Gürtel, der von einer großen Schnalle aus gehämmertem Messing zusammengehalten wurde. Das Haar hatte sie zu einem lockeren Chignon im Nacken frisiert. Ihr einziger Schmuck bestand aus einem Paar Perlenohrringen. Das Ensemble war schick und von bestechend einfacher Eleganz.

Als er sie sah, warf Derek die Zeitschrift beiseite und stand langsam auf. Anerkennend musterte er sie von oben bis unten.

„Ich bin fertig“, sagte Caren hastig, bevor er sich zu

ihrem Aussehen äußern konnte. „Ich nehme nur die Sachen mit, die ohnehin noch gepackt sind."

Derek nickte und öffnete die Wohnungstür, um dem Chauffeur etwas auf Arabisch zuzurufen. Nachdem dieser Carens Koffer aus der Wohnung getragen hatte, fragte Derek: „Kannst du deine Wohnung für längere Zeit leer stehen lassen?"

„Vorläufig muss ich sie nur gut abschließen", erklärte Caren. „Milch und Zeitung hatte ich bis auf weiteres abbestellt, bevor ich nach Jamaika flog."

Es gab keinen Grund, den Hausbesitzer zu verständigen. Sie wusste ja nicht, wann sie zurückkommen würde. Wie lange würde diese Ehe dauern? Eine Woche? Zwei Wochen? Einen Monat? Sie brauchte schließlich eine Bleibe, wenn Derek genug von ihr hatte und sie wieder wegschickte. Was er sich von dieser Ehe erhoffte, lag auf der Hand. Eine kostenlose Mätresse. Aber Prinz Al-Tasan sollte sich getäuscht haben.

Caren nahm sich vor, Derek gleich im Auto ihren Beschluss mitzuteilen. Doch als sie wieder auf dem Rücksitz der Limousine saßen, war es Derek, der das Gespräch begann.

„Du siehst hinreißend aus, Caren. Viel schöner noch, als ich dich in Erinnerung hatte. Ich bin stolz auf dich."

„Danke." Nervös verschränkte Caren die Finger ineinander. „Da du einen Anzug trägst, wollte ich nicht in Rock und Bluse erscheinen. Als ich mich heute früh anzog, ahnte ich nicht, dass ich noch am selben Nachmittag heiraten würde."

„Ich befinde mich in einem echten Dilemma", sagte Derek.

„Wieso?"

„Ich möchte dich küssen, aber deine Frisur nicht durcheinander bringen und dein Make-up nicht ruinieren. Was soll ich tun?" Er neigte den Kopf und betrachtete sie. „Du bist zu schön. Ich werde mich wohl mit einem Kompromiss zufrieden geben müssen." Er zog ihre Hand an die Lippen und küsste sie. „Ich habe die bezauberndste Braut, die sich ein Mann wünschen kann", flüsterte er.

Um nicht wieder schwach zu werden, entzog Caren ihm die Hand und rückte ein Stück von ihm ab. Nachdem sie sich geräuspert hatte, begann sie zögernd zu sprechen. „Ich muss dir etwas sagen, Derek." Ihr Mund war wie ausgetrocknet. Nervös befeuchtete sie sich die Lippen. „Ich werde diese Trauung über mich ergehen lassen, weil es notwendig ist. Aus keinem anderen Grund."

„Ich glaube, ich verstehe dich nicht ganz."

Caren holte tief Luft. „Es wird bei der Trauung bleiben. Mehr findet nicht statt."

„Wie meinst du das?"

Warum machte er es ihr so schwer? Wollte er sie dazu zwingen, die Dinge beim Namen zu nennen? „Zum eigentlichen Vollzug der Ehe wird es nicht kommen", erklärte sie bestimmt.

Eine Weile herrschte tiefes Schweigen. Schließlich fragte Derek: „Willst du damit sagen, dass du mir meine ehelichen Rechte verweigerst?"

„Genau das will ich damit sagen", erklärte Caren.

„Du wirst nicht das Bett mit mir teilen?"

„Nein."

„Wir werden uns nicht lieben?"

„Nein."

Er fing so laut an zu lachen, dass die Trennscheibe leise klirrte und der Fahrer erschrocken zusammenzuckte. Caren blickte Derek vorwurfsvoll an. Was war so komisch an ihren Worten gewesen?

„Caren, mein Liebling." Er wollte ihre Hand nehmen, doch Caren wich vor ihm zurück. Da beugte er sich vor, ergriff ihre Hand und presste sie an seine Brust. „Ist dir klar, wie lächerlich diese Bedingung aus deinem Mund klingt?"

„Erklär mir bitte, warum."

„Gern. Erstens bist du nicht diejenige, die hier Bedingungen zu stellen hat. Zwar sind wir beide in Schwierigkeiten, du jedoch bist in den weitaus größeren."

„Jawohl!" gab Caren hitzig zurück. „Erstens, weil

ich deine Frau bin, zweitens, weil ich nicht deinen Reichtum besitze, drittens, weil ich deshalb auf meine Arbeit angewiesen bin."

Er nickte zustimmend. „Ich sage ja nicht, dass es fair ist. Ich stelle nur die Tatsachen fest. Zweifellos hattest du mehr zu verlieren. Ich habe dir einen Ausweg aus einer schwierigen Lage geboten. Findest du es nicht ziemlich unsportlich und kleinlich von dir, mein Angebot durch Bedingungen einzuschränken?"

Wütend und beschämt presste Caren die Lippen aufeinander. Sie erwiderte nichts auf diesen sanften Vorwurf.

„Zweitens", fuhr Derek ruhig fort, „begehren wir einander. Daran hat nie ein Zweifel bestanden."

„Das war in Jamaika. Das Meer, der Mond, die Musik, die Blumen, der Wein, die ganze romantische Stimmung ist mir zu Kopf gestiegen. Inzwischen bin ich wieder auf dem Boden der Wirklichkeit gelandet, und zwar auf eine recht unsanfte Art, wenn ich das hinzufügen darf."

Derek beugte sich zu Caren hinüber, bis sein Mund nur noch Zentimeter von ihrem entfernt war. „Du begehrst mich in diesem Moment genauso wie ich dich. Ich kenne deinen Körper gut, ich verstehe seine Sprache. Dein Kleid gefällt mir vor allem deshalb, weil es jedes Detail deiner zauberhaften Figur unterstreicht. Ich habe gesehen, wie du reagiertest, als ich eben deine Hand küsste. Oder glaubst du etwa, es ist mir entgangen?"

„Bitte, Derek", flehte sie ihn an und unterdrückte die aufsteigenden Tränen.

„Du begehrst mich noch immer, Caren. Mehr als je zuvor. Und wenn du deine Vorbehalte ablegen würdest, die du seit deiner Rückkehr nach Washington zeigst, würde dir bestimmt auffallen, dass ich verrückt vor Verlangen nach dir bin. Was bezweckst du nur mit deinem Verhalten?"

„Ich will damit verhindern, dass du mir noch mehr Leid zufügst. Es ist schlimm genug, dass ich deine Frau werden muss. Als deine vorübergehende Gespielin bin ich mir zu schade. Ich möchte nicht zu deinem Harem gehören. Und deshalb werde ich nicht mit dir schlafen."

„Kommt dieser Beschluss nicht ein bisschen spät?"

„Diese Bemerkung ist typisch für dich. Ich habe auf Jamaika mit dir geschlafen, weil ich es wollte. Es war meine freie Entscheidung. Jetzt habe ich mich entschlossen, nicht mehr mit dir zu schlafen."

„Aber die Umstände haben sich inzwischen geändert. Wenn wir verheiratet sind, kann ich auf meinen ehelichen Rechten bestehen", erwiderte er gelassen.

„Würdest du das tun?"

„Unter Umständen."

Caren wurde wütend. „Wie stellst du dir das vor?

Willst du mich gewaltsam in dein Bett bringen? Du scheinst deinem Vater nachgeschlagen zu sein. Frauen sind für dich Leibeigene, was? Von Gott geschaffen zur Freude des Mannes. Aber da spiele ich nicht mit, Mr. Allen. Ich lasse mich nicht versklaven, nicht einen Tag lang. Du kannst deinem Abdullah da vorn sagen, er soll umkehren und mich nach Hause fahren. Ich werde mit meinen Schwierigkeiten auch allein fertig."

Caren wäre nicht überrascht gewesen, wenn Derek ihr jetzt vor Zorn eine Ohrfeige gegeben hätte. Doch er lächelte nur und sagte tadelnd: „Er heißt Mohammed, und er wird dich nicht nach Hause fahren. Ich stehe zu meinem Antrag. Ich werde dich heiraten. Und du kannst tun und lassen, was du willst, der Liebe entsagen, schmollen und Trübsal blasen. Ich werde mich dir nicht aufzwingen."

Misstrauisch schaute Caren ihn an. Er hatte viel zu schnell nachgegeben. Sie traute ihm nicht. „Und was wirst du tun, während ich schmolle und Trübsal blase?" fragte sie.

Sein siegessicheres Lächeln bestärkte sie in ihren Befürchtungen. Er kam ihr vor wie ein wilder Tiger, der gerade eine Beute ausgemacht hatte. „Ich werde dich umstimmen", sagte er zuversichtlich.

Obwohl sie seine Worte als Drohung auffasste, brachten sie schlagartig die Erinnerung an zauberhafte Liebesnächte zurück. Caren fragte sich plötzlich, warum sie sich das beglückende Zusammensein mit ihm versagte. Gebannt schaute sie in seine geheimnisvollen Augen und erwachte erst aus ihrer Trance, als der Fahrer die Wagentür öffnete.

„Wir sind da", sagte Derek und half ihr aus der Limousine.

„Werden deine Eltern anwesend sein?" fragte Caren.

„Nein. Vater kann keinen Schritt tun, ohne dass ihm die Presse auf den Fersen ist. Er wollte dir den Rummel ersparen."

Caren war wie erstarrt und handelte rein mechanisch. Sie begrüßte den Richter und bedankte sich höflich für seine guten Wünsche zu ihrer Eheschließung mit Derek. Sie schrieb ihren Namen auf die Dokumente, die man ihr vorlegte. Sie nahm ihren Platz an Dereks Seite ein. Sie wiederholte die Worte des Ehe-Gelübdes.

Dann, plötzlich und unvermittelt, traf sie die Erkenntnis. Auf einmal wusste sie, warum sie jene absurde Bedingung gestellt, warum sie solche Angst vor dieser Verbindung hatte.

Sie wollte keine Ehe auf Zeit schließen. Sie sehnte sich danach, Dereks Frau zu werden. Das Ehe-Gelöbnis war keine leere Formel für sie. Während sie die Worte sprach, nahmen sie eine besondere Bedeutung an.

Sie hatte sich in Derek verliebt, bevor sie mit ihm geschlafen hatte. Ihre Hingabe war ein Zeichen ihrer Liebe gewesen. Die Verbindung mit ihm war keine Farce. Nicht für sie.

Aber für ihn.

Während er die Worte sprach, die sie an ihn banden, schaute sie zu ihm auf. Er blickte sie an, und sekundenlang hatte sie den Eindruck, er meinte die Worte wirklich ernst. Aber das war gewiss nur Wunschdenken. Sie durfte sich nichts vormachen. Verunsichert wich sie seinem Blick aus.

Sie konnte nur erahnen, was ihr bevorstand, wenn er ihrer überdrüssig wurde und darauf dringen würde, diese Scheinehe aufzulösen. Wie schrecklich würde sie darunter leiden. Der Schmerz würde nur dann einigermaßen zu ertragen sein, wenn sie sich ihre Unabhängigkeit bewahrte und ihm jede Intimität verwehrte.

Beim Ringwechsel überraschte Derek sie mit einem schmalen, antiken Goldreif, in den ein kompliziertes Muster eingraviert war. „Diesen Ring schenkte mein Vater einmal meiner Mutter“, sagte er leise, als sie ihn fragend anschaute. „Er ist seit Generationen im Besitz seiner Familie. Meine Eltern gaben ihn mir für meine zukünftige Frau.“

Verwirrt beobachtete Caren, wie er ihr den Ring über den Finger streifte. Er passte. Dann küsste Derek sie. Sein Kuss war zärtlich, aber fordernd. Sich an ihren

Entschluss zu halten würde die größte Herausforderung ihres Lebens bedeuten.

Nach der Zeremonie fuhren sie zu einem Apartmenthaus in einer der vornehmsten Wohngegenden Washingtons. Die Limousine hielt neben einem exklusiven Sportwagen in der Tiefgarage des Gebäudes, und ein wartender Bediensteter lud Carens Gepäck von der Limousine in den Sportwagen um. Dann verabschiedete sich Derek von den Dienern seines Vaters, stieg mit Caren in den Sportwagen und fuhr los.

Draußen dämmerte es bereits. Der Tag neigte sich seinem Ende zu, und noch immer konnte Caren nicht glauben, dass sich die unfassbaren Ereignisse tatsächlich zugetragen hatten.

„Falls es dich interessiert", sagte Derek, „die Fotos von uns sowie alle Negative sollten sich inzwischen im Besitz meines Vaters befinden. Er wird sie vernichten lassen."

„Wie will er die Veröffentlichung verhindern?"

„Ich habe ihm den Namen des Fotografen, Ray Daniels, genannt. Er wird ihn mit einem Angebot ködern, das Daniels nicht ausschlagen wird. Ich bin sicher, er wird solche Aufnahmen nicht noch einmal machen."

In Dereks Stimme lag ein drohender Unterton. Caren schaute ihn an. Sein Gesichtsausdruck verriet, wie ernst ihm die Sache war.

Caren fröstelte in der kühlen Abendluft. Und das lag nicht nur daran, dass sie mit offenem Verdeck und überhöhter Geschwindigkeit fuhren. Was wäre passiert, wenn sie nicht Achmed Al-Tasans Schwiegertochter geworden wäre, sondern ihn sich zum Feind gemacht hätte?

Sie war so in Gedanken versunken, dass sie nicht darauf geachtet hatte, wohin sie fuhren. Erst als ihr die Gegend plötzlich bekannt vorkam, schaute sie sich überrascht um.

„Jetzt wunderst du dich, nicht wahr?“ fragte Derek, während er vor Kristins Internat anhielt.

„Ja. Woher wusstest du, wo meine Schwester zur Schule geht?“

„Ich habe so meine Methoden“, erwiderte er. „Kristin soll schließlich von unserer Hochzeit erfahren, bevor ich mit dir in die Flitterwochen reise, findest du nicht auch?“ Er half ihr aus dem Wagen, legte ihr den Arm um die Schultern und zog sie an sich. „Außerdem kann ich es kaum abwarten, meine Schwägerin kennen zu lernen.“

Die sonst so strenge Direktorin war außer sich vor Aufregung, als Caren ihr Derek als ihren Gatten vorstellte, zumal sie ihn aus der Presse kannte. Ihre Löckchen wippten, während sie angeregt mit ihm plauderte.

Kurz nachdem die Direktorin Kristin hatte ausrufen lassen, kam diese übermütig die Treppe heruntergestürmt. Sie blieb wie angewurzelt stehen, als sie ihre Schwester am Arm des attraktivsten Mannes sah, der ihr je begegnet war. Sekundenlang schaute sie Derek erstaunt an. Dann schritt sie würdevoll die letzten Stufen herunter.

Caren, die ihrer Schwester die Verwirrung nur zu gut nachfühlen konnte, ging auf sie zu. Sie war in diesen letzten Stunden so mit sich selbst beschäftigt gewesen, dass sie keinen Moment an Kristin gedacht hatte. Liebevoll umarmte sie die Schwester. „Hallo, Kristin."

Kristin erwiderte ihre Umarmung nur flüchtig. Caren ahnte, dass sie über ihre Schulter neugierig zu Derek hinüberblickte. „Hallo", sagte sie zerstreut. „Bist du schon vom Urlaub zurück?"

„Ja", antwortete Caren. „Ich bin ein paar Tage früher zurückgekommen."

„Warum?" Noch immer schaute Kristin wie gebannt zu Derek hinüber.

„Nun", meinte Caren ausweichend, die keine Ahnung hatte, wie sie ihrer Schwester die Neuigkeit beibringen sollte. „Es ist etwas dazwischengekommen ... ich traf ... dies ist Derek Allen. Derek, darf ich dir meine Schwester Kristin vorstellen?"

Verzückt eilte Kristin auf ihn zu. „Guten Tag,

Kristin", sagte er ruhig. „Ich habe mich sehr darauf gefreut, dich kennen zu lernen."

„Wirklich?" Sie war hingerissen von Derek. „Warum?"

„Weil ich jetzt zur Familie gehöre. Caren und ich haben heute Nachmittag geheiratet."

Fassungslos sah Kristin die beiden an. Schließlich stammelte sie verwirrt: „Ge...heiratet?"

Derek nahm Caren bei der Hand und zog sie in den Arm. „Ich habe deine Schwester auf Jamaika kennen gelernt und mich sofort in sie verliebt." Er schaute Caren tief in die Augen, bevor er fortfuhr: „Ich bin ihr in die Vereinigten Staaten nachgereist, um sie zu überreden, meine Frau zu werden. Nachdem sie mir ihr Jawort gegeben hatte, ging ich sofort mit ihr aufs Standesamt. Ich hoffe, du nimmst es uns nicht übel, dass wir dich nicht zur Trauung eingeladen haben?"

Seine Geschichte klang verrückt, doch Kristin und die Direktorin lauschten atemlos. Als Derek zum Abschluss seiner kleinen Rede Caren zärtlich auf den Mund küsste, kamen den beiden vor Rührung fast die Tränen.

„Wie romantisch." Kristin fiel Caren vor Begeisterung um den Hals. „Das ist ja wunderbar! Oh Gott! Wie gut, dass ich dir zugeredet habe, nach Jamaika zu fahren. Ich habe geahnt, dass du dich verlieben würdest."

Derek unterbrach Kristins überschwänglichen Redeschwall, indem er die Direktorin fragte, ob sie Kristin zur Feier des Tages zum Essen ausführen dürften. Natürlich wurde ihm dieser Wunsch sofort gewährt. Während Kristin die Treppen hinaufeilte, um sich umzuziehen, verwickelte Derek die Direktorin in ein Gespräch über Kristins Lehrplan und ihre schulischen Leistungen.

Als ob ihn das interessierte, dachte Caren missmutig. Immerhin war es sehr aufmerksam von ihm gewesen, bei Kristin vorbeizufahren.

Derek führte Caren und Kristin in ein italienisches Restaurant in der Nähe der Schule. Das Essen war fantastisch, der Wein berauschend und die Bedienung erstklassig.

Dereks fabelhaftes Aussehen und sein weltmännisches Auftreten faszinierten Kristin. Caren kannte ihn inzwischen gut genug, um zu wissen, dass er sie nicht absichtlich betörte. Dieser umwerfende Charme gehörte einfach zu seinem Wesen.

Er sprach kaum über sich selbst, sondern unterhielt sich mit Kristin über die Schule, über ihre Interessen und Hobbys. Dabei schweifte sein Blick immer wieder zu Caren ab. Dies ist unser Hochzeitstag, schien er zu sagen. Du bist meine Braut, und ich kann es kaum abwarten, dich in den Armen zu halten.

Nachdem sie ihre Mahlzeit beendet hatten, stand er

auf. „Wenn die Damen mich bitte einen Moment entschuldigen würden, ich muss kurz telefonieren. Ich bin gleich wieder da." Er schaute Caren noch einmal tief in die Augen und entfernte sich dann von ihrem Tisch.

Sie spürte seinen Blick noch, nachdem Derek längst gegangen war. Um ihre geröteten Wangen zu verbergen, schaute sie angestrengt in ihr Weinglas.

Als ob sie den ganzen Abend nur darauf gewartet hätte, Caren diese Frage zu stellen, beugte sich Kristin eifrig vor und erkundigte sich ungeniert: „Ist er ein guter Liebhaber?"

„Kristin!" empörte sich Caren. „Wie kannst du so etwas fragen?"

„Ich möchte es gern wissen. Und erzähl mir nicht, du hättest noch nicht mit ihm geschlafen, das nehme ich dir nämlich nicht ab. Er verschlingt dich ja geradezu mit den Blicken. War es romantisch?"

Caren versuchte ein Lächeln zu verbergen. Wie wunderbar wäre es gewesen, wenn Derek sie wirklich liebte und sie ihr Glück mit Kristin teilen könnte. „Du hast ihn doch gesehen", wich sie aus. „Was hältst du von ihm?"

„Er ist ein faszinierender Mann. Die Figur! Er ist einfach ... also, ich finde ihn hinreißend. Und sein Haar gefällt mir. Oh, Caren, er ist so nett und ..." Sie schlug die Hände zusammen, weil sie keine Worte fand, um

Derek zu beschreiben. „Er ist mein Schwager! Ich kann es immer noch nicht glauben! Und der Wagen, den er fährt. Ist Derek wohlhabend?"

„Ich nehme es an. Sein Vater ist Araber, Scheich Achmed Al-Tasan. Du hast vielleicht schon von ihm gehört?"

Kristin sah sie mit großen Augen an. „Der Ölscheich Al-Tasan? Der Freund von Ministern und Königen? Meinst du diesen Al-Tasan? Du machst wohl Witze!"

Caren schüttelte den Kopf. Mit wenigen Worten berichtete sie Kristin, was sie von Derek wusste. „Er hat eine Wohnung in Washington", schloss sie, „aber wir werden fürs Erste auf seiner Farm in Virginia wohnen."

„Wahrscheinlich hat er Häuser auf der ganzen Welt."

„Wahrscheinlich, ich weiß es nicht."

„Glaubst du, er nimmt uns mit auf Reisen? Caren, mein Gott! Ist dir klar, dass sich damit unser Leben grundlegend verändern wird?"

„Ich lasse mich überraschen." Was hätte es für einen Sinn gehabt, Kristins Begeisterung zu dämpfen? Nach der Scheidung blieb ihr noch genug Zeit, alles zu erklären. Vielleicht würde sie nur sagen, dass sie nicht zusammengepasst hätten.

Derek kam an den Tisch zurück und erkundigte sich, ob sie noch etwas trinken wollten. Als sie verneinten, brachen sie auf und brachten Kristin zu ihrer Schule zurück.

Vor der Tür umarmte Kristin ihren frisch gebackenen Schwager stürmisch. „Ich danke dir, dass du meine Schwester wieder glücklich gemacht hast", sagte sie strahlend.

Lachend fuhr Derek ihr durchs Haar. „Es war mir ein Vergnügen." Er drückte ihr einen Hundertdollarschein in die Hand. „Hier, damit du ein bisschen Taschengeld hast."

Caren wollte protestieren, tat es dann aber doch nicht. Kristin hatte sich seit Carens Scheidung sehr einschränken müssen. Und für Derek waren hundert Dollar tatsächlich ein Taschengeld.

Warum sollte Kristin das Geld nicht annehmen, wenn sie sich damit endlich etwas Neues zum Anziehen kaufen konnte?

„Danke!" sagte Kristin begeistert. „Ist es nicht herrlich, wieder Geld zu haben, Caren?"

„Kristin!"

„Es ist doch so. Jetzt müssen wir nicht mehr jeden Pfennig umdrehen. Und du brauchst nicht mehr zu arbeiten. Oh, Caren, du kannst endlich mit deiner Bildhauerei weitermachen."

„Du solltest dich jetzt lieber verabschieden, bevor dich die Direktorin vermisst." Caren gefiel die Wendung nicht, die das Gespräch genommen hatte. Kristin sollte sich nicht an den Luxus gewöhnen, den Derek ihr bieten konnte.

Sie verabschiedeten, umarmten und küssten sich. Dann gab Derek Kristin seine Adresse und Telefonnummer in Virginia. „Wenn du irgendetwas brauchst, ruf uns an. Versprichst du mir das?"

„Ich verspreche es."

Als sie wieder im Auto saßen, lehnte sich Caren in den Ledersitz zurück. Vor Müdigkeit fielen ihr fast die Augen zu.

„Ich danke dir, dass du so großzügig zu Kristin warst", sagte sie. „Sie hat es schwer gehabt, obwohl es mir gelungen ist, sie weiterhin auf diese Schule zu schicken. Winston und ich waren ihre Familie. Die Scheidung hat auch ihr arg zugesetzt. Du musst ihre Offenheit entschuldigen. Sie sagt immer, was sie denkt."

„Diese Offenheit gefällt mir. Ich wünschte, sie würde ein wenig auf dich abfärben."

Caren setzte sich auf. „Was verlangst du von mir?" fragte sie scharf. „Soll ich dir etwa sagen, dass du ein faszinierender Mann bist?"

Derek lachte. „Hat sie das gesagt?"

Caren antwortete ihm nicht. Sie war viel zu müde, um sich mit ihm auf ein Streitgespräch einzulassen.

Kaum hatten sie die Stadt verlassen, hielt Derek auf dem Randstreifen der Schnellstraße an. Ohne den Motor abzustellen, beugte er sich zu ihr hinüber und schaute sie besorgt an.

„Du siehst erschöpft aus", sagte er mitfühlend.

„Die Beamten vom FBI haben mich heute Morgen schon früh aus dem Bett geholt."

Er runzelte die Stirn. „Das muss schrecklich für dich gewesen sein."

„Ja, das war es."

Er streichelte ihre Wange. „Ich werde das Verdeck hochklappen. Dann kannst du schlafen, bis wir zu Hause sind."

Zu Hause. Man dachte dabei an etwas Dauerhaftes, Beständiges. Aber das war es nicht für sie. Bevor sie überhaupt eingezogen war, wusste sie bereits, dass ihr Aufenthalt in Dereks Heim nicht von Dauer wäre.

„So", sagte er und klinkte die Schnappriegel des Verdecks ein. „Lehn dich zurück, und schlaf ein wenig. Wenn du wieder aufwachst, werden wir da sein." Er küsste sie leicht auf die Lippen, legte den Gang ein und fuhr auf die Straße zurück.

10. KAPITEL

„Caren, Liebling."

Caren spürte, wie Lippen ihre Wangen streiften. Sie bewegte sich. Aber nur ein ganz klein wenig, um nicht aufzuwachen.

„Liebling, wir sind zu Hause", flüsterte Derek dicht an ihrem Ohr. „Caren?"

„Hmm?"

„Bist du wach?"

„Hmm."

Sie hörte leises Lachen. Dann legte sich ein starker Arm um ihren Rücken und ein anderer unter ihre Knie, und gleich darauf spürte sie, wie sie hochgehoben wurde. Derek, dachte sie. Sie erkannte seinen harten, kräftigen Brustkorb.

Ihre Arme waren so schwer. Sie schaffte es nicht, sie ihm um den Hals zu legen. Aber sie barg ihr Gesicht unter seinem Kinn. Seine Haut war warm. Sie presste die Lippen darauf.

Undeutlich nahm sie aufgeregtes Geflüster wahr, Stufen, Helligkeit. Verschlafen öffnete sie die Augen. Sie sah eine breite Treppe, die sie an den Film „Vom Winde verweht" erinnerte. Aber es fiel ihr einfach zu schwer, die Augen offen zu halten. Sie legte eine Hand an Dereks Brust und kuschelte sich enger an ihn.

Caren erinnerte sich zwar verschwommen daran,

dass sie sich ihm nicht anvertrauen durfte. Aber warum das so war, das fiel ihr im Moment nicht ein. Deshalb verdrängte sie den unbequemen Gedanken und gab sich dem wunderbaren Gefühl hin, Derek nahe zu sein.

Sie spürte, wie er mit ihr die Stufen hinaufging, sie durch einen langen Flur und schließlich in ein Zimmer trug. Es schien etwas dunkler in diesem Raum zu sein. Sie merkte, dass weniger Licht auf ihre geschlossenen Lider fiel. Erst als sie auf ein Bett gelegt wurde, schlug sie einen Moment die Augen auf. Über sich sah sie einen Baldachin. Lag sie in einem Himmelbett?

„Brauchen Sie wirklich keine Hilfe?“ vernahm sie eine Frauenstimme.

„Nein, Daisy. Vielen Dank. Ich werde sie zu Bett bringen. Sie haben unseretwegen lange genug aufbleiben müssen. Gute Nacht.“

Eine Tür wurde leise geschlossen, dann war wieder alles still.

Caren spürte eine Bewegung neben sich, eine Hand auf ihrer Wange, die sie sanft streichelte. „Mein armer Schatz“, flüsterte Derek. „Du bist ja völlig übermüdet.“

Derek küsste Caren leicht auf die Stirn. Als er den Kopf hob, sah er, dass sie im Schlaf lächelte. Vorsichtig berührte er ihre Mundwinkel. Dabei betrachtete er sie liebevoll. Behutsam schob er die Hand unter ihren Nacken und hob ihren Kopf ein wenig an, um die Haarnadeln aus ihrem Chignon zu ziehen. Dann, als er die blonden Strähnen gelöst hatte und ihm die weichen Locken über die Hand fielen, kämmte er die seidige Fülle mit den Fingern durch.

Er schob die Hand ein Stückchen tiefer, um den Reißverschluss ihres Kleides aufzuziehen, streifte es ihr über die Schultern und legte sie dann in die Kissen zurück.

Es kostete ihn große Überwindung, nicht wie gebannt auf ihre wundervollen Brüste zu schauen, die der Spitzen-BH kaum verhüllte. Vorsichtig zog er ihr das Kleid über Hüften und Beine und streifte ihr dann die Schuhe von den Füßen, um sie ordentlich vors Bett zu stellen. Mit allem ließ er sich Zeit.

Caren sah verführerisch aus, wie sie so auf dem Bett lag, das Haar offen, die Brüste unter zarter Spitze kaum verborgen. Sie hoben und senkten sich mit jedem Atemzug. Wie feminin sie war und wie zerbrechlich.

In Derek erwachte heißes Begehren. Doch er unterdrückte es und machte sich daran, ihr behutsam den Unterrock auszuziehen. Zu seiner Überraschung trug sie keine Strumpfhose, sondern einen Strumpfhalter aus Spitze und dazu Seidenstrümpfe.

Diese Entdeckung begeisterte ihn. Caren besaß offenbar Seiten, die er noch nicht kannte. Ihre Persönlichkeit war vielschichtig, das gefiel ihm. Derek hatte genug von den Frauen, die alle das gleiche Verhaltensmuster an den Tag legten. Sie langweilten ihn, noch bevor er mit ihnen geschlafen hatte. Aber Caren ...

Er betrachtete sie versonnen. Sie war so anders als alle, die er vor ihr kannte. Sie versetzte ihn immer wieder in Erstaunen, sie verärgerte und sie erregte ihn, aber noch niemals hatte sie ihn gelangweilt. Und das würde sie wahrscheinlich auch nie tun.

Geschickt löste er die Strümpfe vom Strumpfhalter und rollte sie nacheinander über Carens schlanke Oberschenkel, die schmalen Knie, die wohlgeformten Waden, die Fesseln und die zierlichen Füße.

In Jamaika hatte er einmal jeden Zentimeter ihrer Beine mit den Lippen erforscht. Er wusste, wie weich die empfindlichen Innenseiten ihrer Oberschenkel waren, dass sie sich vor Erregung wand, wenn er einen bestimmten Punkt in ihren Kniekehlen küsste. Er hatte ihre Waden geküsst, ihre Fußsohlen und ihre Zehen. Die Erinnerung daran entfachte seine Leidenschaft von neuem.

Hastig öffnete er ihren Strumpfhalter und warf ihn achtlos beiseite. Der Slip, den sie trug, war winzig. Ein Stückchen Spitze, von einem dünnen Gummiband zusammengehalten. Zwischen dem Gummiband und ihrem gebräunten Bauch lag ein Streifen heller Haut, den er am liebsten mit der Zunge berührt hätte.

Wieder schob er die Hand unter ihren Rücken, um ihr den BH auszuziehen. Es gelang ihm nicht auf Anhieb, den Verschluss zu lösen, und nachdem er es schließlich geschafft hatte, ohne sie zu wecken, atmete er erleichtert auf.

Er hielt den Atem an und schloss einen Moment die Augen. Dann holte er tief Luft und heftete den Blick auf Caren. Er konnte der Versuchung kaum widerstehen, ihre kleinen, festen Brüste zu küssen, ihren Körper zu liebkosen, sie zu nehmen.

Aber wenn er ihre Schwäche ausnutzte, würde sie nie Vertrauen zu ihm gewinnen. Auch wenn es ihm schwer fiel, er musste sich beherrschen. Nur berühren wollte er sie, wenigstens ein Mal. Mit den Fingerspitzen strich er ihr sanft über den Hals. „Derek?“ sagte Caren verschlafen.

Ihre sanfte, heisere Stimme erregte ihn. Er hielt mitten in der Bewegung inne, ohne jedoch die Hand von ihr zu nehmen. „Ja, Liebling?“

Sie räkelte sich genüsslich auf dem glatten Laken, wachte jedoch nicht auf. Derek merkte, wie sein Herz schneller schlug. Sein Verstand sagte ihm, dass er entweder der Versuchung nachgeben oder vor ihr fliehen sollte, anstatt wie ein schüchterner Schuljunge mit glasigem Blick und schwitzenden Handflächen auf dem Bettrand zu sitzen. Die Situation war völlig neu für ihn.

Caren strich mit der Hand unruhig über das Laken, als suche sie irgendetwas. Schließlich berührte sie Dereks Oberschenkel. „Derek?" sagte sie noch einmal.

Ihre Geste ermutigte ihn. Er beugte sich über sie und nahm ihr Gesicht zwischen beide Hände. Schließlich küsste er sie. Zuerst streiften seine Lippen ihren Mund. Aber als Caren mit einem lustvollen Seufzen auf seine Zärtlichkeit reagierte, wurde er kühner und fuhr mit der Zungenspitze die Konturen ihres Mundes nach.

Sie öffnete ihn leicht, und er begann das warme Innere ihres Mundes zu erforschen.

Caren stöhnte leise auf. Ihre Hand glitt von seinem Oberschenkel zu seiner Taille, über seine Brust zu seinem Hals hinauf. Dabei bog sie sich ihm entgegen.

Derek wusste, sie begehrte ihn, ob sie es zugeben wollte oder nicht. Unbewusst verhielt sie sich so und verriet ihm damit, wie sehr sie sich nach ihm sehnte. Wenn sie sich dagegen wehrte, mit ihm zu schlafen, dann geschah das nur aus Starrsinn. Und den würde er ihr schon austreiben.

Er legte die Hand auf ihre Brust. Wieder stöhnte Caren auf.

„Caren", flüsterte Derek, „warum verweigerst du dich mir? Warum versagst du dir, wonach du dich sehnst?"

Noch immer hatte sie die Augen geschlossen. Sie

kuschelte sich tiefer in das Kopfkissen und war im nächsten Moment wieder fest eingeschlafen.

Derek lächelte. „Das ist das erste Mal, dass eine Frau bei meinen Küssen eingeschlafen ist“, sagte er leise zu sich selbst. Er stand auf und deckte Caren zu. Mein Gott, ist sie schön, dachte er.

Wieder überkam ihn das Verlangen, sie zu nehmen, rücksichtslos Besitz von ihr zu ergreifen. Aber er hatte ihr versprochen, sie zu nichts zu zwingen. Doch einfach neben ihr zu schlafen, sie die Nacht über in seinen Armen zu halten ...

Warum nicht? Schließlich war sie seine Frau.

Und dies war sein Haus. Jawohl, er würde schlafen, wo es ihm passte.

Schnell zog er sich aus. Nackt ging er zum Fenster, öffnete es und blieb einen Augenblick stehen, damit die frische Nachtluft seinen erhitzten Körper kühlte.

Kaum lag er im Bett, suchte Caren seine Nähe. Mit dem Rücken kuschelte sie sich an seine Brust, während ihre Hüften empfindlichere Regionen seines Körpers berührten. Das Fieber überkam ihn von neuem. Diesmal noch heftiger als zuvor.

Caren wurde von hellem Sonnenlicht geweckt, das durch ein geöffnetes Fenster in das Zimmer fiel. Sie drehte sich auf den Rücken und betrachtete erstaunt ihre Umgebung.

Sie lag in einem riesigen Himmelbett, das so antik war wie das übrige Mobiliar im Raum. Der kostbare Teppich auf dem glänzenden Parkettfußboden harmonierte mit seinen gedämpften Farben reizvoll mit den Pastelltönen, in denen das Zimmer gehalten war.

Nach all den Aufregungen des gestrigen Tages fühlte sich Caren erstaunlich wohl. Sie stützte sich auf den Ellenbogen und sah sich weiter um. Dabei bemerkte sie, dass das zweite Kopfkissen im Bett so dicht neben ihrem lag, dass sich die handgestickten Borten überlappten. Außerdem war neben ihr das Laken zerwühlt und die Bettdecke bis ans Fußende hinuntergeschoben.

Derek hatte mit ihr geschlafen.

Und sie war nackt, bis auf den knappen Slip. Im selben Moment, in dem sie die Kleidungsstücke entdeckte, die in heillosem Durcheinander auf dem Bett und dem Fußboden verstreut herumlagen, ging die Tür auf und eine korpulente ältere Frau, die ein silbernes Tablett vor sich hertrug, kam herein.

„Guten Morgen, Mrs. Allen. Wie gut, dass Sie wach sind. Ich konnte es kaum abwarten, Sie kennen zu lernen. Ich bin Daisy Holland. Aber nennen Sie mich einfach nur Daisy."

Caren zog die Bettdecke hoch und bedeckte ihre nackten Brüste. Verlegen erwiderte sie die freundliche Begrüßung. Daisy stellte das Tablett auf den Nachttisch und fing an, die verstreuten Kleidungsstücke einzusammeln, als wäre es das Selbstverständlichste auf der Welt.

„Dieser Mann! So ordentlich er sonst ist, seine Kleider lässt er einfach dort fallen, wo er sie gerade auszieht. Schauen Sie sich nur an, wie er Ihre hübschen Sachen hingeworfen hat."

Sie schnalzte tadelnd mit der Zunge, während sie Carens Strumpfhalter und BH auflas. Die Seidenstrümpfe hing sie sich über die Schulter.

Carens Verlegenheit entging ihr völlig. Mit flinken Handbewegungen räumte sie das Zimmer auf und redete dabei fröhlich auf Caren ein.

„Ich konnte es nicht glauben, als er gestern anrief und erklärte, er bringe seine Braut mit nach Hause. Es wurde aber auch langsam Zeit, wenn Sie mich fragen. Ich bin die halbe Nacht aufgeblieben, um Sie zu begrüßen. Aber Sie armes Ding waren so erschöpft, als Sie hier ankamen. Derek hat Sie ins Schlafzimmer getragen, ohne dass ich Sie richtig anschauen konnte. Ich habe mich erboten, Sie auszuziehen und ins Bett zu bringen. Aber davon wollte er nichts wissen. Er sagte, er würde sich selbst um Sie kümmern."

„Wo ist Derek?" fragte Caren.

„Er ist ausgeritten. Das tut er jeden Morgen. Ich soll Ihnen ausrichten, dass er mit Ihnen frühstücken möchte, sobald Sie aufgestanden sind. Ich habe Ihnen Kaffee gebracht, damit Sie schon einen Schluck trinken können, während Sie sich anziehen. Aber bleiben Sie ruhig im Bett, wenn Ihnen danach ist."

„Nein, ich werde sofort aufstehen", erklärte Caren. Zum Glück verschwand Daisy in diesem Moment im Nebenzimmer, so dass Caren rasch aufstehen und sich den Morgenrock anziehen konnte, der auf einem Stuhl ausgebreitet für sie bereitlag.

Daisy kam zurück. „Ich habe mich heute früh hereingeschlichen und Ihre Sachen ins Ankleidezimmer gehängt", sagte sie und deutete über die Schulter zu dem angrenzenden Raum. „Wenn Sie etwas nicht finden können, rufen Sie mich. Kommen Sie, ich gieße Ihnen eine Tasse Kaffee ein. Nehmen Sie Milch und Zucker?"

Caren war völlig verwirrt. Noch nie in ihrem Leben war sie bedient worden. Sie hatte keine Ahnung, wie man mit Dienstboten umging, vor allem in einer so peinlichen Situation.

Als Caren eine halbe Stunde später ins Erdgeschoss hinunterging, hatten sie und Daisy ein Abkommen getroffen. Caren hatte Daisy taktvoll beigebracht, dass sie nicht zu den Frauen gehörte, die sich bedienen ließen, ihr jedoch gestattet, sie ein bisschen zu verwöhnen. Schließlich sei sie doch jetzt die Hausherrin, hatte Daisy betont, und die habe in diesem Haus schon lange gefehlt.

„In dieses Haus gehören eine Frau und Kinder, das habe ich Derek hundert Mal gesagt. Jetzt hat er endlich auf mich gehört. Mein Gott, haben Sie schönes Haar. Sie sehen aus wie ein Engel. Das ergänzt sich wunderbar mit Dereks teuflisch gutem Aussehen. Oh, ich hoffe, Sie nehmen mir das nicht übel. Aber Sie wissen doch, wie verwegen und attraktiv er ist."

„Ja, ich weiß", versicherte Caren lächelnd.

Während sie die Treppe hinunterging, versuchte Caren sich in dem großen Haus zu orientieren. Der Raum, in dem sie geschlafen hatte, war eines von zwei Schlafgemächern, die ein gemeinsames Bad und Ankleidezimmer besaßen. Auf der untersten Treppenstufe blieb sie unschlüssig stehen und überlegte, ob Küche und Esszimmer wohl rechts oder links lagen.

„Du machst einen etwas verlorenen Eindruck", sagte Derek, der eben die Halle betrat. „Ich wollte dich gerade aus den Federn holen, du Faulpelz. Wir haben fantastisches Wetter. Ich möchte dir die Farm zeigen. Hast du gut geschlafen?"

Ohne zu zögern kam er auf sie zu, schloss sie in die Arme und küsste sie, bis sie atemlos war. „Guten Morgen", flüsterte er und gab sie endlich frei.

Aus der kühlen Distanz, die Caren ihm gegenüber hatte wahren wollen, wurde nicht viel. Die Knie waren ihr weich geworden, und ihre Stimme klang rau, als sie seinen Gruß erwiderte.

Er trug ein weißes Sporthemd, eine Reithose und blitzblank polierte Reitstiefel. Mit seinem vom Wind zerzausten Haar und den geröteten Wangen sah er einfach umwerfend gut aus.

Im Esszimmer verschlug es Caren vor Erstaunen die Sprache. Sie hatte schon einige historische Landhäuser besichtigt, aber keines war auch nur annähernd so luxuriös eingerichtet und gut erhalten gewesen wie dieses.

„Ich esse normalerweise nicht viel zum Frühstück", erklärte Derek. „Nur ein wenig Obst und ein Croissant. Wenn Daisy dir ein Ei kochen oder Waffeln backen soll, musst du es sagen."

„Nein, Croissants reichen mir vollkommen", sagte Caren, während Derek ihr schräg gegenüber von seinem Platz am Kopfende des langen Tisches einen Stuhl zurechtrückte. In der Mitte der bemerkenswerten Tafel stand eine Lalique-Schale mit frischen Blumen und vor Carens Gedeck eine einzelne rote Rose.

Derek nahm die langstielige Blume aus der Vase und reichte sie ihr. „Willkommen zu Hause, Caren."

Caren nahm die Rose. In einer unbewussten Geste führte sie die Blüte an die Lippen. „Danke", sagte sie.

Derek ging mit dem kostbaren Geschirr und Tafelsilber um, als handele es sich um ganz alltägliche Gegenstände. Er reichte Caren Obst auf Silbertellern und selbst gebackene Brötchen und Plundergebäck in Silberschalen. Aus einer silbernen Kanne goss er ihr Kaffee ein. Dann widmeten sich beide schweigend ihrer Mahlzeit.

Nach einer Weile, Caren trank gerade einen Schluck Kaffee, fragte Derek:

„Kannst du reiten, Caren?“

„Ja“, erwiderte sie. „Wenigstens konnte ich es einmal. Ich bin schon lange nicht mehr geritten.“

„Gut.“ Er lächelte zufrieden. „Ich habe eine Stute für dich ausgesucht. Hoffentlich magst du sie. Mustafa war heute früh sehr unruhig, weil ich so lange weg war. Ich musste ihm erst einmal gründlich Auslauf verschaffen.“

„Mustafa?“

„Ein Araberhengst. Du wirst ihn gleich kennen lernen. Er ist ...“

„Du hast heute Nacht mit mir geschlafen“, unterbrach Caren ihn ruhig.

Langsam legte Derek das Messer aus der Hand und sah Caren herausfordernd an. „So, habe ich das?“

„Ich dachte, wir hätten ein Abkommen getroffen.“

„Ich habe versprochen, auf meine ehelichen Rechte zu verzichten.“

Verlegen drehte Caren den Kaffeelöffel zwischen den Fingern. „Ich kann mich an nichts erinnern. Ich weiß nur noch, dass ich im Auto eingeschlafen bin.“

„Du erinnerst dich nicht daran, dass ich dich nach oben getragen habe"

„Nur sehr vage."

„Und du erinnerst dich nicht, dass ich dich ausgezogen habe?"

„Nein."

„Dass ich dich berührt habe?"

„Nein."

„Dass ich dich geküsst habe?"

„Nein."

„Dass du meinen Kuss erwidert hast?"

„Das habe ich nicht getan!"

„Oh doch." Er lächelte. „Und zwar sehr leidenschaftlich."

Caren schoss das Blut in die Wangen. Es ärgerte sie, dass er ihre Frage absichtlich umgangen hatte. „Hast du mit mir geschlafen?" fragte sie.

Er beugte sich zu ihr herüber. „Ich habe bei dir geschlafen. Geliebt habe ich dich jedoch nur in meiner Fantasie. Deshalb bin ich etwas unzufrieden heute und würde dir raten, das Thema fallen zu lassen. Sonst könnte es mir passieren, dass ich sehr schnell die Beherrschung verliere."

Um seinen Worten Nachdruck zu verleihen, machte er eine bedeutungsvolle Pause, bevor er fortfuhr:

„Um noch einmal darauf zurückzukommen: Ich möchte dir heute die Farm zeigen. Vorläufig kannst du zum Reiten das tragen, was du gerade anhast." Er warf einen Blick auf ihre sportliche Hose und den dünnen Pullover. „Aber wir werden dich bald neu einkleiden müssen."

Sie wollte ihn fragen, warum er so viele Umstände machte, wo es sich doch gar nicht lohnte. Aber sie unterließ es.

„Ich werde eine Weile brauchen, mich an alles zu gewöhnen", sagte sie, nachdem er ihr erklärt hatte, dass sie sich mit allen Fragen und Problemen an Daisy wenden könne.

Derek stand auf und nahm sie bei der Hand, um sie von ihrem Stuhl hochzuziehen. „Das ist normal bei Jungverheirateten", beruhigte er sie.

„Es ist nicht nur das Eheleben. Ich meine diesen ganzen Lebensstil. Ich bin es gewohnt, jeden Morgen früh aufzustehen und zur Arbeit zu fahren. Eine Haushälterin zu haben, die mich mit einer Tasse Kaffee weckt und mir ein Bad einlässt, ist eine neue Erfahrung für mich."

Er küsste sie flüchtig auf die Lippen. „Ich bin sicher, du wirst dich daran gewöhnen."

Nachdem sie das Esszimmer verlassen hatten, führte Derek Caren auf eine Terrasse hinaus, von wo aus man über eine Freitreppe zu der halbmondförmigen Auffahrt des Hauses gelangte. Er wollte zu den flachen Nebengebäuden auf der rechten Seite des Hauses weitergehen, doch Caren hielt ihn zurück.

„Derek, warte", sagte sie und ergriff seine Hand. „Ich möchte zuerst sehen, wie das Haus von außen ausschaut."

Stolz stand er neben ihr, während sie staunend an dem georgianischen Landhaus hochschaute. Es wirkte vornehm und würdevoll.

Die Fensterläden waren grün gestrichen und an weißen Fensterrahmen befestigt, die facettierten Scheiben blitzten in der Sonne. Die Nordseite des Hauses war ganz von Efeu überwuchert. Das spitzgieblige Dach wurde von zwei Kaminen eingefasst und besaß fünf Giebelfenster. An den dreistöckigen Mittelteil des Gebäudes schlossen sich rechts und links je ein zweistöckiger Seitenflügel an.

„Derek, was für ein wunderschönes Haus", sagte Caren andächtig, als betrachte sie ein Museumsstück.

„Ja, ich habe mich auch auf den ersten Blick in dieses Haus verliebt."

„Hast du es in diesem tadellosen Zustand vorgefunden?"

„Oh nein. Es hat Jahre gedauert, bis es so aussah wie jetzt", antwortete er stolz.

Der Grundbesitz war nicht weniger beeindruckend als das Haus. Weitläufige Rasenflächen, die durch alten Baumbestand aufgelockert wurden, umgaben das Anwesen. Ganz in der Ferne erstreckten sich weiße Zäune, so weit das Auge reichte.

In der anderen Richtung dehnten sich schnurgerade Felder bis zum Horizont. In der dritten Himmelsrichtung waren es bewaldete Hügel vor hinter Dunstschleiern verborgenen Bergketten. Und in der vierten saftige Weiden, deren dickes Gras im Wind wogte wie ein grüner Ozean.

Während sie mitten in der Auffahrt stand und sich langsam um sich selbst drehte, fehlten Caren vor Staunen die Worte. Doch dann wirbelte sie zu Derek herum. „Das nennst du eine Farm?!“ rief sie fast empört.

Lachend legte Derek ihr den Arm um die Schultern. „Das heißt doch hoffentlich, dass sie dir gefällt?“

11. KAPITEL

Die Ställe, in die Derek Caren führte, waren geradezu luxuriös. Pferdeburschen, die alle die gleichen Hemden mit eingestickten Initialen trugen, kümmerten sich um die prachtvollen Tiere. Hinter einem Raum, in dem Pferdegeschirr und Geräte aufbewahrt wurden, parkten Pferdetransporter, deren Türen mit den gleichen Initialen versehen waren. Caren war zutiefst beeindruckt. Vom Haus aus war diese riesige Anlage gar nicht zu erkennen gewesen.

„Hatte ich nicht erwähnt, dass wir uns hier hauptsächlich mit der Zucht von arabischen Vollblütern beschäftigen?“ fragte Derek, dem ihr Erstaunen nicht entgangen war.

„Wenn ich mich recht entsinne, sagtest du, du züchtetest nebenbei ein paar Pferde“, bemerkte Caren trocken. Sie hatte ein wenig Ahnung von Vollblutpferden und wusste deshalb, dass ihre Haltung sehr kostspielig war. Wie viele dieser Rassepferde in den ausgedehnten Stallungen untergebracht waren, konnte sie nur erahnen.

Als sie das lang gestreckte Backsteingebäude verließen, kam ein Stallbursche mit zwei Pferden auf sie zu. Die Schönheit der Tiere nahm Caren den Atem. Ihr Fell war glatt und glänzte wie Seide. Man hatte ihnen die Hufe geschwärzt und auf Hochglanz poliert. Ihre schmalen Köpfe mit den kleinen spitzen Ohren wirkten geradezu aristokratisch. In ihren Augen lag wache Intelligenz. Die dicken Mähnen waren sorgfältig gestriegelt und schimmerten in der Sonne.

Derek ging zu dem schwarzen Hengst und legte ihm liebevoll die Hand an die langen Kinnbacken. „Caren, das ist Mustafa“, sagte er, und der Hengst warf den Kopf zurück, als ob er sie begrüßen wolle.

Caren schaute Mustafa ehrfürchtig an. „Er ist prachtvoll, Derek. Ich verstehe nicht viel von Araberhengsten, aber er ist ganz außergewöhnlich, nicht wahr?"

„Im letzten Jahr hat er einen Preis bekommen." Stolz klopfte er Mustafas Nase. „Und dies", fuhr er fort, während er dem Stallburschen die Zügel einer kupferfarbenen Stute abnahm, „ist Zarifa, die Anmutige. Sie gehört dir."

„Mir!" rief Caren. „Aber das kann ich doch nicht ..."

„Gefällt sie dir nicht?" unterbrach Derek sie. „Möchtest du lieber ein anderes Pferd?"

„Oh nein, das ist es nicht. Ich bin es nur nicht gewohnt, ein ... so ... teures Pferd zu reiten", meinte sie verlegen.

Offenbar waren die Pferde an Dereks spontane Heiterkeitsausbrüche gewöhnt, denn sie zuckten nicht einmal zusammen, als er in lautes Gelächter ausbrach. „Wir werden aus dir eine so erstklassige Reiterin machen, dass das beste Pferd für dich gerade gut genug ist. Komm, sie wollen dir zeigen, was sie können."

Derek half ihr beim Aufsteigen, indem er ihr die Hände als Steigbügel hinhielt und sie in den Sattel hob. Caren nahm die Zügel, so wie sie es in jenem Sommer gelernt hatte, als ihre Mutter genug Geld aufgebracht hatte, um sie in ein Ferienlager zu schicken.

Derek schwang sich in den Sattel und ritt zu einem der Reitwege voraus, die sich durch die nahe gelegenen Wälder schlängelten. Caren verstand sich mit der Stute auf Anhieb. Zarifa trug ihren Namen zu Recht. Ihre Gangart war leicht und anmutig wie die einer Ballerina.

„Kommst du mit Zarifa klar?“ fragte Derek, als er eine halbe Stunde später neben ihr seinen Hengst zügelte.

„Sie ist großartig. Ich mag sie“, erwiderte Caren begeistert. Sie beugte sich vor, um der Stute den Hals zu klopfen. „Du und Mustafa, ihr seid wahrscheinlich normalerweise weniger zahm.“

Derek lachte. „Kannst du springen?“

„Um Himmels willen, nein! Aber ich würde dich gern springen sehen.“

Sie brauchte ihn kein zweites Mal aufzufordern. Auf ein Zungenschnalzen hin preschte Mustafa los. In gestrecktem Galopp flogen Mann und Pferd über das offene Weideland. Harte Muskeln traten in Mustafas Flanken hervor. Seine Mähne flatterte im Wind, und sein Schwanz wehte hinter ihm her wie eine Fahne. Der Luftzug blies Derek das Haar aus dem Gesicht, so dass Caren sein kantiges Profil deutlich sehen konnte. Dann schwebten die beiden wie ein einziges Wesen scheinbar schwerelos in der Luft, setzten über den Zaun, landeten elegant auf der anderen Seite.

Als sie um den Zaun herum zu ihr zurücktrotteten,

meinte Caren lächelnd: „Angeber.“ Es sollte spöttisch klingen, doch Derek hörte den bewundernden Unterton heraus.

„Ich werde dir beibringen, wie man es macht“, versprach er.

Caren wehrte ab. „Ich glaube, dazu bin ich noch lange nicht fähig.“ Dabei wurde sie schmerzlich daran erinnert, dass ihr Aufenthalt hier nicht von Dauer war. Um nicht ihre gute Laune zu verlieren, sprach sie schnell weiter. „Wie lange hast du Mustafa schon?“

„Seit sieben Jahren. Als ich ihn kaufte, war er fünf. Er hat ein paar bemerkenswerte Sprösslinge gezeugt. Einige davon mit Zarifa.“ In seine Augen trat ein mutwilliges Blitzen. „Ich glaube, sie ist seine Lieblingsfrau.“

„Aber er hat eine ganze Reihe Nebenfrauen“, gab Caren schlagfertig zurück. „Ich bezweifle, dass er sie für Zarifa aufgeben würde.“

Derek schaute sie eine ganze Weile schweigend an. „Wollen wir zurückreiten?“ fragte er schließlich.

„Ja. Für heute reicht es mir.“

Daisy servierte das Mittagessen auf der hinteren Terrasse, von wo aus man einen wundervollen Blick auf die Berge hatte. Nach dem Essen zeigte Derek Caren das Haus, bis sie mit jedem Stockwerk und jedem Zimmer vertraut war. Dann erklärte er, dass er ein paar Stunden arbeiten müsse.

„Ich habe eine ganze Bibliothek über Araberpferde, falls es dich interessiert."

„Oh ja, sehr", sagte Caren schnell und folgte ihm in den Raum, der ihm als Büro diente.

Er versorgte sie mit einem Stapel Bücher, und Caren machte es sich in einem tiefen Ledersessel bequem, während er sich an seinen Schreibtisch setzte. Er diktierte Briefe auf Band, machte Eintragungen in Geschäftsbücher, studierte Quittungen, telefonierte und schrieb Schecks aus.

Von dieser Seite hatte Caren ihn noch nie kennen gelernt. So penibel, wie er sein Gestüt führte und seinen Geschäften nachging, schien er in allen Dingen zu sein. Sie beobachtete ihn, während er konzentriert ein Schriftstück las. Es war unmöglich, sich nicht in ihn zu verlieben.

Caren liebte ihn abgöttisch.

Er hob den Kopf und ertappte sie dabei, wie sie ihn anschaute. „Findest du die Bücher interessant?" erkundigte er sich.

„Oh ja, sie sind faszinierend." Sie hatte darin gelesen, dass ein arabisches Vollblut wie Mustafa oder Zarifa Millionen wert war. „Wie viele Vollblüter hast du, Derek?" wollte sie wissen.

„Im Moment sind es zweiunddreißig."

„Und was ist mit dem Rest der Farm? Ich habe doch bestimmt noch nicht alles gesehen, oder?“

„Nein.“ Er legte das Schriftstück beiseite. „Ich baue hauptsächlich Winterweizen an. Erdnüsse und Sojabohnen kommen an zweiter Stelle.“

Er stand auf, ging um den Schreibtisch herum, lehnte sich mit der Hüfte an die Schreibtischplatte und verschränkte die Arme vor der Brust. „Natürlich befasse ich mich nicht selbst mit der Landwirtschaft. Ich habe vertrauenswürdige Leute, die für mich arbeiten. Sie sind selbstverständlich am Gewinn beteiligt.“

Die laufenden Kosten für ein solches Anwesen mussten pro Jahr in die hunderttausende gehen. Aber was war das schon, verglichen mit den Millionen, die Derek an seinen Pferden verdiente? Dieser enorme Reichtum verwirrte sie, machte ihr Angst und ärgerte sie gleichzeitig. War es gerecht, dass ein Mann so viel besaß, während andere mit wenig auskommen mussten?

Sie nahm eines ihrer Bücher und stand auf. „Ich werde mich bis zum Abendessen hinlegen, Derek. Ich bin müde.“

Er stieß sich vom Schreibtisch ab, kam auf sie zu und schloss sie in die Arme. „Du bist doch hoffentlich nicht krank?“

„Nein“, wehrte sie ab. „Nur müde.“

„Kein Wunder nach dem gestrigen Tag.“ Er legte ihr

den Zeigefinger unters Kinn und hob ihren Kopf an. Seine Lippen streiften ihren Mund. Sofort erwachte in Caren die Sehnsucht nach ihm. Doch er küsste sie nur flüchtig, bevor er sie losließ. „Wir sehen uns dann zum Abendessen."

Der Mittagsschlaf hatte Caren gut getan. Sie sah ausgeruht aus, als sie in den Spiegel schaute. Sie blickte an sich hinunter.

In dieser Bluse hatte Derek sie jetzt schon drei Mal in nur einer Woche gesehen. Sie ging ins Ankleidezimmer, um einen Blick in den Wandschrank zu werfen, in dem Daisy ihre Kleider aufgehängt hatte. Auch mit ihren restlichen Sachen aus Georgetown würde ihre Garderobe noch recht dürftig sein.

Sie hatte geahnt, dass man sich in diesem Haus zum Abendessen umzog. Ihre Ahnung hatte sie nicht getrogen. Als sie in den Salon hinunterkam, trug Derek Anzughose und ein Sportjackett. Er saß am Flügel und spielte.

„Ich habe dir ein Glas Weißwein eingeschenkt", sagte er, ohne sein Spiel zu unterbrechen. „Aber wenn du lieber etwas anderes trinken möchtest ..."

„Nein, ich trinke gern Wein."

Das Glas stand auf einem Beistelltisch neben dem Flügel. Während Caren es vom Tisch nahm, rutschte Derek auf seiner Klavierbank ein Stückchen zur Seite und bedeutete Caren mit einer Kopfbewegung, sich neben ihn zu setzen.

„Ich wusste gar nicht, dass du Klavier spielst", sagte sie.

„Meine Mutter hat darauf bestanden, dass ich Unterricht nehme. Und du? Spielst du Klavier?"

„Auch meine Mutter hat auf Klavierstunden bestanden", erwiderte Caren.

Er lachte und beendete sein Spiel mit einem bravourösen Schlussakkord. Dann lehnte er sich zurück, wobei er sie versehentlich mit dem Arm berührte. „Wollen wir vierhändig spielen?" fragte er.

Dereks Berührung hatte sie wie ein Stromstoß durchzuckt. Nur mit Mühe gelang es ihr, sich nichts anmerken zu lassen. Umständlich setzte sie sich auf der Klavierbank zurecht und legte die Finger auf die Tasten. „Okay. Es kann losgehen."

Sie einigten sich auf den Flohwalzer, und gleich darauf flogen ihre Finger über die Tasten, immer schneller, bis sie ihr Tempo dermaßen steigerten, dass sie die Hälfte der Noten ausließen und schließlich vor Lachen kaum noch weiterspielen konnten.

„Halt! Ich kriege einen Krampf in dem kleinen Finger!" rief Caren. Lachend warf sie den Kopf zurück und atmete erleichtert auf, als sie das Stück zu Ende gebracht hatten.

Und dann hielt sie den Atem an. Derek hatte die

günstige Gelegenheit ergriffen, den Arm um sie gelegt und ihren Oberkörper zurückgebogen, um einen heißen Kuss auf ihren Hals zu pressen. Benommen hielt sich Caren an ihm fest.

„Derek", flüsterte sie.

„Du riechst so gut." Er streifte mit den Lippen ihren Hals, bedeckte ihn mit innigen Küssen.

„Hast du Hunger?" flüsterte er, nachdem er ihr einen letzten zärtlichen Kuss gegeben hatte.

„Hmm."

„Dann lass uns essen gehen."

Daisy hatte einen saftigen Rostbraten mit verschiedenen Gemüsen aufgetischt. Die Atmosphäre war heiter und gelöst. Caren war es schrecklich unangenehm, die gute Stimmung zu gefährden. Aber sie musste das Thema zur Sprache bringen, das ihr den ganzen Tag über Kopfzerbrechen bereitet hatte. Bei Kaffee und Kuchen fasste sie schließlich Mut und erkundigte sich scheinbar arglos:

„Derek, bist du schon einmal Vater geworden?"

Derek schwieg. Sie senkte kurz den Blick, bevor sie wieder zu Derek aufsah.

„Warum fragst du?" wollte er wissen.

Wieder schlug sie verlegen die Augen nieder. „Es geht mich ja nichts an, und ich möchte mich auch nicht in deine Privatangelegenheiten einmischen. Aber ich dachte nur ... wo du doch mit so vielen Frauen zusammen warst ...“

„Nein“, sagte er mit solchem Nachdruck, dass kein Zweifel an seiner Aufrichtigkeit bestehen konnte. „Warum fragst du?“

Es blieb ihr nichts anderes übrig. Sie musste mit der Sprache herausrücken. „In Jamaika ... nun ... da war ich ... sozusagen ... darauf vorbereitet, aber ...“ Flehend schaute sie ihn an. Warum half er ihr nicht? Wusste er nicht, was sie sagen wollte? „Ich habe nicht damit gerechnet, dass du gleich in der ersten Nacht mit mir ... Wie oft hast du ... ich meine wir ...“

Plötzlich verlor sie die Geduld. Verärgert schaute sie ihn an. „Du weißt doch ganz genau, was ich sagen will! Musst du mich mit diesem verständnislosen Blick anstarren?“

„Willst du mir mitteilen, dass du schwanger bist?“

„Nein! Ich wollte dir nur sagen, dass die Möglichkeit besteht.“

„Ist dir die Vorstellung, ein Kind von mir zu bekommen, so unangenehm?“

„Ich habe mir immer Kinder gewünscht“, sagte sie leise. „Aber unter den gegebenen Umständen wäre es nicht ratsam.“

„Mach dir keine Sorgen.“ Er beugte sich vor und legte ihr die Hand auf den Arm. „Ich kann mir nichts Schöneres vorstellen, als ein Kind von dir zu haben.“

Caren schaute zu ihm auf. „Ich nehme nicht an, dass ich ein Baby bekommen werde. Ich wollte dir nur sagen, dass du dich vorsehen musst", sagte sie mit rauer Stimme.

Seine Hand glitt höher. Mit dem Daumen streichelte er die Rundung ihrer Brust. „Du brauchst mich nicht zu warnen. Wie gesagt, die Vorstellung gefällt mir. Wenn du nur endlich aufhören würdest ..."

Caren wäre Daisy vor Dankbarkeit am liebsten um den Hals gefallen. Sie betrat genau im richtigen Moment das Zimmer, um zu fragen, ob sie den Tisch abräumen könne.

Caren stand auf. „Ich möchte noch ein wenig lesen", erklärte sie. „Die Bücher, die du mir gegeben hast, sind fesselnd. Außerdem bin ich noch immer ziemlich müde. Das muss an der Landluft liegen. Oder es kommt vom Reiten. Ich bin noch nicht daran gewöhnt. Jedenfalls möchte ich mich früh schlafen legen."

Während sie aus dem Zimmer ging, spürte sie deutlich, dass Derek sie mit den Blicken verfolgte. Sie musste ihm entkommen. Sonst würde er ihr gefährlich werden.

Sie ging zu Bett und las noch eine Weile in ihren Büchern. Doch die Lektüre verschaffte ihr nicht die gewünschte Entspannung. Noch lange nachdem sie das Licht ausgeknipst hatte, warf sie sich unruhig im Bett hin und her. Da sie keinen Schlaf fand, schlug sie die

Bettdecke zurück und tappte im Dunkeln ins Ankleidezimmer, um sich ihren Morgenrock zu holen. Vielleicht würde ihr ein Aspirin helfen.

Sie öffnete die Tür und blieb wie angewurzelt stehen. In dem schwach erleuchteten Raum stand Derek vor seinem Schrank, ohne Hemd, barfuß und offenbar gerade im Begriff, die Hose auszuziehen. Als er Caren kommen hörte, drehte er sich abrupt um.

In dem durchsichtigen Nachthemd und mit den zerzausten Locken bot Caren ein bezauberndes Bild. Regungslos stand sie auf der Schwelle. „Entschuldige, ich habe dich nicht heraufkommen hören“, sagte sie heiser.

„Fehlt dir etwas?“ Mit besorgtem Blick kam er auf sie zu.

„Nein. Ich kann nur nicht einschlafen. Ich dachte, ein Aspirin ...“

„Du siehst verführerisch aus, weißt du das, Caren?“ unterbrach er sie. Er legte die Hände um ihre Taille, um sie gleich darauf in die Arme zu schließen und fest an sich zu ziehen. „Einfach bezaubernd.“ Hart presste er die Lippen auf ihren Mund, verschloss ihn mit einem heißen Kuss.

Derek war attraktiv, er war unwiderstehlich. Sie sehnte sich nach ihm, sie begehrte ihn. Sie spürte seine harten Muskeln an ihrem Körper, seine rauen Bartstoppeln an ihrem Kinn. Stromstöße schienen durch ihren

Körper zu jagen. Leidenschaftlich erwiderte sie seinen Kuss, bis Derek vor Erregung aufstöhnte.

„Ich brauche dich, Caren. Ich sehne mich nach dir." Er zog ihre Hand von seiner Brust und schob sie unter seinen Hosenbund. „Fühlst du, wie ich mich nach dir sehne?"

Caren zuckte zusammen und zog ihre Hand zurück.

„Bitte", flüsterte er. „Bitte, Caren, fass mich an."

Er spürte ihre Handfläche, ihre Finger. Schüchtern und zurückhaltend zuerst. Dann verlor sie ihre Scheu.

„Caren, Liebling." Er stöhnte leise auf. Sein Kuss war fordernd. So fordernd, wie ihre Liebkosungen es waren.

Die Leidenschaft schlug über Caren zusammen wie eine Flutwelle. Sie sehnte sich nach der Erfüllung, die nur Derek ihr geben konnte.

„Caren", flüsterte Derek. Er griff unter ihr Nachthemd und schob es ihr über die Oberschenkel. Dann berührte er ihre intimste Stelle, streichelte sie, bis Caren seinen Namen rief.

Doch dann, unvermittelt, riss sie sich von ihm los und wich vor ihm zurück. Das lange Haar wirbelte ihr um die Schultern, so heftig schüttelte sie den Kopf. „Nein!" stieß sie atemlos hervor. „Ich kann nicht."

Derek atmete ein paar Mal tief durch. „Und ob du kannst", sagte er rau und machte einen Schritt auf sie zu.

Doch Caren wich noch weiter vor ihm zurück. Abwehrend streckte sie die Hand aus. „Du bist auf die Bedingung, die ich an diese Ehe geknüpft habe, eingegangen."

„Zum Teufel mit deinen Bedingungen! Du bist meine Frau. Ich begehre dich."

Genau das war der Grund, weswegen sie ihn zurückweisen musste. Er begehrte sie, während sie ihn liebte. Und zwischen Begehren und Liebe bestand ein himmelweiter Unterschied.

Sie würde ihn immer und ewig lieben. Aber wie lange würde er sie begehren? Eine Nacht? Eine Woche? Wann würde er ihr mitteilen, dass er genug von ihr hatte? Nein, sie durfte sich ihm nicht hingeben.

„Du hast mir versprochen, mich zu nichts zu zwingen", sagte sie verzweifelt, während er immer näher auf sie zukam. Sie hatte keine Angst, dass er Gewalt anwenden könnte. Sie fürchtete nur, schwach zu werden.

Im nächsten Moment stand Derek vor ihr, riss sie hart an sich und fasste sie unsanft beim Kinn, um ihren Kopf zurückzubiegen. Seine Augen blitzten zornig.

„Ich sollte dich nackt ausziehen und dir aufzwingen, was du uns beiden so hartnäckig verweigerst. Ich sollte dich lieben, bis du süchtig bist nach meiner Liebe. Aber ich denke ja nicht daran, deine Sehnsucht zu befriedigen! Darauf wirst du lange warten!"

Er ließ sie so abrupt los, dass sie zurücktaumelte. Dann drehte er sich um und schlug die Tür hinter sich zu.

Nach diesem Abend war die Beziehung zwischen Caren und Derek gespannt. Vor Daisy und dem übrigen Personal pflegten sie einen höflichen Umgangston. Sobald sie jedoch allein waren, wechselten sie kein Wort miteinander. Derek berührte Caren nur noch, wenn es unumgänglich war. Trotzdem hatte er darauf bestanden, dass sie jeden Morgen zusammen ausritten.

Caren vermisste seine netten Komplimente, die er so charmant in jede Unterhaltung eingeflochten hatte. Sie vermisste auch die zärtlichen Küsse, mit denen er sie so oft überrascht hatte. An die leidenschaftlichen durfte sie gar nicht denken.

Aber sosehr er mit seiner Zuneigung geizte, so verschwenderisch war er mit Geschenken. Er stellte ihr einen weißen Sportwagen vor die Tür, dessen Armaturenbrett so verwirrend wie ein Computer war.

Caren versuchte das großzügige Geschenk abzulehnen, aber er wies all ihre Argumente zurück.

„Du brauchst ein eigenes Auto, um dich frei bewegen zu können", erklärte er und warf ihr die Wagenschlüssel zu, bevor er sich abwandte und zu den Stallungen ging. Damit war die Angelegenheit für ihn erledigt.

Dann die Kleider. Eines Nachmittags rief Daisy Caren in die Eingangshalle hinunter und stellte ihr eine grauhaarige Frau vor. Ein Bleistift steckte hinter ihrem Ohr, und um den Hals hatte sie ein Metermaß. Sie arbeitete für eine der vornehmsten Boutiquen.

„Größe sechsunddreißig, nicht wahr?" fragte die Schneiderin energisch.

Caren erhielt maßgeschneiderte Kleider für jeden Anlass. Die Wahl wurde ihr überlassen. Weil sie wusste, wie kostspielig alles war, verhielt sich Caren zunächst sehr zurückhaltend und wählte nur das Notwendigste aus.

Daisy bemerkte ihr Zögern sofort. „Caren, Sie kaufen nicht genug", flüsterte sie ihr ins Ohr. „Derek sagte, ich solle darauf achten, dass Sie Ihren Kleiderschrank füllen."

Als die Schneiderin am Spätnachmittag das Haus verließ, war Caren neu eingekleidet.

Außerdem besaß sie zu jedem Kleidungsstück die passenden Accessoires.

Am nächsten Morgen erschien Caren in brauner Reithose und weißem Seidenhemd in den Stallungen. Dazu trug sie neue Reitstiefel aus weichem, glänzendem Leder und weiße Lederhandschuhe. Das Haar hatte sie sich mit einem schwarzen Samtband im Nacken zusammengebunden.

Derek betrachtete sie von Kopf bis Fuß und meinte dann völlig unbeeindruckt: „Du machst Fortschritte."

Caren hätte ihm am liebsten eins mit der Reitpeitsche übergezogen. Stattdessen packte sie Zarifas dicke Mähne, schwang sich in den Sattel und preschte davon. Als sie sich einem niedrigen Zaun näherten, ließ sie die Stute einfach laufen und schloss die Augen, bis die Hufe des Tieres auf der anderen Seite den Boden berührt hatten.

Sie hörte, wie Derek auf Mustafa hinter ihr hergaloppierte. Er griff nach Zarifas Zügeln und riss so heftig daran, dass die Stute sofort stehen blieb. „Willst du dir das Genick brechen?" schrie er Caren an.

„Sagtest du nicht, ich solle springen?" gab Caren wütend zurück.

„Dazu musst du es erst einmal lernen."

„Dann bring es mir bei, anstatt mich anzuschreien."

Damit begann Carens Reitunterricht. Aber die Reitstunden allein füllten ihre Tage nicht aus. Sie streifte durchs Haus, ständig auf der Suche nach einer Beschäftigung.

Eines Nachmittags stieg sie die steilen Stufen zum Dachboden hinauf. Als sie die Tür zu dem halbdunklen Raum aufstieß, schlug ihr eine Staubwolke entgegen.

Der Dachboden erstreckte sich über die gesamte Länge des Hauses. Er hatte zwar eine schräge Decke, die aber so hoch war, dass man auch an den Wänden noch aufrecht stehen konnte. Es war der einzige Raum im ganzen Haus, der nicht sauber und aufgeräumt war.

Caren stahl sich in Daisys Besenkammer, holte sich Eimer, Schrubber, Putzlappen und was sie sonst noch brauchte, und verzog sich damit wieder auf den Speicher.

Eine Stunde später wurde ihre Putzwut jäh gebremst. „Was hast du denn hier zu suchen?“ hörte sie plötzlich Dereks aufgebrachte Stimme hinter sich. „Bist du verrückt geworden?“

Caren wirbelte herum. Derek stand unter der Tür, hinter ihm Daisy, die sie zerknirscht anschaute. „Ich musste es ihm sagen, Caren“, jammerte sie. „Ich wusste, es würde ihm nicht recht sein.“

„Es reicht, Daisy!“ fuhr Derek seine Haushälterin an, die sich daraufhin leicht beleidigt nach unten verzog.

Staubteilchen tanzten im Sonnenlicht, das verschwommen durch die trüben Fensterscheiben drang. Caren stützte sich auf den Besenstiel und sah Derek herausfordernd an. Mit dem Kopftuch und dem Staubfleck auf der Nase sah sie reizend aus, so dass Derek nicht wusste, ob er sie in die Arme nehmen und küssen oder lieber übers Knie legen sollte.

„Nun?“ fragte er.

„Du siehst doch, was ich mache", entgegnete sie schnippisch. „Ich putze den Dachboden."

„Caren", erwiderte er ungehalten. „Ich habe Angestellte, die für solche Dinge zuständig sind. Meine Frau hat es nicht nötig zu putzen."

„Deine Frau hat es sehr wohl nötig. Sie ist nämlich der Meinung, dass sie sich ihren Aufenthalt hier verdienen sollte."

Langsam kam er auf sie zu. Caren kannte ihn gut genug, um ihm anzumerken, dass er nur mit Mühe einen Wutanfall unterdrückte.

„Was soll das heißen?"

„Es soll heißen, dass ich mich bei diesem Lebensstil nicht wohl fühle."

„Wie meinst du das?"

„Ich kann nicht den ganzen Tag untätig herumsitzen. Ich bin es gewohnt zu arbeiten, Derek. Du findest es vielleicht gerechtfertigt, in Saus und Braus zu leben, während anderswo Menschen verhungern. Ich nicht. Du kannst Autos kaufen und teure Kleider und Hundertdollarscheine an Teenager verschenken, die dir schöne Augen machen. Erwarte aber bitte nicht von mir, dass ich ebenso leichtfertig bin."

Derek schwieg. Schließlich fragte er: „Bist du jetzt fertig?"

„Nein."

„Ich meinte fertig mit deinem Vortrag, nicht mit deiner Putzaktion. Die war nämlich in dem Moment abgeschlossen, als ich diesen Raum betrat."

„Ich habe alles gesagt, was ich zu sagen hatte."

Er trat beiseite, wobei er ihr mit einem vorwurfsvollen Blick zu verstehen gab, dass sie den Dachboden ohne Widerrede zu verlassen habe. Dann schloss er die Tür hinter ihnen ab und steckte den Schlüssel in die Hosentasche.

Ein paar Tage später vertrieb sich Caren die Zeit bei Daisy in der Küche. Während sie Daisy beim Brotbacken zuschaute, klingelte es an der Haustür. Erfreut über die höchst willkommene Abwechslung, sprang Caren auf. „Ich werde aufmachen", erbot sie sich, da Daisy gerade beide Hände voller Teig hatte.

Vor der Tür stand eine elegante, gut aussehende Frau Mitte vierzig. „Hallo", sagte sie etwas unsicher. „Ich bin Sarah Caldwell vom Shenandoah-Waisenhaus. Ist Mr. Allen zu Hause?"

„Er ist bei den Pferden", erwiderte Caren verwirrt. „Ich werde ihn rufen lassen. Bitte, kommen Sie doch herein." Sie führte die Frau in den Salon und rief über das Haustelefon in den Stallungen an, damit man Derek über den Besuch informierte. Nachdem sie den Hörer aufgelegt hatte, wandte sie sich zu der Frau um.

„Ich bin Caren Bl ... Allen", sagte sie nervös.

„Oh, Mr. Allens Frau, natürlich. Ich habe in der Zeitung gelesen, dass er vor kurzem geheiratet hat."

Sie unterhielten sich eine Weile übers Wetter, bis Derek kurz darauf den Salon betrat. Er roch nach Pferden, Sonne und Wind und sah mit seinem windzerzausten Haar, der Reithose und den hohen Stiefeln ungeheuer männlich und attraktiv aus. Caren verzieh Mrs. Caldwell den verlangenden Blick, mit dem sie ihn betrachtete, als er sich ihr gegenüber auf einen Stuhl setzte.

„Ich nehme an, Sie sind wegen des Schecks gekommen?"

„Ja, wenn es Ihnen nichts ausmacht."

„Ich habe ihn schon ausgeschrieben." Er stand auf und ging zu einem Sekretär, zog eine Schublade auf, nahm einen Umschlag heraus und überreichte ihn Mrs. Caldwell.

„Ich kann Ihnen gar nicht sagen, was Ihre Spenden für uns bedeuten, Mr. Allen. Ihr letzter Scheck über hunderttausend Dollar hat es uns ermöglicht, unsere Krankenabteilung mit einem eigenen Arzt und einer Krankenschwester weiterzuführen."

„Das freut mich zu hören."

Sarah Caldwell schaute zu Caren hinüber, die verlegen zur Seite blickte. „Sie müssen schrecklich stolz darauf sein, dass sich Ihr Mann so großherzig für wohltätige Zwecke einsetzt. Das Waisenhaus ist nur eine von vielen Institutionen, die er unterstützt. Als ich noch dem Komitee für die Welthungerhilfe angehörte ...“

„Bitte, entschuldigen Sie mich, Mrs. Caldwell“, unterbrach Derek ihren Redeschwall und stand auf. „Ich muss jetzt in die Ställe zurück.“ Höflich half er Mrs. Caldwell aus ihrem Stuhl und geleitete sie zur Haustür. Caren sagte nur leise auf Wiedersehen. Als Derek Minuten später in den Salon zurückkam, saß sie auf dem Stuhl und schluchzte leise vor sich hin.

„Caren!“ Mit schnellen Schritten kam er zu ihr hinüber. „Was ist passiert?“ Bestürzt kniete er sich vor ihr auf den Boden.

„Ich schäme mich so“, flüsterte sie. „Ich dachte ... Oh, du weißt genau, was ich dachte. Dabei hätte ich es wirklich besser wissen müssen. Entschuldige, dass ich so hässliche Dinge zu dir gesagt habe.“

Er hob ihren Kopf hoch und wischte ihr die Tränen von den Wangen. „Ich nehme dir deine Worte nicht übel. Und außerdem“, er lächelte verschmitzt, „lebe ich wirklich in Saus und Braus.“

Zu gern hätte Caren sich vorgebeugt und ihn auf den Mund geküsst. Doch sie traute sich nicht. Stattdessen fragte sie: „Warum hast du dich dann neulich nicht verteidigt?“

„Weil das keinen guten Eindruck gemacht hätte. Über gute Taten spricht man nicht.“

„Du bist viel liebenswerter, als ich dachte. Ich habe das bisher noch nie so recht gewürdigt."

„Nein", widersprach er. „Ich bin alles andere als liebenswert. Ich bin zum Beispiel ein schlechter Ehemann." Er schaute ihr in die Augen, die noch feucht waren von den Tränen. „Bist du wirklich unglücklich hier, Caren?"

Sein Blick war so eindringlich, so gespannt, dass sie wusste, es würde ihm das Herz brechen, wenn sie Ja sagte. „Nicht unglücklich", wich sie aus. „Ich habe einfach nicht genug zu tun. Hättest du etwas dagegen, wenn ich eine Arbeit in Charlottesville annehme? Es braucht ja nur halbtags zu sein."

„Ali Al-Tasans Frau geht nicht arbeiten."

„Das hatte ich fast schon befürchtet." Caren seufzte.

Damit war das Thema vom Tisch. Jetzt wusste Caren zwar, dass Derek seinen Reichtum großzügig mit anderen teilte, und akzeptierte daher schon eher seinen verschwenderischen Lebensstil. Doch nach wie vor fehlte ihr eine sinnvolle Beschäftigung. Von Tag zu Tag kam sie sich überflüssiger vor. Derek musste eine Reinigungsfirma beauftragt haben, den Dachboden zu entrümpeln. Tagelang polterten Arbeiter die Bodentreppe hinauf und herunter, doch die Tür war stets verschlossen. Caren fragte sich, was die da oben alles machten. Sie schleppten schwere Gegenstände die Treppen hinauf und hämmerten tagelang.

Eines Morgens kam Derek in ihr Schlafzimmer, um Caren aufzuwecken. Überrascht setzte sie sich im Bett auf. Seit jener ersten Nacht hatte Derek nie wieder ihr Zimmer betreten.

„Ich muss dir etwas zeigen", sagte er aufgeregt wie ein kleiner Junge, der ein Geheimnis lüften wollte.

„Jetzt?" fragte sie verständnislos. „Aber ich bin doch noch gar nicht angezogen."

„Jetzt", sagte er bestimmt und schlug die Decke zurück, um Caren aus dem Bett zu ziehen. Er ließ ihr nicht einmal Zeit, Hausschuhe und einen Morgenrock anzuziehen. Im Nachthemd und barfuß musste sie mit ihm zum Dachboden hinaufgehen. Umständlich schloss er die Tür auf, öffnete sie und trat beiseite.

Erstaunt schaute sich Caren in dem Raum um. Sie begriff auf den ersten Blick, was die Veränderung zu bedeuten hatte. Während sie langsam ein Detail nach dem anderen in sich aufnahm, versuchte sie die Tragweite dessen, was sie da vor Augen hatte, zu erfassen.

Schließlich drehte sie sich zu Derek um. „Woher wusstest du es?"

12. KAPITEL

„Kristin hat die Katze aus dem Sack gelassen", erklärte Derek. „Erinnerst du dich an den Abend, als wir sie zum Essen ausführten? ‚Oh, Caren', sagte sie zum Abschied zu dir – ‚jetzt kannst du endlich mit deiner Bildhauerei weitermachen.' Diesen Satz habe ich nicht vergessen. Und ich erinnerte mich auch an jenes Monster, auf das ich am Strand von Jamaika getreten war. Nachdem du mir neulich sagtest, dir fehle eine Beschäftigung, rief ich Kristin an und fragte sie, wie ernst es dir mit der Bildhauerei sei. Sie sagte mir, du seist vor dem Tod eurer Mutter eine begeisterte Kunststudentin gewesen."

„Da ich nach Mutters Tod für Kristin zu sorgen hatte, musste ich mich einer einträglicheren Beschäftigung widmen", warf Caren ein.

„Das sagte mir Kristin auch. Ich glaube, sie hat deshalb Schuldgefühle dir gegenüber. Kristin war überglücklich, als ich ihr von meinem Plan erzählte. Sie unterstützte mein Vorhaben tatkräftig und stellte mir eine Liste der Dinge zusammen, die ein Bildhauer zum Arbeiten braucht."

„Und ich dachte, du würdest den Dachboden entrümpeln lassen."

„Das solltest du auch denken. Du warst wohl ziemlich verärgert, dass jeder außer dir auf den Dachboden durfte?"

Sie warf ihm einen vorwurfsvollen Blick zu. „Ich hatte angenommen, du wolltest mir damit eine Lektion erteilen."

Derek lachte. „Jetzt weißt du es besser. Gefällt dir dein Atelier wenigstens?"

Teile des Daches waren durch Oberlichter ersetzt worden, so dass sie immer genug Tageslicht zum Arbeiten haben würde. An den Wänden standen lange Arbeitstische. Die Schubladen waren mit allem nur erdenklichen Handwerkszeug gefüllt, und die Schränke enthielten genügend Vorrat an Ton und sonstigen Werkstoffen, um sie auf Monate hinaus zu beschäftigen.

„Du wirst wahrscheinlich alles ein wenig nach deinen Bedürfnissen verändern wollen", meinte Derek. „Ich verstehe nicht viel von Kunst."

„Erwarte nicht zu viel von mir", sagte Caren etwas verunsichert. Dieses Atelier musste ihn ein kleines Vermögen gekostet haben. Hoffentlich glaubte er nicht, dass sie jetzt Kunstwerke produzierte.

Er trat hinter sie, legte ihr die Hände auf die Schultern und drehte sie zu sich herum. Sie spürte die Wärme seiner Hände auf ihrer nackten Haut, und plötzlich fiel ihr ein, dass sie nur ein durchsichtiges, hauchdünnes Nachthemd trug. Doch Dereks Blick verriet kein Begehren, sondern nur aufrichtige, tiefe Zuneigung.

„Caren, Liebling, es ist mir egal, ob du hässliche Aschenbecher produzierst, die wir auf Flohmärkten verkaufen müssen, ob du nur Tonkuchen backen willst oder ob du gar nichts hervorbringst. Ich möchte dich nur wieder lächeln sehen."

„War ich denn so missmutig?" fragte sie erschrocken.

„Du warst unglücklich. Als ich dir einen Heiratsantrag machte, war ich fest davon überzeugt, dass die Ehe für dich die beste Lösung sei."

Ernsthaft blickte Caren zu ihm auf. „Du kannst mich nicht einsperren, Derek. So schön dieses Haus ist, für mich wird es zu einem Käfig, wenn ich mir darin nutzlos und überflüssig vorkomme. Daisy lässt mich kein Staubtuch in die Hand nehmen, geschweige denn ihr beim Kochen helfen. Für die Gartenarbeit ist eine Armee von Gärtnern zuständig. Ich habe nichts zu tun."

Derek legte ihr die Hand auf die Wange.

Caren entzog sich seiner zärtlichen Berührung, bevor er sie so betörte, dass sie an seine Brust sank. Derek hielt sie nicht zurück, als sie sich von ihm abwandte und ging.

Interessiert nahm Caren den umgebauten Dachboden in Augenschein. Wie gern hätte sie geglaubt, dass Derek ihr dieses Atelier nicht nur auf Zeit zur Verfügung gestellt hatte. Aber sie wusste, sie durfte sich nicht über die Realität hinwegtäuschen lassen. Was würde er mit diesem Raum anfangen, wenn sie nicht mehr hier wohnte? Es war ein Jammer, dass dieses Atelier irgendwann ungenutzt bliebe. Im Moment wollte sie sich darüber jedoch nicht den Kopf zerbrechen.

„Mit den Unmengen von Arbeitsmaterial, die du besorgt hast, werde ich fürs Erste genug zu tun haben", erklärte sie.

„Womit möchtest du anfangen?" fragte Derek, während er sich auf einen Arbeitshocker setzte.

„Ich muss erst wieder in Übung kommen." Caren lachte. „Es ist Jahre her, seit ich das letzte Mal etwas modelliert habe." Sie nahm die Werkzeuge in die Hand, die ordentlich aufgereiht auf einem der Tische lagen, eines nach dem anderen. Wie sehr hatte ihr diese Beschäftigung gefehlt!

Als sie Winston gegenüber einmal den Wunsch geäußert hatte, einen Bildhauerkurs an der Kunsthochschule zu belegen, hatte er sie gefragt, was sie sich davon verspreche. Wie immer hatte sie sein Urteil nicht infrage gestellt, geschweige denn ihm widersprochen. Sie hätte nie zu hoffen gewagt, dass sie jemals wieder die Gelegenheit haben würde, sich als Bildhauerin zu betätigen.

„Ich danke dir, Derek", sagte sie bewegt. „Du hast mir eine große Freude gemacht."

Derek, der noch immer auf dem Hocker saß, hatte sie die ganze Zeit gespannt beobachtet. Auch während sie auf ihn zukam, wandte er nicht den Blick von ihr.

Caren blieb vor ihm stehen und beugte sich vor, um ihn leicht auf den Mund zu küssen. Sie wollte sich wieder aufrichten, aber eine fremde Macht schien sie plötzlich zu beherrschen. Anstatt sich von Derek zu lösen, küsste sie ihn noch immer.

Derek rührte sich nicht. Weder legte er die Arme um sie, noch zog er sie an sich. Langweilte sie ihn? Erregte sie ihn denn gar nicht? Caren wurde kühner. Mit der Zungenspitze strich sie herausfordernd über seine Unterlippe.

Plötzlich kam Leben in ihn, und er erwiderte ihren Kuss innig und leidenschaftlich. Derek stand auf und presste sie an sich.

Wochenlang hatte er sein Verlangen unterdrücken müssen. Jetzt entlud sich in diesem einen Kuss all die aufgestaute Leidenschaft. Derek begehrte Caren. Er sehnte sich danach, mit ihr zu schlafen. Aber er beherrschte sich eisern. Jetzt war nicht der richtige Zeitpunkt. Es würde zu sehr nach Tauschhandel aussehen. Sie sollte nicht glauben, dass er ihr das Atelier geschenkt hatte, damit sie mit ihm schlief.

Caren war ihm nach wie vor ein Rätsel. Für die Frauen, die er gekannt hatte, gab es nichts Schöneres, als verwöhnt zu werden und sich dem süßen Nichtstun hinzugeben. Caren hingegen bestand darauf, zu arbeiten.

Er entdeckte immer neue Seiten an ihr. Dabei fragte er sich, ob er es überhaupt wollte. Schließlich hatte das Geheimnisvolle, Unergründliche seinen besonderen Reiz.

Nur widerstrebend gab Derek ihren Mund frei.

„Wenn ich gewusst hätte, dass du mich mit einem solchen Kuss belohnst, hätte ich den Dachboden schon viel früher umgebaut", sagte er leise, wobei er ihr tief in die Augen sah.

Nachdem Derek Caren das Atelier geschenkt hatte, trat eine Veränderung in ihrer Beziehung ein. Sie tauschten wieder Küsse und kleine Zärtlichkeiten aus, doch Derek unternahm keinen Versuch, mit Caren zu schlafen.

Caren war darüber erleichtert und enttäuscht zugleich. Derek war für sie noch immer der attraktivste, aufregendste Mann. Jedes Mal, wenn sie an die Tage auf Jamaika zurückdachte, bekam sie heftiges Herzklopfen. Sie hatte ihn inzwischen besser kennen gelernt, wusste, was für ein aufrichtiger, verantwortungsbewusster Mensch er war. Und sie fürchtete den Tag, an dem er sich in den ‚Tiger Prinzen' verwandeln würde.

Eines Abends erhielten sie einen Anruf von Achmed

Al-Tasan und Cheryl. Achmed, der sich mit Politikern in Washington getroffen hatte, wollte am nächsten Tag nach Saudi-Arabien zurückfliegen. Caren und Derek hatten seinen Besuch im Fernsehen verfolgt.

Caren unterhielt sich kurz mit Cheryl, die sich höflich nach ihrem Befinden erkundigte. Dereks Gespräch mit seinem Vater dauerte länger. Nachdem er den Hörer aufgelegt hatte, drehte er sich zu Caren um und sagte:

„Vater möchte sich im Oktober mit Mutter in Genf treffen. Wir sollen die beiden dort besuchen. Hättest du Lust dazu?“

„Ja, natürlich“, versicherte Caren freudig.

„Er sagte, er möchte dich besser kennen lernen.“ Liebevoll berührte er ihre Nasenspitze. „Hamid und seine Frau werden auch dort sein.“

„Dein älterer Halbbruder?“

„Ja. Vater fragte mich übrigens, ob wir schon Nachwuchs erwarten.“

Um ihre Verlegenheit zu überspielen, schüttelte Caren umständlich ein Sofakissen auf. „Ich hoffe, du hast ihm gesagt, dass ihn das nichts angeht.“

„Er ist aber der Meinung, dass es ihn etwas angeht.“

„Was hast du ihm geantwortet?“

„Ich habe Nein gesagt.“

Caren ging nicht weiter auf das Thema ein. Als sie sich kurz darauf zum Abendessen ins Esszimmer begaben, fragte sie: „Wo wohnt Cheryl eigentlich, wenn sie nicht mit deinem Vater zusammen ist?"

„Auf Long Island. Sie besitzt ein fantastisches Haus direkt am Meer. Wir werden sie bald einmal besuchen. Vielleicht sollten wir Kristin mitnehmen. Es würde ihr bestimmt gefallen."

„Und deine Mutter wartet nur immer darauf, dass dein Vater sie zu sich zitiert?" fragte Caren etwas zu direkt.

Dereks Lächeln schwand. „Sie versteht ihn."

Wie schön für sie, dachte Caren, die Dereks Mutter absolut nicht verstehen konnte. Doch sie verzichtete darauf, dieses Thema mit Derek zu diskutieren. Sie wollte es nicht riskieren, die sich anbahnende Freundschaft mit ihm zu gefährden.

Am nächsten Abend rief Kristin an. Für Caren waren diese Telefonanrufe ein Zeichen dafür, dass ihre Ehe noch Bestand hatte. Jeder betrachtete Derek und sie als ein unzertrennliches Paar.

Das verunsicherte sie. Wie sollte sie nur ihre Scheidung erklären, die bestimmt nicht mehr lange auf sich warten ließ? Aber als der Mietvertrag ihres Apartments ablief und sie Derek fragte, was sie tun solle, sagte er nur: „Du wirst ihn natürlich nicht erneuern."

Kristin rief also an, und wie so oft hatte sie etwas auf dem Herzen. „Meine Freundin hat mich eingeladen", sprudelte sie los. „Ihre Eltern haben ein Haus in Florida. Ich soll mit ihnen fahren. Das erlaubst du doch, oder? Ich weiß, ich habe versprochen, euch auf der Farm zu besuchen, und ich will ja auch kommen. Schon der Pferde wegen. Aber ihr seid doch noch in den Flitterwochen und ..."

„Mit Florida können wir natürlich nicht konkurrieren", unterbrach Derek sie lachend, der von einem zweiten Telefonapparat aus das Gespräch mit anhörte.

„Dann darf ich also fahren?" rief Kristin aufgeregt.

„Moment mal", dämpfte Caren ihre Freude. „Kenne ich diese Leute?"

„Oh, Caren, sie sind wirklich nett. Die Mutter meiner Freundin sagte, sie wolle dich anrufen, um alles mit dir zu besprechen. Bitte, Caren, erlaub es mir."

„Na gut, unter einer Bedingung: Ich möchte vorher mit den Eltern deiner Freundin sprechen."

„Danke, Schwesterherz. Du bist doch die Beste."

„Und Thanksgiving wird bei uns gefeiert, da lasse ich keine Ausrede gelten", warf Derek ein. „Ich schicke dir morgen einen Scheck für die Fahrt nach Florida."

„Das ist nicht nötig. Die Eltern meiner Freundin bezahlen alles. Sie sagten, ich sei ihr Gast."

„Ich kann doch meine kleine Schwägerin nicht arm wie eine Kirchenmaus in die Ferien schicken", meinte Derek. „Kauf dir etwas Schönes zum Anziehen."

Kristin jubelte vor Freude.

Nachdem sie sich von ihrer Schwester verabschiedet hatte, fiel Caren in nachdenkliches Schweigen. Dereks Verhalten ließ nicht darauf schließen, dass er sich mit Scheidungsabsichten trug. Da war die geplante Reise nach Genf, das Atelier, das er ihr hatte einrichten lassen, seine brüderliche Fürsorge Kristin gegenüber und nicht zuletzt die ständigen Anspielungen auf ein Kind. War es möglich, dass er diese Ehe ernst nahm?

Nein, sie durfte sich keinen falschen Hoffnungen hingeben. Eines Tages würde er ihrer überdrüssig sein. Derek war es gewohnt, mit Frauen zu schlafen, wann und wo es ihm passte. Jetzt hatte er schon wochenlang keine Frau mehr gehabt. Bald würde er sich nach dem Leben zurücksehnen, das er vor ihrer Ehe geführt hatte, und die Scheidung von ihr verlangen.

Jeden Tag entdeckte Caren einen neuen Grund, ihn zu lieben. Jeden Tag wuchs ihr Verlangen nach ihm. Sie wusste, es bedurfte nur der kleinsten Geste, der geringsten Ermutigung, und er würde sofort mit ihr schlafen. Sein Blick ruhte oft auf ihr. Immer wieder, wenn sie am wenigsten damit rechnete, bemerkte sie, dass er sie mit verlangenden Blicken geradezu verschlang.

Noch immer ritten sie jeden Morgen zusammen aus. Derek hatte ihr das Springen beigebracht, und auf Zarifa nahm sie inzwischen schon mühelos niedrige Hindernisse.

Sie hatte es sich zur Gewohnheit gemacht, nachmittags einige Stunden in ihrem Atelier zu arbeiten. Zunächst hatte sie nur an einfachen Formen ihre Fingerfertigkeit geübt, sich langsam wieder mit der Materie vertraut gemacht. Nach und nach hatte sie sich dann an kompliziertere Dinge herangewagt, bis sie spürte, dass sie sich wieder auf ihr Talent verlassen konnte.

Eines Tages stürzte sie sich, einer plötzlichen Eingebung folgend, auf ein neues Projekt. Es war schwieriger als alles, was sie zuvor modelliert hatte. Tagelang arbeitete sie wie eine Besessene. Die Arbeit war ihr ein Ventil für die sexuelle Spannung, die sich in ihr aufgestaut hatte und die sie manchmal kaum mehr auszuhalten glaubte. Sie verzehrte sich vor Sehnsucht nach einer bloßen Berührung von Derek. Doch Derek verhielt sich zurückhaltender denn je.

Nachdem sie eines Nachmittags stundenlang an ihrem neuen Projekt gearbeitet hatte, beschloss Caren, vor dem Abendessen noch ein wenig auszureiten. Sie war in übermütiger Stimmung. Nach den langen Arbeitsstunden fühlte sie sich zwar erschöpft, aber glücklich über die Fortschritte ihres Werks.

Während sie auf die Stallungen zuging, kam Derek ihr entgegen. „Willst du reiten?“ fragte er, und sein Blick glitt bewundernd über ihren schlanken Körper.

„Ja, ich brauche ein wenig Bewegung. Ich habe den ganzen Nachmittag im Atelier gearbeitet."

Der Stoff ihrer Bluse war dünn und durchsichtig und ließ BH und die dunklen Schatten ihrer Brustspitzen deutlich erkennen. Dieser Anblick erregte Derek.

Wie lange sollte er das noch aushalten? Sein Verlangen nach ihr nahm mit jedem Tag, mit jeder Stunde zu. Aus Angst, er könnte die Beherrschung verlieren, traute er sich schon kaum mehr, sie zu berühren.

„Hast du etwas dagegen, wenn ich mitkomme?" fragte er mit rauer Stimme.

„Nein."

Dereks Hemd war halb offen und entblößte seine sonnengebräunte Brust mit den goldbraunen Härchen. Caren malte sich aus, wie sich die warme Haut unter ihren Lippen anfühlen mochte.

„Ich reite gern mit dir zusammen aus", sagte sie leise.

Fünf Minuten später saßen sie auf ihren Pferden und galoppierten über die weiten Felder, über die sich bereits die Abenddämmerung senkte. Die kraftvollen Tiere, der Wind, der ihr das lange Haar aus dem Gesicht blies, Derek an ihrer Seite gaben ihr ein Gefühl der Freiheit, wie sie es schon lange nicht mehr erfahren hatte. Die Stimmung dieses milden Herbstabends machte sie trunken und leichtsinnig.

Als sie in der Ferne den Zaun auftauchen sah, stand

ihr Entschluss fest. Sie würde ihn überspringen. Die Stute und sie bewegten sich in harmonischem Einklang. Sie hatten die richtige Geschwindigkeit und die nötige Kraft. Sie würde es schaffen!

„Langsam, Caren!“ rief Derek ihr zu. „Ich werde über den Zaun springen und dann zu dir zurückreiten.“

Caren hörte nicht auf ihn. Tief beugte sie sich über den Hals der Stute. „Los, mein Mädchen. Wir schaffen es“, flüsterte sie Zarifa zu.

„Zieh die Zügel an!“ rief Derek. „Du kommst zu nah an den Zaun!“ Jetzt begriff er, was sie vorhatte. „Nein, Caren!“ schrie er. „Der Zaun ist zu hoch für dich! Bleib zurück!“

Doch Caren stellte sich taub gegenüber Dereks Warnungen. Sie grub die Absätze tiefer in Zarifas Flanken und galoppierte in halsbrecherischer Geschwindigkeit auf den Zaun zu. Er war wirklich sehr hoch. Plötzlich bekam Caren Angst. Zu spät. Zarifa ließ sich jetzt nicht mehr zügeln. Sie musste sich ganz auf die Stute verlassen.

Ihr blieb gerade noch genug Zeit, einmal tief Luft zu holen, bevor sie auf dem Rücken der Stute den Zaun überquerte. Endlose Sekunden vergingen, bevor Zarifas Hufe auf der anderen Seite den Boden berührten.

Sie hatten es geschafft! Sie waren sicher gelandet.

Glücklich und erleichtert atmete Caren auf. Dann zügelte sie ihr Pferd und sah sich nach Derek um.

Wütend kam er auf seinem Hengst auf sie zugeprescht. Er riss so heftig an Mustafas Zügeln, dass sich das Pferd aufbäumte und Caren auf Zarifa erschrocken zurückwich.

„Für diese Heldentat sollte ich dich übers Knie legen!" fuhr er sie an.

„Untersteh dich!" gab Caren wütend zurück. „Von einer Heldentat kann außerdem nicht die Rede sein. Ich wusste genau, was ich tat. Ich hatte Zarifa jeden Augenblick unter Kontrolle."

„Damit ist es jetzt vorbei", erklärte Derek und beugte sich zu ihr herüber, um Zarifa mit der flachen Hand aufs Hinterteil zu klopfen und ihr einen leisen Befehl auf Arabisch zu geben. Die Stute gehorchte sofort, drehte sich um und trottete sanftmütig in Richtung Stall zurück. Carens Kommandos missachtete sie völlig. Durch nichts ließ sie sich von ihrem Kurs abbringen.

Kaum waren sie bei den Stallungen angelangt, schwang sich Caren vom Pferd und ging beleidigt auf das Haus zu. Leider kam sie nicht weit. In der Auffahrt hatte Derek sie eingeholt.

„Einen Moment", sagte Derek und packte Caren beim Hosenboden.

„Lass mich los!" fuhr sie ihn an.

„Ich bin noch nicht fertig mit dir."

„Das glaubst du!" Sie riss sich von ihm los und drehte sich wütend zu ihm herum. „Wage es nicht noch einmal, in diesem Ton mit mir zu reden!"

„In welchem Ton?"

„Du weißt genau, was ich meine. Ich lasse mir von dir keine Vorschriften machen."

„Du hättest dir das Genick brechen können!"

„Ich habe es mir aber nicht gebrochen!"

„Das steht hier nicht zur Debatte."

„Was steht denn zur Debatte?"

„Du hast mir nicht gehorcht. Wenn ich einen Befehl gebe, dann erwarte ich Gehorsam."

Caren war außer sich vor Empörung. „Befehl! Gehorsam! Nicht mit mir, Derek! Du kannst andere herumkommandieren, aber nicht mich. Ich bin ein unabhängiger Mensch. Und wenn ich über Zäune springen will, dann brauche ich dazu nicht deine Erlaubnis, Prinz Al-Tasan. Ich bin deine Frau, nicht deine Sklavin."

Caren machte auf dem Absatz kehrt und eilte auf die Treppe zu. Sie hatte die unterste Stufe noch nicht erreicht, da hörte sie Dereks Schritte hinter sich. Hart packte er sie beim Arm und riss sie zu sich herum.

„Meine Frau? Tatsächlich? Dann wird es aber langsam Zeit, dass du dich entsprechend verhältst."

Mit diesen Worten hob er sie hoch, presste sie unsanft an seine Brust und trug sie die Stufen hinauf. Daisy, die ihre lauten Stimmen im Haus gehört hatte, stand, einen Kochlöffel in der Hand und mit erstaunter Miene, in der Eingangshalle.

„Sie brauchen uns heute Abend kein Essen zu kochen, Daisy", informierte er die Haushälterin. „Aber morgen früh werden Sie uns ein üppiges Frühstück ans Bett bringen müssen."

Mit langen Schritten durchquerte er die Halle, stürmte die Treppe hinauf und stieß die Tür zu seinem Schlafzimmer auf, um Caren unsanft auf dem Bett abzusetzen.

„Ich hoffe, es gefällt dir hier", sagte er, als er ihren bestürzten Gesichtsausdruck sah. „Wenn nicht, musst du dich eben daran gewöhnen. Ab heute wirst du nämlich hier schlafen."

Mit einer heftigen Bewegung zog er sich das Hemd aus und warf es achtlos zu Boden. Gleich darauf war er bei ihr, umfasste ihr Gesicht mit beiden Händen und verschloss ihr den Mund mit einem fordernden Kuss.

Caren war, als durchzucke sie ein Stromstoß. Sie winkelte die Beine an. Die Absätze ihrer Reitstiefel bohrten sich tief in die Matratze. Ohne ihren Mund freizugeben, schob Derek ein Knie zwischen ihre Schenkel.

Mit beiden Händen riss er ihr die Bluse auf. Über

den knappen Spitzenkörbchen ihres BHs wölbte sich ihr Brustansatz. Leidenschaftlich presste er die Lippen darauf. Mit hastigen, fahrigen Bewegungen streifte er ihr die dünnen Träger über die Schultern.

Er nahm sich nicht die Zeit, den Verschluss des BHs zu öffnen und ihn ihr ganz auszuziehen. Er schob den störenden Stoff nach oben und umfasste ihre Brüste. Mit kreisenden Bewegungen liebkoste er sie, berührte mit dem Daumen die Spitzen, bis sie hart wurden.

Erregt wand sich Caren hin und her. Sie vergrub die Hände in seinem dichten Haar, zog seinen Kopf zu sich heran, damit er nicht aufhörte mit seinen erregenden Zärtlichkeiten.

Doch bald genügten sie ihm nicht mehr. Das Verlangen, sie ganz zu besitzen, wurde übermächtig. Hastig öffnete er den Gürtel ihrer Reithose, zog den Reißverschluss auf und schob die Hand unter ihren Hosenbund. Seine Finger berührten warme, weiche Haut, dann ein Stückchen Spitze, dann die Stelle, die er gesucht hatte.

Caren stockte der Atem, als sie plötzlich seine Finger in sich spürte. Sie biss sich auf die Unterlippe. Ein Zittern lief durch ihren Körper.

Sie bog sich ihm entgegen, ihre Fingernägel gruben sich in seinen harten, muskulösen Bauch. Sie konnte es kaum abwarten, ihm die Hose über die Hüften zu ziehen, damit sie ihn endlich berühren konnte.

„Caren, meine bezaubernde Caren“, flüsterte er.

„Oh, Derek“, stieß sie seinen Namen heiser hervor, bevor die Wogen der Leidenschaft sie mitrissen.

Nachdem ihr ungestümes Verlangen gestillt war, nahmen sie sich Zeit für die Liebe, und jeder genoss die Zärtlichkeiten des anderen.

Erschöpft legte sich Derek neben Caren und zog sie an seine Brust.

„Wie fühlst du dich?“ fragte er leise.

„Wunderbar.“

„Habe ich dir wehgetan?“

„Aber nein.“

„Ich hatte es so eilig.“

„Nicht nur du hattest es eilig.“

„Ich habe mich schrecklich nach dir gesehnt.“

„Ich habe mich albern benommen.“

Noch während sie die Worte aussprach, wurde ihr klar, dass ihr Verhalten mehr als albern gewesen war. Derek machte sie so glücklich. Warum versagte sie sich dieses Glück? Warum nahm sie nicht, was er ihr gab, auch wenn es nur vorübergehend war? Von der Erinnerung an seine Liebe würde sie ein Leben lang zehren können.

Doch im Moment mochte sie nicht an die Zukunft denken. Nur der Augenblick zählte. Mit den Lippen strich sie über seinen Hals, sein Kinn, seinen Mund.

„Du bist aber kein galanter Liebhaber“, flüsterte sie. „Du hast dir nicht einmal die Stiefel ausgezogen.“

„Du hast deine auch noch an“, erinnerte er sie.

Lachend zogen sie sich aus. Caren befürchtete, dass ihre zerknitterten Kleider, vor allem ihre zerrissene Bluse Daisy Anlass zu Spekulationen geben könnten. Als sie Derek ihre Bedenken mitteilte, lachte er laut auf.

„Daisy hält mir seit Wochen vor, ich solle dich besser behandeln, damit wir unsere Probleme lösen können. Sie wird sich freuen.“

Kaum waren sie beide nackt, überkam sie erneut das Begehren. Doch diesmal nahmen sie sich viel Zeit füreinander.

Dereks Zärtlichkeiten erinnerten Caren an die heißen Tage und sternklaren Nächte auf Jamaika, als sich beide völlig ihren Gefühlen hingaben.

Mit den Händen, mit den Lippen erforschte Derek erneut ihren Körper.

Er liebkoste, streichelte und küsste sie, bis ihre Leidenschaft die ersehnte Erfüllung fand.

Anschließend gingen sie ins Badezimmer und ließen sich ein warmes Schaumbad einlaufen. Die mit Marmor verkleidete Badewanne war mit Massagedüsen ausgestattet, die das Wasser um sie herum aufpeitschten.

Wieder liebten sie sich. Caren hatte die Oberschenkel um Dereks Hüften geschlungen, der sie in sanftem Rhythmus auf und ab wiegte.

„Ich werde niemals genug von dir bekommen, mein Liebling", flüsterte er, während er den Kopf zwischen ihren Brüsten barg. Und wieder erreichten sie gemeinsam den Höhepunkt.

Nach dem Bad erfüllte sie eine wohlige Mattigkeit. Sie gingen ins Bett zurück, kuschelten sich aneinander und schliefen zufrieden ein.

Mitten in der Nacht wachte Derek auf, weil Caren auf ihm lag und ihn liebte. Er stöhnte vor Erregung und durchwühlte ihr Haar, das wie ein weicher Schleier über seinen Brustkorb fiel. Sie flüsterten sich Liebesworte zu, sie streichelten und küssten sich.

Vierzehn Stunden nachdem sich die Tür hinter ihnen geschlossen hatte, öffnete sie sich wieder. Derek, ausgeschlafen und frisch geduscht, rief lautstark nach Daisy, damit sie ihnen das Frühstück brachte.

Daisy hatte schon alles vorbereitet. Fünf Minuten später betrat sie strahlend Dereks Schlafzimmer. Doch noch strahlender als die Haushälterin lächelte Caren, die in Dereks viel zu großem Bademantel erschöpft, aber glücklich auf einem Berg von Kissen ruhte.

Als Daisy den Raum wieder verlassen und leise die Tür hinter sich geschlossen hatte, frühstückten sie ausgiebig im Bett liegend.

„Ich möchte dir etwas zeigen", sagte Caren danach.

Derek stellte das Tablett beiseite. „Schon wieder?" Er lachte und schob die Revers des Bademantels auseinander, um ihre nackten Brüste zu betrachten.

„Nein, das meinte ich nicht", erwiderte Caren belustigt. „Ich möchte dir etwas in meinem Atelier zeigen."

„Dein Atelier hältst du ja streng unter Verschluss", bemerkte Derek lachend.

„Künstler zeigen ihre Werke nicht gern, bevor sie vollendet sind", erwiderte Caren von oben herab.

Derek lächelte. Er fand sie bezaubernd in seinem viel zu großen Bademantel. „Du willst mir also eines deiner Werke zeigen? Da fühle ich mich aber geehrt."

„Es sollte eigentlich eine Überraschung werden. Aber ich kann nicht länger warten."

„Dann komm. Lass uns nach oben gehen."

Sie stiegen die Treppen zum Dachboden hinauf. Caren schloss die Tür auf.

Mitten auf dem langen Arbeitstisch stand eine verhüllte Skulptur. Mit einer schnellen Bewegung zog Caren das Tuch weg.

Schweigend betrachtete Derek die Figur. „Mustafa", flüsterte er. Er ging zu dem Tisch hinüber und blieb vor der Pferdeplastik stehen, um sie mit ehrfürchtiger Bewunderung anzuschauen.

„Sie ist noch nicht ganz fertig", erklärte Caren.

„Dies ist erst das Tonmodell. Ich möchte es in Bronze gießen lassen."

Derek wandte sich zu ihr um. Sie legte ihm die Hand auf den Arm, und während sie seinem glühenden Blick begegnete, sprach sie den einzigen Gedanken aus, der sie in diesem Moment erfüllte.

„Derek, ich liebe dich."

13. KAPITEL

Caren war glücklich wie noch nie in ihrem Leben. Wenn sie nicht mit Derek Zusammensein konnte, dachte sie an ihn. Und wenn sie bei ihm war, liebten sie sich oder tauschten zumindest zärtliche Blicke aus und flüsterten sich Liebesworte zu.

Tagsüber kümmerte sich Derek um das Gestüt und ging seinen Geschäften nach. Aber nachts verwandelte er sich in den „Tiger Prinz", der aus ihrem Schlafzimmer einen Garten der Lüste zu machen verstand. Seine Liebe hatte einen exotischen Zauber, und jede Nacht bereitete er Caren ein Fest der Sinne.

Caren begleitete ihn inzwischen öfter zu den Ställen und leistete ihm auch manchmal in seinem Büro Gesellschaft. Jetzt, wo sie das Bett mit ihm teilte, wollte sie an allen Bereichen seines Lebens teilhaben.

Derek gefiel ihr Interesse, und er unterstützte ihren

Wissensdrang in jeder Hinsicht. Geduldig beantwortete er ihr jede Frage, so dass Caren nach kurzer Zeit schon viel von der Pferdezucht verstand.

Sie ritten noch immer jeden Tag zusammen aus. Nachdem Caren Derek hatte versprechen müssen, in Zukunft keine halsbrecherischen Sprünge mehr zu wagen, hatte er ihr Trainingsprogramm um einige Schwierigkeiten heraufgesetzt.

Bei alldem vernachlässigte Caren jedoch nicht die Bildhauerei. Täglich verbrachte sie mehrere Stunden in ihrem Atelier, um an der Pferdeplastik zu arbeiten. Sie war besessen von dem Ehrgeiz, aus dieser Skulptur ein Meisterwerk zu machen. Viele Male hatte Derek sie davon zu überzeugen versucht, dass das Werk vollendet sei und sich nicht mehr verbessern ließe. Doch Caren bestand hartnäckig darauf, die Arbeit noch vervollkommnen zu müssen.

„Wieso bist du so sicher, dass die Plastik noch nicht fertig ist? Woher willst du das wissen?“ fragte Derek eines Nachmittags. Er hatte den ganzen Tag geschäftlich in Charlottesville zu tun gehabt und war gerade erst nach Hause zurückgekommen. Noch im Mantel war er auf den Dachboden gestiegen, um Caren in ihrem Atelier zu besuchen.

Caren trug verwaschene Jeans und eines von Dereks alten Hemden, das Daisy ihr aus einem Bündel abgelegter Kleidungsstücke herausgesucht hatte. Sie hatte die

Ärmel bis über die Ellenbogen hochgerollt, Haarsträhnen fielen ihr ins Gesicht, ihr Blick war konzentriert. Mit gerunzelter Stirn beugte sie sich über die Skulptur. „Ich weiß es eben“, sagte sie.

Derek zog den Mantel aus und legte ihn auf einen Hocker. „Wenn das so weitergeht, werde ich noch eifersüchtig“, erklärte er.

„Auf meine Arbeit?“ Caren warf ihm einen schnellen Blick zu. Derek machte nur Spaß.

„Ja. Den ganzen Tag schaust du nur diese Lehmklumpen an.“

„Höchstens den halben Tag. Die andere Hälfte des Tages schaue ich dich an.“

„Vielleicht sollten wir aus der Not eine Tugend machen. Hast du schon einmal daran gedacht, nach einem lebenden Modell zu arbeiten?“

Caren richtete sich auf, wischte sich an einem Lappen die Hände ab und warf das Tuch über die Plastik. Caren ahnte, dass sie heute nicht mehr zum Arbeiten kommen würde. Derek wollte ihre Aufmerksamkeit, und sie war nur zu gern bereit, sie ihm zu geben.

„Willst du dich etwa freiwillig zur Verfügung stellen?“ fragte sie kokett.

Derek ging zur Tür und drehte den Schlüssel im Schloss um. Dann kam er zu ihr zurück. „Ich bin aber nur als Aktmodell zu haben“, erklärte er und schaute sie dabei herausfordernd an.

Er lockerte die Krawatte, zog sie unter dem gestärkten Hemdkragen hervor und warf sie auf den Hocker über seinen Mantel. Kurz darauf lag auch sein Hemd dort.

Wie immer übte der Anblick seines entblößten Oberkörpers einen unwiderstehlichen Reiz auf Caren aus. „Das reicht nicht ganz“, bemerkte sie, als er keinerlei Anstalten machte, sich weiter auszuziehen. „Ich muss ...“ Hier legte sie eine bedeutungsvolle Pause ein, „alles sehen.“

„Ich verstehe.“ Derek bückte sich, um Schuhe und Strümpfe auszuziehen. Seine Füße waren braun wie sein übriger Körper.

Caren beobachtete, wie er den Gürtel öffnete und ihn durch die Schlaufen der Hose zog. Dann kam der Verschluss seiner Hose an die Reihe, zuletzt der Reißverschluss.

Fragend schaute Derek sie an. „Hättest du mich lieber mit oder ohne Unterhose?“

„Das spielt keine Rolle. Ich richte mich ganz nach dir“, sagte sie und merkte dabei, dass ihr vor Erregung der Mund trocken geworden war. Sex mit Derek war niemals Routine, sondern immer wieder neu und aufregend.

Mit einer schnellen Bewegung zog er sich Hose und Unterhose aus und warf sie zu den übrigen Kleidern. Dann stand er nackt vor ihr. Caren konnte den Blick nicht von seinem wundervollen Körper wenden. Er sah aus wie ein junger Gott. Hingerissen betrachtete sie seine breiten Schultern, den kräftigen Brustkorb, den flachen Bauch, die schmalen Hüften, die langen, harten Oberschenkel.

„Na, kannst du etwas mit mir anfangen?“ fragte Derek.

Sie konnte.

Minuten später lagen sie auf einem ihrer Arbeitstische. Es war ein etwas unbequemes Lager, aber das nahmen sie kaum wahr. Rasch hatte sich Caren ihrer Kleider entledigt, Jeans und Schlüpfer ausgezogen. Mit dem zerzausten Haar und den geröteten Wangen sah sie verlockend frivol aus.

„Früher war es nie so“, sagte sie versonnen, während sie mit dem Zeigefinger über Dereks Brust strich.

„Wie meinst du das?“

„Mit Winston. Wenn wir uns liebten, war es nie spontan oder amüsant.“

„Amüsant?“ wiederholte Derek und lächelte viel sagend. „Das hatte also all das Kratzen und Beißen und Stöhnen zu bedeuten. Du wolltest mir damit zeigen, wie sehr du dich amüsierst.“

Caren errötete vor Verlegenheit. Beschämt barg sie das Gesicht an seiner Brust. Doch als Derek gleich darauf zu lachen anfing, stimmte sie erleichtert ein.

„Es macht mich sehr glücklich, dass unsere Liebe etwas Besonderes für dich ist“, sagte Derek nach einer Weile ernst.

„Ich bin noch nie einem Mann wie dir begegnet“, gestand Caren. „Du bist in jeder Hinsicht anders. Hoffentlich gewöhne ich mich nicht eines Tages an deine Verrücktheiten.“

„Verrücktheiten? Spielst du damit etwa auf den Gast an, den ich zum Abendessen mitgebracht habe und der zweifellos langsam ungeduldig wird, während ich hier in aller Seelenruhe meine Frau auf dem Dachboden verführe? Meinst du das mit Verrücktheiten?“

Caren richtete sich kerzengerade auf. „Was?“ rief sie bestürzt. „Du machst Witze!“

Er schaute sie an wie ein schuldbewusster kleiner Junge. „Keineswegs, mein Schatz. Ich habe heute zufällig einen Bekannten aus Texas in Charlottesville getroffen. Es wäre grob unhöflich gewesen, ihn nicht zum Abendessen einzuladen und ihn nicht meiner Frau vorzustellen. Ich habe einen der Pferdeburschen beauftragt, ihm das Gestüt zu zeigen. Wahrscheinlich sitzt er inzwischen längst mit einem Glas Bourbon im Wohnzimmer und wundert sich, wo wir bleiben.“

„Du musst verrückt geworden sein!“ Caren sprang vom Tisch, um ihre Jeans und Schlüpfer aufzuheben. „Derek, stimmt das tatsächlich? Was soll dein Gast denn von uns denken?“

„Er wird denken, dass wir das machen, was die meisten Jungverheirateten tun, wenn sie sich einen Tag lang nicht gesehen haben", zog er sie auf.

Hastig zwängte sich Caren in die engen Jeans. „Was für eine peinliche Situation", dachte sie laut, während sie in ihre Mokassins schlüpfte.

„Wir sollten ihn nicht zu lange warten lassen, sonst kommt er sich ausgeschlossen vor", scherzte Derek.

Caren warf ihm einen finsteren Blick zu und schloss die Tür auf, um auf schnellstem Weg in ihr Ankleidezimmer zu eilen.

Als Caren den Salon betrat, um Dereks Freund zu begrüßen, erinnerten nur ihre geröteten Wangen an das Schäferstündchen auf dem Dachboden. Derek hatte sich in aller Eile geduscht und saß bereits, einen Drink in der Hand, neben seinem Freund im Salon.

„Das ist also deine Frau", rief der kräftige, untersetzte Mann erfreut und sprang auf, um Caren die Hand zu geben. „Junge, Junge, da hast du aber eine gute Wahl getroffen", wandte er sich an Derek. „Sie ist ja eine Schönheit. Ich bin Ben Cunningham", stellte er sich Caren vor und schüttelte noch immer ihre Hand.

„Und ich bin Caren Allen", entgegnete sie. „Es tut mir Leid, dass ich Sie erst jetzt begrüßen komme. Derck hatte mir nicht gesagt, dass wir einen Gast haben. Ich war ... beschäftigt."

„Caren verbringt fast den ganzen Tag in ihrem Atelier", fügte Derek hinzu, wobei er Caren verschwörerisch zublinzelte. „Sie widmet sich mit wahrer Hingabe den Dingen, die sie dort treibt."

Zum Glück konnte Ben Cunningham mit dieser Anspielung wenig anfangen. Caren atmete erleichtert auf.

Ben war laut und direkt und dabei ungeheuer liebenswert. Während Caren an dem gekühlten Weißwein nippte, den Derek ihr eingeschenkt hatte, unterhielt sie sich angeregt mit ihrem Gast. Durch den Job im Außenministerium hatte sie oft genug Gelegenheit gehabt, an offiziellen Cocktailpartys teilzunehmen, und verstand es daher glänzend, mit Fremden auf amüsante Art zu plaudern. Da Ben der erste Gast war, den sie seit ihrer Heirat empfingen, merkte Derek erst jetzt, was für eine charmante Gastgeberin sie war. Das anerkennende Blitzen in seinen Augen zeigte ihr, wie stolz er auf sie war.

Das Kleid, das Caren für den Anlass ausgewählt hatte, war aus grüner Seide und unterstrich reizvoll ihre dunklen Augen und das glänzende blonde Haar. Caren hatte das Kleid noch nie getragen und war froh, dass sich endlich die Gelegenheit bot, es anzuziehen. Die rosafarbene Korallenkette, die sie dazu ausgesucht hatte, harmonierte mit ihrem Teint. Sie wusste, dass sie attraktiv aussah, und sie wusste auch, dass der Hauptgrund für ihr strahlendes Aussehen ihre Liebe zu Derek war.

Die Unterhaltung bei Tisch drehte sich hauptsächlich um Pferde.

„Ben hat eine Ranch in Texas“, informierte Derek Caren.

„Kennen Sie Texas, Caren?“ erkundigte sich Ben.

„Nein, ich war noch nie dort“, bekannte sie.

„Das ist aber ein Versäumnis. Derek, ich hoffe, dass du sie so schnell wie möglich zu uns bringst. Ihr könnt alle bei uns wohnen. Barbi wird begeistert sein. Sie kann euch in ihrem Flugzeug auf Rundflüge mitnehmen.“

„Barbi?“ hakte Caren nach.

„Meine Frau. Sie konnte mich leider nicht begleiten. Sie hat mal wieder irgendein Ehrenamt übernommen. Aber wir freuen uns immer über Besuch. Ihr seid jederzeit willkommen.“

Caren erfuhr, dass Bens Ranch vier Mal so groß wie Dereks Farm war, er jedoch nicht so viele Pferde besaß wie Derek. Ben wollte sein Gestüt erweitern und war deshalb nach Virginia und Kentucky geflogen, um Vollblüter einzukaufen.

„Verstehen Sie etwas von Pferden?“ fragte er Caren, nachdem sie wieder in den Salon gegangen waren, um dort ihren Kaffee zu trinken.

„Ich eigne mir mein Wissen gerade erst an. Und ich

habe einen fantastischen Lehrer." Sie warf Derek einen liebevollen Blick zu.

„Caren versteht schon eine ganze Menge von der Pferdezucht. Darüber hinaus hat sie noch ein ganz besonderes Talent", erklärte Derek stolz. Plötzlich stellte er seinen Cognacschwenker auf den Tisch und stand auf. „Warte einen Augenblick, Ben. Ich möchte dir etwas zeigen."

„Moment!" rief Caren, die seine Absicht erraten hatte. „Was hast du vor?"

„Ich werde Ben deine Skulptur zeigen."

„Aber Derek, sie ist doch noch gar nicht fertig."

„Sie ist fantastisch."

Ohne sich um Carens Protest zu kümmern, verließ Derek den Salon.

In der Zwischenzeit stellte Caren Ben ein paar Fragen über Texas, die dieser nur zu gern beantwortete. Während Ben unablässig auf sie einredete, wartete Caren mit Bangen darauf, dass Derek zurückkam. Sie hatte schreckliche Angst, sich zu blamieren. War die Skulptur wirklich gut? Sie konnte ihre eigene Arbeit nur schlecht beurteilen. Und Derek war durch seine Zuneigung zu ihr bestimmt voreingenommen.

Ihr blieb nicht viel Zeit, sich mit Zweifeln zu plagen. Denn nach wenigen Minuten betrat Derek wieder den

Salon. Die Pferdeplastik trug er wie eine Opfergabe vor sich her.

Schwerfällig stand Ben auf. Er zog ein paar Mal kräftig an seiner dicken Zigarre und sagte dann: „Ich werd' verrückt. Das ist Mustafa, nicht wahr?"

Derek strahlte Caren an. „Siehst du, ich habe dir doch gesagt, die Skulptur ist fantastisch."

Verlegen strich Caren den Rock ihres Kleides glatt. „Es ist meine erste Arbeit seit langer Zeit."

„Sie ist fabelhaft!" rief Ben. „Können Sie mir auch eine machen?"

Überrascht sah Caren ihn an. „Wie bitte? Sie wollen eine Skulptur von Mustafa?"

„Aber nein, von Fancy Pants. Das ist Barbis Araberstute. Sie behandelt das Pferd geradezu abgöttisch. Ich habe mir schon den Kopf zerbrochen, was ich Barbi zu Weihnachten schenken soll. Sie hat einfach alles. Können Sie mir so eine Statue machen, wenn ich Ihnen ein Bild von Fancy Pants schicke?"

Caren war sprachlos. Sie hatte nie daran gedacht, Auftragsarbeiten anzunehmen. Aber die Idee faszinierte sie. „Ja, das könnte ich wahrscheinlich", sagte sie unsicher.

Sie blickte zu Derek hinüber. Seine Züge waren unbewegt. Aber das Blitzen in seinen Augen verriet ihr, dass er den Vorschlag gut fand.

„Warum zögern Sie?" fragte Ben. „Ist es Geld? Wie

viel wollen Sie haben?“ Er sprach mit der Bestimmtheit eines Mannes, für den Geld absolut keine Rolle spielte.

„Wie viel?“ fragte Caren verwirrt. „Zehn Dollar? Vielleicht fünfzig? Ich weiß es nicht.“

„Unter zehntausend wird sie die Arbeit nicht annehmen. Das lasse ich nicht zu“, mischte sich plötzlich Derek ein, der zur Bar gegangen war, um Ben einen neuen Drink einzugießen. „Sie verbringt viel zu viel Zeit in ihrem Atelier. Wenn sie schon arbeitet, dann muss es sich auch lohnen.“

„Nun, ich weiß nicht so recht“, meinte Ben und kratzte sich am Kopf.

Caren war perplex. Derek musste den Verstand verloren haben! Verlegen wollte sie sich bei Ben entschuldigen. „Mr. Cunningham, Ben, ich ...“

„Mir scheint, das ist nicht genug“, unterbrach Ben sie. „Wie wär’s mit zwölftausend?“

„Ja“, brachte Caren mühsam hervor, die von einem Schock in den nächsten fiel. Zwölftausend Dollar! Es war einfach unglaublich. „Ja ... das wird reichen“, sagte sie schnell. „Schicken Sie mir eine Aufnahme von Fancy Pants. Sobald ich mit Mustafa fertig bin, fange ich mit der Arbeit an.“

„Schaffen Sie es bis Weihnachten?“

„Natürlich. Und zahlen Sie bitte nicht, bevor Sie die Skulptur nicht gesehen haben und wissen, ob sie Ihnen gefällt.“

Sehnsüchtig betrachtete Ben die Statue. „Und ob sie mir gefallen wird! Barbi wird begeistert sein."

Kurz danach verabschiedete sich Ben von ihnen.

„Zehntausend Dollar!" rief Caren. „Bist du verrückt geworden, Derek? Wie kannst du zehntausend Dollar für eine Plastik verlangen, die gerade fünfzig Zentimeter hoch ist?"

Seine Antwort waren eine stürmische Umarmung und ein heißer Kuss. „Das wollte ich schon den ganzen Abend tun", sagte er zärtlich, nachdem er sie wieder freigegeben hatte.

„Du weichst vom Thema ab", erinnerte ihn Caren.

„Von welchem Thema?"

„Derek", sagte sie ärgerlich, „ich habe gerade einen Auftrag über zwölftausend Dollar angenommen. Stell dir vor, die Skulptur misslingt mir. Es ist doch immerhin möglich, dass die Plastik von Mustafa nur ein Zufallstreffer war."

Beschwichtigend legte Derek ihr den Zeigefinger auf die Lippen. „Streng dich an, gib dir Mühe. Ben hat ein Mundwerk so groß wie der Staat, aus dem er kommt. Er wird jedem von der Skulptur erzählen. In kürzester Zeit wirst du dich vor Aufträgen nicht mehr retten können."

„Aber zehntausend Dollar sind doch wirklich zu viel", wandte Caren schwach ein.

„Zwölftausend“, verbesserte Derek sie.

„Derek, so viel habe ich früher kaum in einem Jahr verdient.“

„Man muss alles relativ sehen, mein Schatz. Diese Leute besitzen die teuersten Rennpferde der Welt. Sie könnten sie sich nicht leisten, wenn sie nicht Geld wie Heu hätten. Die meisten von ihnen besitzen mehr, als sie jemals ausgeben können. Je mehr du für deine Skulpturen verlangst, desto höher steigen sie in den Augen deiner Kundschaft im Wert.“

„Es wäre ganz schön, ein wenig Geld zu haben“, sagte Caren nachdenklich. „Natürlich nicht für mich“, ergänzte sie rasch. „Für Kristin. Ich könnte es für sie anlegen.“

Und mir eine Rücklage schaffen, falls ich doch irgendwann wieder auf mich selbst angewiesen sein sollte, fügte sie im Stillen hinzu. In den letzten Wochen waren sie so glücklich miteinander gewesen und hatten eine so wundervolle und unbeschwerte Zeit erlebt, dass Caren kaum noch an Scheidung gedacht hatte. Nichts ließ darauf schließen, dass Derek ihrer überdrüssig wurde. Trotzdem rechnete sie immer mit der Möglichkeit. Die Angst davor beherrschte ihr Unterbewusstsein. Spontan flüchtete sie sich in Dereks Arme und schmiegte sich an ihn.

„Du kannst mit dem Geld tun und lassen, was du willst.“ Er küsste sie zärtlich. „Und mit mir auch.“

Dereks Prophezeiung sollte sich bewahrheiten. Caren und Derek fuhren zusammen zu einer Pferdeschau nach Richmond, zu der sich auch Ben eingefunden hatte. Ben nahm Caren sofort unter seine Fittiche und stellte sie seinen Freunden und Bekannten vor, als wäre sie seine und nicht Dereks Entdeckung.

Alle drei Vollblüter, mit denen Dereks Gestüt auf der Schau vertreten war, wurden mit Preisen ausgezeichnet. Man bot Derek märchenhafte Summen allein dafür, dass er seine Hengste als Beschäler zur Verfügung stellte, und noch größere Summen, falls er sich bereit erklären sollte, die Tiere zu verkaufen.

„Aber nicht meine Pferde haben das größte Aufsehen erregt", sagte Derek zu Caren, während sie durch die Ställe gingen, „sondern meine bezaubernde junge Frau. Wie viele Aufträge hast du einheimsen können?"

„Sieben. Ein Mann fragte mich sogar, ob ich den Haushund der Familie in Bronze verewigen könnte."

„Dein Erfolg beruht zum großen Teil auf deinem Charme und deinem guten Aussehen. Natürlich ist jeder Mann versessen darauf, eine schöne Frau kennen zu lernen und sich mit ihr zu unterhalten."

„Meinst du?" fragte Caren kokett.

„Natürlich meine ich das."

Caren hatte keinen Grund, an seinen Worten zu zweifeln. Stolz machte er sie mit all seinen Freunden bekannt und ließ jeden in dem Glauben, er hätte aus

Liebe statt aus Vernunft geheiratet. Die neidischen Blicke der Frauen verrieten Caren, dass er äußerst überzeugend wirkte. Er überzeugte auch sie jede Nacht aufs Neue, wenn er sie in ihrer Hotelsuite leidenschaftlich liebte.

Das Einzige, was Caren störte, waren seine Freunde, die sich ständig in Anspielungen auf das zurückgezogene Leben ergingen, das er jetzt führte.

„Wo versteckst du dich bloß in letzter Zeit, Derek?"

„Warst du im Ausland?"

„Du hattest doch vor, diesen Sommer nach Cannes zu fliegen. Hast du die Reise abgeblasen?"

„Kommst du im Frühjahr mit nach Monte Carlo?"

„Verbringst du dieses Jahr Weihnachten wieder in Cortina?"

Derek beantwortete ihre neugierigen Fragen nur ausweichend, während sich Caren an die Hoffnung klammerte, dass ihm der Lebensstil seiner alten Jet-Set-Clique nicht fehlte.

Wieder zurück auf der Farm, widmete sich Caren gewissenhaft ihren Auftragsarbeiten, ohne dabei jedoch ihr Eheleben zu vernachlässigen. Oft ging sie mit Derek durch die Stallungen oder beobachtete von ihrem Lieblingsplatz auf dem weißen Zaun aus, wie er die Pferde trainierte.

Eines Morgens, sie kamen gerade von ihrem täglichen Ausritt zurück, sahen sie ein Auto in der Auffahrt stehen.

„Das ist Mutters Wagen!“ rief Derek erfreut. Schnell hob er Caren vom Pferd und eilte mit ihr zum Haus hinüber.

Sie trafen Cheryl im Salon an, wo sie zusammengesunken auf einem Stuhl saß und mit ausdruckslosem Blick ins Leere starrte. Die Tasse Kaffee, die Daisy ihr hingestellt hatte, hatte sie nicht angerührt.

Als Caren und Derek Arm in Arm den Raum betraten, stand sie auf. Ihr Lächeln wirkte erzwungen. Ihre Augen waren rot und verweint.

„Mutter!“ rief Derek bestürzt. Mit zwei Schritten war er an ihrer Seite. „Was ist passiert?“

Cheryl nahm sein Gesicht zwischen die Hände. Tränen liefen ihr über die Wangen. „Hamid“, flüsterte sie. „Er ist in Frankreich ums Leben gekommen.“

Caren schlug die Hände vor den Mund, um einen Aufschrei zu unterdrücken. Derek hatte oft von seinem Halbbruder gesprochen. Obwohl beide unter so unterschiedlichen Bedingungen aufgewachsen waren, standen sie sich sehr nahe. Derek hatte sich nicht zuletzt deshalb so sehr auf die Reise nach Genf gefreut, weil er bei dieser Gelegenheit Hamid wieder gesehen hätte.

„Wie?“ fragte er rau.

„Bei einem Autorennen. Du weißt, er hatte einen Rennwagen. Er ist selbst gefahren. Der Wagen überschlug sich, fing Feuer ..." Ihre Stimme brach. Mit einem Taschentuch wischte sich Cheryl die Tränen aus dem Gesicht.

„Vater?" fragte Derek knapp.

Man sah Cheryl an, dass sie um Fassung rang. „Es hat ihn sehr getroffen. Seit er die Nachricht erhalten hat, habe ich fast jede Stunde mit ihm telefoniert. Ich wäre gern in diesen schweren Stunden bei Achmed. Aber es ist unmöglich. Das wissen wir beide."

„Ich werde sofort nach Riad fliegen."

„Ich hatte gehofft, dass du diese Entscheidung treffen würdest. Ein Fahrer wird dich nach Dallas zum Flughafen bringen. Ich habe schon alles veranlasst. Achmed braucht dich, Derek. Er ist verzweifelt."

Eine Stunde später war Derek reisefertig. Daisy hatte seine Koffer gepackt, kaum dass Cheryl ihr den Anlass ihres Besuches mitgeteilt hatte.

Caren war wie betäubt. Sie hätte so gern irgendetwas getan, um Derek und seine Mutter zu trösten. Doch es gab für sie nichts zu tun. Noch nie im Leben war sie sich so überflüssig vorgekommen.

Derek, der mit einem Koffer in der Hand und einem Mantel über dem Arm die Treppe herunterkam, sah aus wie ein Fremder. In dem dreiteiligen schwarzen Anzug und dem Kaffiyeh auf dem Kopf hatte er keine Ähnlichkeit mehr mit dem Mann, den sie liebte. Sein Blick war ausdruckslos, seine Stimme kühl.

„Mutter, kannst du bis zu meiner Rückkehr bei Caren bleiben?“

„Natürlich.“

„Ich werde Vater von dir grüßen.“

„Er weiß, wie sehr ich ihn liebe und dass ich mit ihm leide.“

Derek küsste Cheryl auf die Wange und wandte sich dann an Caren.

„Es tut mir so Leid, Derek“, sagte Caren mitfühlend. „Für dich, für Hamids Frau und für deinen Vater. Bitte, sprich ihm mein herzliches Beileid aus.“

Derek nickte. „Auf Wiedersehen.“ Sein Kuss war flüchtig und leidenschaftslos.

Wie versteinert schaute Caren ihm nach, während er zielstrebig auf die schwarze Limousine zuging, die in der Auffahrt vorgefahren war.

14. KAPITEL

Caren machte sich nichts vor. Sie wusste, welche Auswirkungen Hamids plötzlicher Tod auf ihr Leben mit Derek haben würde. Dieses traurige Ereignis würde ihr Leben von Grund auf verändern. Derek war Achmeds zweiter Sohn. Jetzt, wo sein Erbe und Nachfolger tot war, würde Achmed selbstverständlich von Derek erwarten, dass er Hamids

Rolle übernahm. Der Scheich würde große Hoffnungen in seinen Sohn Ali setzen.

Achmed Al-Tasan hatte sich dem Willen seines Vaters gebeugt. Er hatte sich von Cheryl scheiden lassen und eine arabische Frau geheiratet. Dasselbe würde er auch von Derek erwarten. Derek war der Zweite in der Erbfolge. Und Männer wie Achmed Al-Tasan stellten Tradition und Pflichtbewusstsein über alles.

Ein paar Stunden nach Dereks Abreise saßen Caren und Cheryl im Esszimmer und nahmen zusammen ihr Abendessen ein. Die Stimmung bei Tisch war bedrückt. Die beiden Frauen sprachen nur wenig miteinander.

Cheryl machte sich schreckliche Sorgen um Achmed. Sie wünschte sich nichts mehr, als bei ihm zu sein. Doch sie wusste, dass dies ausgeschlossen war. Nach dem Essen zogen sich Caren und Cheryl auf ihre Zimmer zurück.

In dieser Nacht hatte Caren einen Traum, der sie jäh aus dem Schlaf riss. Schweißgebadet setzte sie sich im Bett auf. Sie zitterte am ganzen Körper. Verzweifelt schlug sie die Hände vors Gesicht und fing bitterlich an zu weinen.

Als Caren am nächsten Morgen zum Frühstück hinunterkam, blickte Cheryl sie besorgt an. „Du siehst blass aus, Caren. Hast du schlecht geschlafen?“

Caren schüttelte den Kopf. „Nein. Aber ich hatte einen Traum. Ich sah Derek.“ Aus irgendeinem Grund hatte sie das Bedürfnis, Cheryl, die ihr verständnisvoll zuhörte, den Traum zu erzählen. Sie lächelte Cheryl an. „Du hast einen schönen Sohn“, sagte sie leise.

„Ja, ich weiß“, antwortete Cheryl ohne jede Eitelkeit. „Sprich weiter. Warum hat dich der Traum verstört?“

„Ich habe Derek deutlich vor mir gesehen. Die goldblonden Strähnen in seinem Haar glänzten unnatürlich hell. Auch seine Augen strahlten auf seltsame Weise. Während ich ihn ansah, verblasste sein Bild, er wurde verschwommen und schließlich durchsichtig. Er entglitt mir zusehends, entfernte sich immer mehr von mir, bis ich ihn plötzlich nicht mehr sehen konnte.“

Sie schwieg, weil sie nicht auszusprechen wagte, was beide wussten. In ihrem Traum hatte sie ihr Schicksal vorausgesehen. Derek gehörte ihr nicht mehr. Er würde von nun an einer Welt angehören, deren Kultur und Religion ihr fremd waren, einer Welt, in der es für sie keinen Platz gab.

Die Atmosphäre im Haus blieb unverändert bedrückend. Cheryl und Caren taten ihr Bestes, um die Stimmung aufzulockern. Doch ihre Versuche, sich gegenseitig aufzuheitern, blieben ohne Erfolg. Schließlich gaben sie es auf. Doch das gemeinsam getragene Leid bewirkte eine starke Bindung zwischen ihnen.

Caren ritt nach wie vor jeden Morgen aus. Manchmal bildete sie sich ein, Derek ritte an ihrer Seite. In diesen Momenten sah sie sein Gesicht vor sich, sein strahlendes Lächeln, seine blendend weißen Zähne. Doch er war nicht bei ihr, und die Leere, die sie empfand, war noch tausend Mal schwerer zu ertragen, als sie befürchtet hatte.

Die erste Woche seiner Abwesenheit zog sich endlos dahin. Eine Stunde kam Caren wie ein ganzer Tag vor. Die Arbeit im Atelier lenkte sie nur wenig von ihrem Kummer ab. Trotzdem arbeitete sie wie besessen.

Eines Nachmittags wurde ihr dann plötzlich klar, warum sie so fleißig war. Ihre Arbeit war höchstwahrscheinlich das Einzige, was ihr blieb. Unter Umständen hing ihre und Kristins Zukunft von dem Erfolg ab, den sie sich jetzt aufbaute.

Der Anfang war viel versprechend gewesen. Jetzt musste sie sich einen Namen machen. Und sie durfte ihr Ziel keinen Moment aus den Augen verlieren.

Ihre Überlegungen wurden unterbrochen, als es an der Tür klopfte. „Caren!" rief Cheryl. „Darf ich hereinkommen?"

„Sicher", sagte Caren und griff nach einem Lappen, um sich die Hände abzuwischen. „Ich wollte sowieso gerade aufhören." Cheryls Besuch war eine Überraschung. Cheryl hatte Caren bisher noch nie bei der Arbeit gestört.

„Daisy hat uns eine Kanne Limonade gemacht. Es kränkt sie, dass wir so wenig essen. Ich brachte es nicht übers Herz, sie zu enttäuschen. Außerdem hat sie uns Plätzchen gebacken.“ Sie stellte das Tablett auf dem Tisch ab, den Caren in aller Eile notdürftig aufgeräumt hatte.

„Dereks Lieblingsplätzchen“, sagte Caren wehmütig. Sie nahm eines der Schokoladenplätzchen, brach es auseinander und betrachtete es mit traurigem Lächeln. „Einmal hat er mindestens ein Dutzend davon gegessen. Ich sagte ihm, er würde dick werden, wenn er weiterhin so viel Süßigkeiten isst.“ Sie legte die beiden Hälften auf den Teller zurück, ohne das Gebäck auch nur probiert zu haben.

„Daisy vermisst ihn auch“, fuhr Cheryl fort. „Wir warten alle drei nur darauf, dass er zurückkommt.“ Sie seufzte und trank einen Schluck Limonade. „Es war schon immer das Schicksal der Frauen, auf ihre Männer zu warten. Sie zogen in den Krieg oder fuhren zur See, und die Frauen blieben zurück, um Herd und Heim zu hüten.“

„So war das in den vergangenen Jahrhunderten. Aber heutzutage?“ meinte Caren zweifelnd. Heftig schüttelte sie den Kopf. „Nein, die Zeiten sind vorbei.“

Cheryl schaute sie prüfend an. „Glaubst du?“ fragte sie leise.

„Deine Arbeiten sind wirklich sehr gut", sagte Cheryl nach einer Weile. „Derek hat mir von deinem Talent vorgeschwärmt. Ich nahm natürlich an, dass er ein wenig übertreibt. Aber er hat Recht. Du bist tatsächlich sehr begabt."

„Danke", sagte Caren. „Ich hoffe, ich treffe den Geschmack meiner Kunden. Das ist jetzt für mich besonders wichtig." Erst nachdem sie die Worte ausgesprochen hatte, merkte sie, dass sie damit Cheryl ihre größte Furcht verraten hatte. Unsicher schaute sie ihre Schwiegermutter an.

Cheryl hatte verstanden. Verständnisvoll drückte sie Carens Hand. „Das also sind deine Sorgen? Du weißt nicht, was jetzt, nach Hamids Tod, aus eurer Ehe wird?"

„Ja", gab Caren zu, die froh war, sich endlich aussprechen zu können. „Wie wird es jetzt weitergehen? Wird Achmed von Derek verlangen, dass er Hamids Platz einnimmt?"

„Ich könnte es mir vorstellen", meinte Cheryl. „Du nicht?"

„Doch", sagte Caren mit belegter Stimme. Sie war kurz davor, in Tränen auszubrechen.

„Er ist schließlich zweiter in der Erbfolge und nach Hamids Tod Achmeds Nachfolger."

„Ich weiß", flüsterte Caren.

„Und er wäre ein guter Nachfolger. Er ist äußerst

beliebt und geachtet in der arabischen Welt, obwohl er nie ein Geheimnis daraus gemacht hat, dass er den Westen vorzieht."

Obwohl Caren wusste, dass Cheryl Recht hatte, obwohl auch sie von Dereks Führungsqualitäten überzeugt war, schmerzten sie diese Worte unsagbar, weil sie ihr Schicksal zu besiegeln schienen.

„Was wirst du tun, wenn Derek bei seinem Vater bleibt?"

Caren stand auf und ging unruhig im Atelier hin und her. Zerstreut ordnete sie die Werkzeuge auf den Tischen oder zupfte an den feuchten Tüchern, mit denen sie ihre Tonmodelle bedeckt hatte. Sie brauchte Zeit, um ihre Gedanken zu ordnen. Doch all ihre Überlegungen liefen immer wieder auf dasselbe hinaus.

„Ich könnte nicht so leben wie du, Cheryl", meinte sie schließlich. „Ich könnte nicht die Sklavin eines Mannes sein, der mich zu sich ruft, wenn es ihm gerade passt."

Cheryl nahm Caren diese freimütige Äußerung nicht übel. Im Gegenteil. Sie lachte belustigt. „Du glaubst also, ich sei Achmeds Sklavin? Nun, wahrscheinlich würden die meisten Leute, vor allem emanzipierte junge Frauen wie du, es so sehen."

„Er hat dich doch damals, an dem Tag, als Derek und ich heirateten, regelrecht in sein Schlafzimmer gezogen", bemerkte Caren hitzig.

Cheryl lachte. „Weißt du, wir lagen gerade im Bett, als Achmed den Anruf aus dem Außenministerium bekam." Sie lächelte mutwillig. „Du kannst dir vorstellen, dass er nicht entzückt über die unerfreuliche Unterbrechung war. Er wollte einfach zu Ende bringen, was er ein paar Stunden vorher begonnen hatte."

„Oh." Caren errötete.

Cheryl lächelte verständnisvoll. „Wenn ich eine Sklavin bin, Caren, dann bin ich Sklavin meiner Liebe. Im Grunde genommen genieße ich größere Freiheiten als die meisten Frauen. Ich habe ein wunderschönes Haus, ich kann tun und lassen, was ich will."

„Aber du musst dich immer für Achmed bereithalten", wandte Caren ein. „Wenn er es befiehlt, musst du kreuz und quer durch die Welt reisen, um dich mit ihm zu treffen."

„Das tue ich, weil ich es möchte, nicht weil er es befiehlt."

Verwirrt schaute Caren Cheryl an. „Stört es dich denn nicht, dass er mit einer anderen Frau verheiratet ist, dass er Kinder von ihr hat?"

Ein Schatten huschte über Cheryls Gesicht. „Doch, Caren. Natürlich stört mich das. Und besonders traurig bin ich darüber, dass ich keine Kinder mehr von Achmed haben durfte. Derek hatte keine einfache Jugend. Deshalb kamen wir überein, auf weitere Kinder zu verzichten. Ich liebe Achmed. Und ich weiß, dass er mich liebt. Seine Frau in Riad mag seinen Namen tragen und die Mutter seiner Kinder sein. Aber mir gehört sein Herz. Ich habe nie daran gezweifelt, dass er in mir seine wahre Partnerin sieht. Wenn er mich nicht lieben würde, hätte er mich doch schon vor Jahren verlassen. Er hätte mir Derek wegnehmen können, und ich hätte mein Kind nie wieder gesehen. Aber er tat es nicht, weil er uns beide viel zu sehr liebt."

„Aber du und Derek habt doch sehr unter der Trennung gelitten."

„Es war auch für Achmed nicht einfach. Er hat viele Zugeständnisse machen müssen, um mir die Situation zu erleichtern. Die meisten Leute können unsere Beziehung nicht verstehen. Sie betrachten mich als Achmeds Geliebte, sie sehen in mir eine ausgehaltene Frau. Aber ihre Meinung interessiert mich nicht."

Cheryl blickte zu dem Oberlicht empor, durch das der rote Schein der Abendsonne ins Atelier fiel. Caren wusste, dass sie nicht den Himmel betrachtete. Sie sah in diesem Moment das Gesicht des Mannes vor sich, den sie liebte.

„Er braucht mich", fuhr Cheryl fort. „Trotz seiner Kraft, trotz seiner Machtstellung in der Welt braucht er mich. Und deshalb stehe ich ihm zur Seite, so gut ich kann. Ich versuche ihn glücklich zu machen, weil ich ihn liebe."

Spontan drückte sie Caren heftig an sich. „Liebst du meinen Sohn?“

„Ja, sehr“, erwiderte Caren aufrichtig.

„Dann werdet ihr alle Schwierigkeiten überwinden.“

Beim Abendessen gab sich Cheryl Caren gegenüber so gelöst wie noch nie zuvor. Sie berichtete von ihren Reisen mit Achmed und erzählte Geschichten aus Dereks Kindertagen.

Weil es Caren gelang, ihre tiefe Niedergeschlagenheit zu verbergen, merkte Cheryl nicht, wie es wirklich um sie stand. Doch kaum hatte sich Caren nach dem Essen auf ihr Zimmer zurückgezogen, warf sie sich aufs Bett und brach in Tränen aus.

Was soll ich nur tun? dachte sie beklommen.

Cheryl hatte sich mit ihrem Leben abgefunden und war bestimmt ganz glücklich dabei. Aber Caren wusste, sie konnte nicht die Ehefrau auf Abruf spielen. Genauso wenig durfte sie Forderungen an Derek stellen. Und zuallerletzt durfte sie sich einbilden, mit Scheich Achmed um die Liebe seines Sohnes wetteifern zu können.

Außerdem hatte Derek nie von Liebe gesprochen. Nicht einmal an jenem Morgen in ihrem Atelier, als sie ihm ihre Liebe gestanden hatte. Da hatte er sie nur an sich gezogen, ihr Gesicht an seinen Hals gepresst und unverständliche Worte gemurmelt.

Doch nie hatte er gesagt: Caren, ich liebe dich.

Für sie bestand die einzige Lösung darin, aus Dereks Leben zu verschwinden. Sie musste das Haus verlassen, das sie inzwischen als ihr Heim betrachtete, die Leute, die ihre Freunde geworden waren, den Mann, den sie liebte. Sie durfte seine Rückkehr nicht abwarten. Zu sehr fürchtete sie sich vor dem, was er ihr zu sagen hatte. Ihn zu verlassen würde der schmerzlichste Schritt ihres Lebens sein.

Aber es war immer noch erträglicher, als von ihm verlassen zu werden.

Sie würde ihm seine Freiheit geben und dabei ihren Stolz bewahren. Wie Cheryl würde sie tun, was notwendig war. Weil sie Derek liebte. Am nächsten Morgen hatte Caren schon um zehn Uhr ihre Koffer gepackt. Sie nahm nur die Dinge mit, mit denen sie angekommen war. Sogar ihren Ehering ließ sie in einem Umschlag zusammen mit einem Abschiedsbrief an Derek zurück.

Cheryl saß, in die Morgenzeitung vertieft, am Frühstückstisch. Als Caren das Esszimmer betrat, schaute sie lächelnd auf. Dann fiel ihr Blick auf die zwei Koffer, und ihr Lächeln schwand. „Was hat denn das zu bedeuten?" fragte sie verständnislos.

„Ich muss gehen, Cheryl", sagte Caren. „Ich habe Derek eine Nachricht hinterlassen. Der Brief liegt auf seinem Schreibtisch."

„Aber ...“

„Ich nehme den Wagen, den er mir gekauft hat. Sag ihm bitte, ich werde dafür sorgen, dass er ihn so schnell wie möglich zurückbekommt.“

„Das kann doch nicht dein Ernst sein“, sagte Cheryl und sprang auf. „Wo willst du hin?“

„Das weiß ich noch nicht. Wahrscheinlich gehe ich nach Washington zurück. Ich möchte mir irgendwo ein Atelier einrichten, vielleicht in der Nähe von Kristins Schule. Richte Derek bitte aus, dass ich meine Skulpturen sobald wie möglich abholen lasse. Außerdem würde ich ihm gern die Ausstattung des Ateliers abkaufen, falls wir uns auf einen vernünftigen Preis einigen können.“

„Derek wird sehr verärgert sein, Caren. Bist du sicher ...“

„Er wird einen Wutanfall bekommen“, bemerkte Daisy, die von der Halle aus das Gespräch mit angehört hatte.

Caren drehte sich zu Daisy um. „Ich danke Ihnen für alles, Daisy. Sie haben viel für mich getan. Versucht bitte nicht, mich zurückzuhalten“, sagte sie zu den beiden Frauen und wäre dabei fast in Tränen ausgebrochen. „Ich weiß genau, was ich tue. Die Umstände unserer Heirat waren ... ungewöhnlich. Es ist am besten so, glaubt mir. Für Derek und mich. Ich möchte nur noch Zarifa auf Wiedersehen sagen. Dann fahre ich.“

Sie nahm ihre Koffer und verließ eilig das Haus. Nachdem sie ihr Gepäck in dem kleinen Kofferraum des Sportwagens verstaut hatte, fuhr sie zu den Stallungen hinüber. Aber Zarifa stand nicht in ihrer Box. Einer der Pferdeburschen sagte Caren, wo sie war.

„Sie ist draußen auf der südlichen Weide, wo Mr. Allen die Pferde manchmal grasen lässt“, erklärte der junge Mann.

Caren bedankte sich für die Auskunft und ging zu ihrem Auto zurück. Zum Glück lag die Weide an der Straße, so dass sie mit dem Wagen hinfahren konnte.

Kurz darauf entdeckte sie Zarifa zwischen ein paar anderen Pferden auf dem saftigen Weideland. Caren stieg aus dem Wagen und schlüpfte unter dem Zaun hindurch, der die Pferdekoppel umgab. Kaum hatte sie Zarifas Namen gerufen, da trottete die Stute zu ihr herüber.

Caren streichelte das samtweiche Fell zwischen den großen braunen Augen. „Du wirst mir fehlen, Zarifa“, sagte sie. Dann ließ sie den Tränen, die sie den ganzen Morgen zurückgehalten hatte, freien Lauf. Caren legte die Stirn an Zarifas Nase. „Und er wird mir fehlen“, flüsterte sie.

Dereks Augen brannten vor Müdigkeit. Er war die ganze Nacht geflogen. Zielstrebig ging er durch das Flughafengebäude. Gerade war er mit dem Jet, den sein

Vater ihm zur Verfügung gestellt hatte, in Dallas gelandet. Er war viel zu ungeduldig gewesen, um einen Linienflug abzuwarten. Jetzt war er auf dem Weg zum Heliport, wo bereits ein Hubschrauber bereitstand, um ihn nach Hause zu bringen.

Nach Hause zu Caren. Der Gedanke an sie trieb ihn trotz seiner Müdigkeit zur Eile an. Er hatte sie nicht angerufen. Sein Vater, der täglich mit Cheryl telefonierte, schimpfte jedes Mal über die schlechte Telefonverbindung.

Derek hatte sich nicht mit einer ungenügenden telefonischen Verständigung begnügen wollen. Das hätte seine Sehnsucht nach Caren nur verstärkt. Nein, er hatte lieber warten wollen, bis er sie wieder in die Arme schließen und sie küssen konnte.

Der Kaffiyeh flatterte um seinen Kopf, während er sich unter die Rotorblätter des Hubschraubers beugte und an Bord kletterte. Der Pilot begrüßte ihn respektvoll mit einem Kopfnicken. Er wartete, bis Derek seinen Koffer verstaut und den Sicherheitsgurt eingeklinkt hatte, und hob dann sofort ab.

Es war ein wunderschöner Tag. Die Bäume hatten ihre bunten Herbstfärbungen angenommen, die Luft war klar und frisch. Derek freute sich schon darauf, mit Caren reiten zu gehen. Die vergangene Woche war schwer für ihn gewesen. Sein Bruder würde ihm schrecklich fehlen. Aber jetzt, nachdem er ihn auf seinem letzten Weg begleitet hatte, musste das Leben weitergehen.

Sein Vater hatte die Reise nach Genf weder abgesagt noch verschoben. Caren, Cheryl und er würden zusammen nach Europa fliegen und Achmed dort treffen. Er trauerte zwar um seinen Sohn, aber auch er wusste, dass das Leben weiterging.

Derek lächelte. Sein Vater konnte es kaum abwarten, Cheryl wieder zu sehen. Früher hatte er seinen Vater oft ausgelacht, wenn dieser ungeduldig jedem Wiedersehen mit Cheryl entgegenfieberte. Jetzt verstand er ihn. Caren hatte ihm schrecklich gefehlt. Er wusste erst jetzt, wie groß seine Liebe zu ihr war.

In seiner Ungeduld kam Derek der Flug endlos lang vor. Erleichtert atmete er auf, als der Pilot endlich auf einer Wiese bei seinem Haus aufsetzte. Er bedankte sich und zog seinen Koffer hinter dem Sitz hervor. Dann sprang er mit einem Satz aus dem Hubschrauber, der sofort wieder abhob. Cheryl und Daisy rannten bereits auf ihn zu, um ihn zu begrüßen.

„Hallo!“ rief Derek laut, um den Lärm der Rotoren zu übertönen. „Wo ist Caren?“

Seine Mutter warf sich an seine Brust und drückte ihn an sich. Weinte sie etwa? Daisy zerknüllte ihr Geschirrtuch und biss sich auf die Unterlippe.

Derek schob seine Mutter von sich. Ihr liefen tatsächlich Tränen über die Wangen. „Was ist das für ein

Empfang?“ fragte er verständnislos. „Was ist passiert?“ Er schaute zum Haus hinüber. Caren würde bestimmt jeden Moment aus der Tür stürzen. Schließlich musste sie erst die steilen Stufen vom Dachboden herunterrennen und ...

„Sie ist weg, Derek“, klagte Cheryl. „Und ich glaube, es ist meine Schuld.“

„Weg? Caren? Was redest du da? Mutter, hör auf zu weinen, und sag mir, was passiert ist.“

Cheryl wischte sich die Tränen von den Wangen und schaute zu ihrem Sohn auf, der sie in seinem Kaffiyeh so sehr an Achmed erinnerte. „Sie kam vorhin mit zwei Koffern herunter und sagte, sie wolle uns verlassen. Daisy hat alles mit angehört.“

Derek schaute zu Daisy hinüber. Sie nickte nur stumm.

„Gestern Abend unterhielten wir uns über meine Beziehung zu deinem Vater. Ich habe wohl erwähnt, dass ich tat, was notwendig war. Glaubst du, sie hat in meine Worte etwas hineininterpretiert, das ich gar nicht gemeint hatte?“

Ihre Unterlippe fing an zu zittern.

„Beruhige dich, Mutter. Hat sie dir gesagt, warum sie geht?“

„Nein. Sie hat von ihrem Auto gesprochen und ... was war es doch gleich? Oh ja, sie lässt ihre Skulpturen abholen und möchte dir die Einrichtung des Ateliers abkaufen. Sie hat dir einen Brief hinterlassen. Er liegt in deinem Büro."

„Einen Brief!" rief Derek aufgebracht. „Wohin ist sie gefahren?"

„Sie wollte sich erst von ihrem Pferd verabschieden."

„Wie lange ist das her?" rief er über die Schulter. Er hatte seinen Mantel und seinen Koffer fallen lassen und rannte bereits zu den Stallungen hinüber.

„Wie lange, Daisy?" fragte Cheryl ratlos. „Zwanzig Minuten, eine halbe Stunde? Ich kann mich nicht erinnern. Wir waren so aufgeregt."

Derek hörte ihre letzten Worte nicht mehr. Er legte den Weg zu den Ställen im Eiltempo zurück. „Wo ist Mrs. Allen?" schrie er, kaum dass er die breiten Tore des lang gestreckten Gebäudes aufgestoßen hatte.

Schüchtern trat einer der Pferdeburschen auf ihn zu. Er hatte seinen Arbeitgeber noch nie so außer sich erlebt. „Sie kam vorhin vorbei und fragte nach Zarifa. Ich sagte ihr, die Stute sei draußen auf der südlichen Weide. Soviel ich weiß, wollte Ihre Frau dort vorbeifahren. Wollen Sie den Lastwagen nehmen?" Zögernd hielt er Derek einen Schlüsselbund hin.

„Nein. Mustafa kann eine Abkürzung nehmen."

In Windeseile wurde der Hengst aus seiner Box geholt. Derek wartete nicht ab, bis man dem Tier einen Sattel aufgelegt hatte. Er schwang sich auf Mustafas

Rücken und ergriff die Zügel, die der Pferdebursche dem Hengst eilig über den Kopf gestreift hatte.

Dann preschten Pferd und Reiter durch die Stalltür und galoppierten davon.

„Auf Wiedersehen, Zarifa", flüsterte Caren ein letztes Mal, bevor sie sich traurig umdrehte, um zu ihrem Auto zurückzugehen.

Sie spürte die Vibration unter ihren Füßen, bevor sie das Stampfen der Hufe hörte.

Verwirrt schaute sie sich um. Was sie sah, nahm ihr vor Schreck den Atem.

Derek und Mustafa setzten über den Zaun am äußersten Ende der Pferdekoppel und kamen geradewegs auf sie zugaloppiert. Derek hatte sich tief über den Rücken des Pferdes gebeugt. Sein weißer Kaffiyeh flatterte im Wind.

Bei seinem Anblick schlug Carens Herz schneller. Gleichzeitig überfiel sie panische Angst. Derek ritt noch immer direkt auf sie zu. Und er machte keine Anstalten, sein Pferd zu zügeln. Die anderen Pferde wichen zur Seite, um ihm Platz zu machen.

Caren wusste, es hatte keinen Sinn, jetzt noch davonzulaufen. Wie versteinert stand sie da.

Im letzten Moment, als sie schon dachte, Pferd und Reiter würden sie überrennen, riss Derek den Hengst herum, beugte sich herunter, packte sie mit einem Arm, hob sie hoch und setzte sie zwischen seine

Oberschenkel. Dann feuerte er Mustafa zu noch wilderem Galopp an.

Er ritt, als wäre der Teufel hinter ihm her. Caren schloss die Augen. Verängstigt klammerte sie sich an Derek. Doch die Befürchtung, sie könnte vom Pferd fallen, war grundlos. Derek hielt sie so fest an seine Brust gedrückt, dass sie kaum Luft bekam.

Sie sah den Zaun auf sie zukommen und konnte sich nicht vorstellen, dass Derek es wagen würde, ihn mit ihr zusammen zu überspringen. Doch sie hatte Pferd und Reiter unterschätzt. Mühelos setzte Mustafa über das Hindernis. In mörderischem Tempo ritten sie weiter.

Erst als sie das Weideland verließen und sich dem Waldrand näherten, verfiel Mustafa in einen gemäßigten Trab, bevor Derek ihn zügelte.

Er schwang sich vom Pferd und zog Caren mit sich herunter. Caren zitterten nach dem wilden Ritt dermaßen die Knie, dass sie sich kaum auf den Beinen halten konnte. Als Derek ihr die Hände auf die Schultern legte, hatte sie einfach nicht mehr genug Kraft, dem Druck seiner Hände standzuhalten. Sie sackte in sich zusammen und fiel auf ein Bett von Farnkraut.

Dort blieb sie liegen und schaute mit großen Augen verängstigt zu ihm auf. Der Rock war ihr über die Knie gerutscht, und als sie sich ein wenig aufrichtete und auf die Ellenbogen aufstützte, spannte sich ihre Bluse so sehr, dass ein paar Knöpfe aufsprangen. Doch Caren merkte es nicht. „Derek?“ war alles, was sie sagen konnte.

Er atmete schwer. In seinem Blick spiegelten sich die unterschiedlichsten Gefühle wider. Caren wagte es nicht, sie zu deuten.

Er hatte die Hände zu Fäusten geballt und die Lippen zu einer schmalen Linie zusammengepresst. Wie immer sah er mit seiner arabischen Kopfbedeckung wie ein Fremder für Caren aus. Ein aufregender Fremder, eine Fantasiegestalt.

Blitzschnell ging er in die Knie, drängte mit einem Knie Carens Oberschenkel auseinander und streckte sich dann mit seinem vollen Gewicht auf ihr aus. Mit hartem Griff packte er ihre Handgelenke und presste sie rechts und links von ihrem Kopf auf den weichen Waldboden.

„Du wirst mich nicht verlassen!“ stieß er heftig hervor. „Du bist meine Frau!“

Sein Kuss entbehrte jeder Zärtlichkeit. Wilde Leidenschaft, zügelloses Begehren feuerten Derek an. Immer wieder drang seine Zunge in ihren Mund ein, und jedes Mal durchfuhr Caren eine Welle der Erregung.

Erst nach endlosen Minuten gab er ihren Mund frei und hob den Kopf, um seine Worte zu wiederholen. Dabei klang seine Stimme heiser vor Erregung. Er barg den Kopf zwischen ihren Brüsten, küsste und liebkoste sie wie im Fieber. Mit dem Kinn schob er ihre Bluse auseinander, bis ihre zarte Haut unter seinen Bartstoppeln brannte. Sein Atem, sein Mund, seine Zunge waren heiß.

„Du wirst mich nicht verlassen, niemals!“ stieß er hervor.

„Ich werde wochenlang blaue Flecke haben“, sagte Caren vorwurfsvoll. „Schau dir das an. Das hast du gemacht, als du mich aufs Pferd gehoben hast. Dein Arm war wie eine Greifzange.“

Derek untersuchte die leichte Rötung an ihrem Brustkorb. „Es tut mir Leid“, sagte er zerknirscht und beugte sich über sie, um die Stelle mit zärtlichen Küssen zu bedecken.

„Und erst dieser Fleck“, fuhr Caren fort und deutete auf eine geringfügige Prellung an der Hüfte. „Den habe ich mir zugezogen, als ich auf Mustafas Rücken landete.“

„Hmm“, sagte Derek mitfühlend und küsste auch diese Stelle.

„Ganz zu schweigen von den blauen Flecken, die sich erst morgen zeigen werden.“

„Ich werde mich liebevoll um jeden Einzelnen kümmern“, erklärte er, während er hingebungsvoll ihren Bauchnabel küsste.

„Versprichst du mir das?“ Sie seufzte und streckte

sich aus, damit er ungehindert ihren flachen Bauch liebkosen konnte.

Es war inzwischen später Nachmittag geworden. Lange Zeit, nachdem Derek Caren auf der Weide abgeholt hatte, verließen sie das Wäldchen.

Diesmal ritten sie gemächlich. Caren saß verkehrt herum auf dem Pferderücken, das Gesicht Derek zugewandt. Sie küssten sich ununterbrochen.

Noch bevor sie das Haus erreicht hatten, war ihr Verlangen aufs Neue erwacht. Es kostete sie einige Willenskraft, sich umzuziehen und mit Cheryl zu Abend zu essen, die sie mit mütterlicher Fürsorge überschüttete, nachdem sie ihr versichert hatten, dass alles wieder im Lot sei.

Caren und Derek waren so sehr damit beschäftigt, verliebte Blicke auszutauschen, dass sie ihr Essen so gut wie gar nicht anrührten.

Cheryl, der natürlich nicht entging, wie es um sie stand, hatte ein Einsehen mit ihnen. Nachdem der Tisch abgeräumt war, lud sie Daisy ins Kino ein, damit die beiden Liebenden das Haus für sich allein hatten.

Cheryl und Daisy waren noch nicht aus dem Haus, da zogen sich Caren und Derek nach oben zurück, entkleideten sich rasch und legten sich auf Dereks breites Bett.

„Es besteht immerhin die Möglichkeit, dass du ein Kind von mir erwartest“, sagte Derek, während er mit den Lippen eine heiße Spur auf ihrem Hals zog. „Glaubst du, ich hätte dich gehen lassen?"

„Hast du mich nur deshalb zurückgeholt?"

Er küsste sie so ungestüm, dass Caren schwindelig wurde. „Nein", sagte er fest.

„Dein Vater hat deine Mutter mit dir gehen lassen."

„Er hatte keine andere Wahl, wenigstens nach seinem Ehrenkodex. Er kannte von klein auf seine Pflicht."

„Und du?"

„Ich fühle mich dem Land meines Vaters gegenüber nicht verpflichtet. Ich bin Amerikaner, Caren. Ich liebe meinen Vater, und ich liebe die arabische Kultur. Aber ich schulde ihr nicht dieselbe Treue wie mein Vater. Und er verlangt sie auch nicht von mir. Unter seiner Entscheidung haben Mutter und er sehr leiden müssen. Aber es war die einzige, die für ihn infrage kam. In meinem Fall verhält sich das anders."

„Und dein Vater lehnt mich deshalb nicht ab?" fragte sie ihn erstaunt.

„Nein. Ein paar Enkelkinder würden dir natürlich erhebliche Pluspunkte eintragen."

Mit beiden Händen packte Caren ihn am Haar und hob seinen Kopf. „Du Schuft! Küss mich."

Er bedeckte jeden Zentimeter ihres Körpers mit Küssen. Als er bei ihren Lippen angekommen war, hielten beide es vor Ungeduld kaum mehr aus.

„Ich möchte ein Leben lang mit dir zusammenbleiben, Caren", flüsterte Derek, nachdem er ihre Lippen freigegeben hatte.

„Vermisst du nicht die Abwechslung? Du warst ein Playboy, Derek. Du gehörtest dem Jet-Set an. Du führst nicht freiwillig das Leben eines verheirateten Mannes. Unsere Ehe kam doch nur unter Druck zu Stande."

Er lächelte hintergründig auf sie herab. „Glaubst du das tatsächlich?" Er küsste sie liebevoll auf die Wange. „Caren, Liebling, als ich dir damals die Ehe anbot, erschien mir das die einzige Möglichkeit, dich zu halten."

„Was sagst du da?" Caren traute ihren Ohren nicht.

„Dass ich mich auf den ersten Blick in dich verliebt habe. Dass ich in eine solche Raserei geriet, als ich merkte, dass du aus deinem Bungalow ausgezogen warst, dass ich wahrscheinlich nie wieder einen Fuß auf diese Insel setzen darf. Du kannst dir nicht vorstellen, was für eine Suchaktion ich gestartet habe. Ich habe ganz Jamaika auf den Kopf gestellt, bevor mein Vater mich wegen einer ernsten Angelegenheit nach Washington zitierte. Ich hätte am liebsten einen Luftsprung vor Freude gemacht, als ich herausfand, dass du diese ‚ernste Angelegenheit' warst."

„Aber du hast dich doch mir gegenüber an diesem Tag so kühl und distanziert verhalten."

„Ich war verärgert, weil du mir davongelaufen warst." Er küsste sie. „Wenn Ray Daniels mir nicht geholfen hätte, hätte ich die ganze Welt nach dir abgesucht. Ich sagte dir doch, du kannst mir nicht davonlaufen. Das habe ich dir heute erneut bewiesen."

Tränen traten ihr in die Augen und liefen ihr langsam über die Wangen. „Wirst du nicht mehr den Schürzenjäger spielen?"

Er streichelte sie zärtlich. „Davon hatte ich schon genug, bevor ich dir begegnete. Ich war ruhelos und unzufrieden, immer auf der Suche nach etwas, das in meinem Leben fehlte. Ich wusste nicht, was es war, wonach ich suchte. Das merkte ich erst, als ich dir am Strand begegnete. Jetzt möchte ich jeden Tag meines Lebens damit verbringen, dich zu lieben."

„Ich werde dir aber keine gehorsame, unterwürfige Frau sein, Derek. Ich war noch nie im Leben so glücklich wie mit dir. Aber ich muss auch mein eigenes Leben haben."

Ihr ernster Blick verriet ihm, wie wichtig ihr dieses Anliegen war.

Er hob den Kopf und schaute ihr tief in die dunklen Augen. „Das weiß ich, Caren. Du bist dein eigener Herr."

„Hast du nichts gegen meine Arbeit einzuwenden?"

„Aber nein. Ich bin stolz darauf. Du kannst mich jederzeit um Rat fragen, ich werde dir immer zur Seite stehen. Doch ich werde mich nie in das Geschäft einmischen, das du dir aufbaust."

Caren wurde es bei seinen Worten ganz warm ums Herz. Ein prickelndes Glücksgefühl durchströmte sie. „Ich liebe dich, Derek", sagte sie bewegt.

„Und ich liebe dich."

„Ich weiß. Du hast es mir heute zum ersten Mal gesagt."

„Und du hast es vorher nicht gewusst?" fragte er ungläubig. „Auch wenn du die Worte nicht verstanden hast, habe ich es dir nicht oft genug bewiesen?"

„Beweise es mir jetzt", flüsterte sie.

„Nicht, bevor du diesen Ring wieder angesteckt hast." Heimlich hatte er vor dem Abendessen ihren Abschiedsbrief von seinem Schreibtisch geholt, den Ring gefunden und ihn auf seinen Nachttisch gelegt. Jetzt steckte er ihn ihr an den Finger.

„Ich bin froh, dass ich ihn wiederhabe."

„Und ich bin froh, dass ich dich wiederhabe. Ich liebe dich." Er beugte sich herab und küsste sie.

– ENDE –

Band-Nr. 25028
7,95 €
ISBN 3-89941-036-X

Nora Roberts

Love Affairs II

Tödlicher Champagner
Sechs Monate lang soll die schöne Pandora mit Michael Donahue, einem überaus sympathischen Drehbuchautor, zusammen wohnen. Gelingt es ihnen, fällt Onkel Jolleys gesamtes Vermögen an sie beide. Trennen sie sich, erben die anderen Verwandten – die neidisch auf das Scheitern des Traumpaars lauern ...

Spiel um Sieg und Liebe
Als Amy drei Jahre nach ihrer Trennung den Tennisprofi Tad auf einem Turnier in Rom wieder sieht, muss sie erkennen, dass sie damals einen großen Fehler gemacht hat: Wie konnte sie diesen Mann, den sie noch immer liebt, nur wegen eines anderen verlassen? Jetzt ist sie geschieden und wieder frei für Tad ...

Bei Tag und bei Nacht
Der unnahbare Grant Campbell, der zurückgezogen am Rande des Dorfes in einem Leuchtturm am Meer lebt, fasziniert die junge Malerin Gennie sofort. Sie schenkt ihm ihr Herz, und wie durch ein Wunder erwidert Grant ihre Gefühle. Doch trotz der sinnlichen Nächte, die sie miteinander verbringen, offenbart er Gennie nicht sein Geheimnis ...

MIRA®

Band-Nr. 25031
6,95 €
ISBN 3-89941-040-8

Heather Graham

Ruf der Leidenschaft

Die Spur führt nach Marrakesch
Die Journalistin Colleen McAllistair wittert eine heiße Story: Der Mord an einem Mann bringt sie auf die Spur eines Diamantenraubes, der vor vierzig Jahren begangen und bei dem die Beute nie gefunden wurde. Ohne ihrem Mann Bret etwas zu sagen, fliegt sie ins faszinierende Marrakesch, wo sie einen der Täter trifft und blind in eine Falle tappt. Bret, trotz der Spannungen in ihrer Beziehung zutiefst um Colleens Sicherheit besorgt, folgt ihr heimlich und kann sie aus Lebensgefahr retten ...

Schneesturm
Was verschweigt Justin Magnasun? Nach einer Nacht voll sinnlicher Erfüllung erzählt er der schönen Kristin endlich, was sich vor fünf Jahren ereignet hat. Seine Frau wurde ermordet, und der Verdacht fiel auf ihn. Zwar sprach man ihn in einem spektakulären Prozess frei – doch noch immer verfolgen misstrauische Blicke ihn im Dorf, weichen die Menschen ihm aus. Kristins Entschluss steht fest. Sie will den wahren Mörder finden, um die dunklen Schatten, die über ihrem Glück mit Justin liegen, für immer zu verbannen ...

MIRA®

Sandra Brown
Bittersüßes Geheimnis
Band-Nr. 25005 · 5,95 €
ISBN 3-89941-005-X

Nora Roberts
Die Sterne Mithras
Band-Nr. 25007 · 5,95 €
ISBN 3-89941-007-6

Nora Roberts
Love Affairs
Band-Nr. 25009 · 7,95 €
ISBN 3-89941-009-2

Catherine Coulter
Traummänner
Band-Nr. 25021 · 6,95 €
ISBN 3-89941-021-1